Hasta que empieza a brillar

Andrés Neuman
Hasta que empieza a brillar

Papel certificado por el Forest Stewardship Council®

Primera edición: febrero de 2025

© 2025, Andrés Neuman
© 2025, Penguin Random House Grupo Editorial, S. A. U.
Travessera de Gràcia, 47-49. 08021 Barcelona

© Diseño: Penguin Random House Grupo Editorial, inspirado en un diseño original de Enric Satué

Penguin Random House Grupo Editorial apoya la protección de la propiedad intelectual. La propiedad intelectual estimula la creatividad, defiende la diversidad en el ámbito de las ideas y el conocimiento, promueve la libre expresión y favorece una cultura viva. Gracias por comprar una edición autorizada de este libro y por respetar las leyes de propiedad intelectual al no reproducir ni distribuir ninguna parte de esta obra por ningún medio sin permiso. Al hacerlo está respaldando a los autores y permitiendo que PRHGE continúe publicando libros para todos los lectores. De conformidad con lo dispuesto en el artículo 67.3 del Real Decreto Ley 24/2021, de 2 de noviembre, PRHGE se reserva expresamente los derechos de reproducción y de uso de esta obra y de todos sus elementos mediante medios de lectura mecánica y otros medios adecuados a tal fin. Diríjase a CEDRO (Centro Español de Derechos Reprográficos, http://www.cedro.org) si necesita reproducir algún fragmento de esta obra.
En caso de necesidad, contacte con: seguridadproductos@penguinrandomhouse.com

Printed in Spain – Impreso en España

ISBN: 978-84-10496-27-9
Depósito legal: B-21391-2024

Compuesto en Arca Edinet, S. L.
Impreso en Unigraf, Móstoles (Madrid)

AL96279

Índice

La visita, I   13
    1900-1930   19
La visita, II   75
    1930-1950   81
La visita, III   157
    1950-1972   163
La visita, IV   257
    1972-1975   263
El cristal   279

Breve nota   293

*En memoria de mis abuelas Blanca y Dorita,
que subrayaban diccionarios.*

*Para mi padre, con quien jugábamos al diccionario
inventado.*

*Para Erika y Telmo, con palabras de amor y amor
por las palabras.*

A veces escribo una palabra y me quedo mirándola hasta que empieza a brillar.

EMILY DICKINSON

Contestar (acepción usual, pero no incluida en el diccionario de la Real Academia Española). Oponer alguien objeciones o inconvenientes a lo que se le manda o indica: *Haz lo que te dicen y no contestes.*

MARÍA MOLINER

La visita, I

María se acomodó el pelo: vivía despeinada. Alisó los almohadones del sofá, se ajustó el último botón del chaleco y juntó las manos, como rogándoles que se quedaran quietas.

Tenía pocas ganas de que su invitado llegase y, al mismo tiempo, estaba ansiosa por escucharlo. Se había repetido tantas veces que en realidad no importaba, que la idea ni siquiera había sido suya. Pero ahí seguía, asomada a la ventana.

Las ramas de enfrente ondulaban despacio. A lo lejos, las frondas se encogían de hombros.

Cuando sonó por fin el timbre de abajo, pulsó fuerte el interruptor sin preguntar quién era. Los mecanismos del ascensor crujieron. Enseguida llamaron a la puerta.

María vio el cráneo pulido de Dámaso Alonso, sus anteojos de pasta descolgándose de las orejas, su bigote a medio evaporar, todo el estudio acumulado en el ceño. Esas ojeras de insomnio histórico.

—Buenas tardes, María.
—Adelante, adelante.
—Me encanta este lugar.
—Ah, ¿no lo conocías?
—Mi última visita fue en la calle Don Quijote.
—Aquí estamos mejor.
—No puede haber nada mejor que Don Quijote.

Ella se abstuvo de festejarle la broma. Lo miró con severidad.

—Me alegra verte contento.

Dámaso parpadeó rápido. Rectificó su sonrisa. Atravesó el comedor haciéndose el sorprendido.

—¡Y qué luz, qué amplitud!

María no se molestó en contestar. Le quitó el abrigo de las manos y le indicó que tomara asiento.

—¿Una taza de té?

—Café, si no es molestia.

Puso la cafetera en el fuego. Llenó enfáticamente las tazas, derramó un poco y resopló. Limpió con brusquedad los platitos. Agregó unas galletas, plegó un par de servilletas de hilo y volvió concentrada en la bandeja: se sentía muy capaz de volcarla.

Se quedó de pie, inmóvil, junto a su invitado. Tuvo la impresión de que contemplaba sin entusiasmo lo que le había traído.

—Mil gracias, querida. ¿Y Fernando?

—De paseo con Carmina, para que podamos charlar tranquilos. Cada vez le cuesta más salir.

—¿Cómo sigue de lo suyo?

—¿Prefieres un informe amable o la realidad?

—No estoy seguro.

—Bueno, digamos que te reconocería por la voz.

María se sentó a su lado en el sofá, ni demasiado cerca ni demasiado lejos.

—Espero que por lo menos pueda investigar un poco, que le lean o algo.

—Nada, nada.

—¿Y el piano? ¿Y si toca sin mirar?

—Eso mismo le digo.

Dámaso cató el café y se palpó con dos dedos el bigote, como si le preocupara perderlo. Después acarició la mesa.

—Precioso mantel.

—Lo bordó mi madre.

—Las telas de antes eran otra cosa.

—Todo era otra cosa. Pero no vamos a hablar de bordados, ¿no?

Los anteojos de Dámaso oscilaron.
—Te escucho, entonces.

1900 - 1930

¿Cuánto guarda una palabra de las voces que la dijeron? ¿Qué parte de un lugar permanece al nombrarlo?

Paniza. El nombre de su pueblo no le traía el pueblo, sino las narraciones de su madre, todo aquello que le habían contado de niña y María seguía repitiendo sin mucha convicción. Las montañas de Paniza eran el mirador desde donde imaginaba sus primeras sílabas, ese cambio de altura entre las experiencias en primera persona y los recuerdos prestados.

También le traía el vino que tardaría en probar. Uvas garnachas, paisajes púrpuras, aromas maduros.

—No es un vino fácil.

Así lo definía su padre, o eso recordaba ella, o eso le habían dicho. Era terroso y profundo y un poco áspero. Como el pueblo. Como cualquier pasado.

María apenas conservaba imágenes nítidas de su infancia, al menos hasta el que consideraba su recuerdo inaugural: su madre joven, con la cabeza gacha, bordando iniciales en la esquina de un mantel. El abecedario cosiéndose en la tela y su memoria.

Si la memoria se basaba en omisiones, si la infancia era un cuaderno con páginas arrancadas, entonces una crecía entre huecos. Sobre todo cuando se recibía una buena educación en el olvido.

Aquellos años de misterio forzoso la transportaban al campo de Cariñena. Desde niña le habían hablado de un viento con perfume a vid, del tenaz y aceitoso río Huerva. Le habían descrito la torre vigilante de la iglesia, el humo detenido de las encinas, la lana cruzando el monte. Nada de eso provenía de sus ojos.

¿Qué sensaciones propias lograba rescatar? ¿Un aire frío en la carita, el resplandor de un ventanal, una silueta acercándose? ¿Su padre susurrándole al oído para que se durmiera? Antes de que el relato comenzara a pertenecerle, María sólo tenía un manojo de detalles.

Que había nacido una noche de lluvia, interrumpiendo el sueño de la casa.

Que una nodriza la había amamantado en otra casa más pequeña, haciendo de madre sin derecho a ese nombre: la extrañeza de la lengua materna.

Que, a pesar de especializarse en ginecología, su padre no había presenciado el parto.

Don Enrique Moliner se había instalado en Paniza como médico rural. Trescientos techos parecían pocos para contarlos y demasiados para atenderlos.

—Soy tan vieja que nací en el año cero.

Le divertía declararlo así, como si antes de ella no hubiera sucedido nada. 1900. Un siglo en blanco a la espera de manchas, borrones, tachaduras.

Su madre, doña Matilde Ruiz, sabía leer y escribir. Eso la distinguía dentro de su generación y, muy en particular, entre las mujeres. Doña Matilde gestionaba con prudencia ese orgullo: sabía que la buena vecindad consistía en disimular las diferencias y exagerar las semejanzas.

María practicaba con ella aquellos garabatos que contenían realidades invisibles para un ojo no entrenado. Ese había sido el verdadero punto de partida, el momento en que su identidad había empezado a pasarse a limpio: la conciencia de las letras, la atracción de su dibujo.

Le gustaba sentarse junto a Quique con un libro entre las manos y abrirlo por cualquier parte. Entonaba cada frase esmeradamente, dejándose llevar por su sonoridad, su ritmo, su persuasión. El tacto de las páginas la protegía.

Hasta que su hermano mayor se hartaba y delataba su secreto.

—María, boba. Que el libro está al revés.

Su padre se incorporó al personal médico de la Marina, que le ofrecía un mejor salario y, con suerte, futuros viajes. Así fue como se trasladaron a Madrid. Pronto encontraron vivienda en la calle del Buen Suceso. Sin sospechar lo que les aguardaba, doña Matilde quiso ver en ello un augurio esperanzador.

Más allá de la conveniencia del puesto, don Enrique insistía en que acercar a sus hijos al entorno de la Institución Libre de Enseñanza resultaría muy provechoso para su educación. María procuraba concentrarse en ese acierto cuando se le agolpaban los reproches.

En Madrid nació su hermana menor, Mati, heredera del nombre materno igual que a Quique le habían endosado el paterno. ¿Qué manía era esa?

El que le había tocado a ella le parecía poca cosa, ni lindo ni feo: María era el nombre de las que apenas tenían nombre. Le hubiera encantado llamarse por lo menos Julieta o, ya puesta a pedir, Bárbara o Cleopatra. Envidiaba a esas niñas con un montón de sílabas. Catalina, Alejandra, Azucena. Sonaban tan mayores.

Pero existían razones más amargas para que el matrimonio se alejara del pueblo y comenzase otra vida. Sus dos hermanos habían sido tres.

Eduardo había nacido un par de años antes que María, y había muerto antes de que ella pudiese recordarlo. Quique conservaba un tenue hilo de juegos con su hermano. Ella creció intentando descifrar su perfil, recobrar algún roce o algún balbuceo. Por haber coincidido fugazmente en la penumbra de una misma habitación, se sentía en deuda o en duelo por Eduardo (¿no era el duelo el lento pago de una deuda?). Habían convivido sin dejar rastro.

¿Cómo podían transformarse tanto las palabras, dependiendo de si salían de la boca o la mano? Cuando las decía, no llegaba a atraparlas del todo. La corriente del habla se las llevaba enseguida. Cuando las anotaba, en cambio, María era capaz de saborear cada sonido. Escribía por ejemplo *piedra*. Se quedaba mirándola en el papel. Y se imaginaba su forma, su color, su textura, hasta que empezaba a brillar.

Descubrió una triquiñuela. Bastaba pronunciar varias veces cualquier palabra, incluso la más común, puerta, lámpara, plato, para que perdiera su sentido. María estiraba una vocal (*pueeerta, lááámpara, plaaato*), arrastraba una consonante (*lámmmpara, plllato, puerrrta*) o duplicaba una sílaba (*platoto, pupuerta, lámpapara*) y de golpe ya no estaba segura de ninguna palabra.

—¿Eso qué quiere decir?

Aquella curiosidad iría dando paso a otra nueva.

—¿Eso cómo se dice?

Y, en el breve trecho que iba de una pregunta a otra, su cabeza dio un vuelco.

—No se dice así, hija.

—Sí, sí, mira. Lo digo.

—Pero no está bien dicho.

—¿Por qué?

—Porque no.

—¿Y por qué no?

—Porque ese verbo es diferente, María. Ya te lo he explicado.

—Los verbos son muy tontos.

—Ay, Dios mío.

¡Qué paciencia había que tener con la gente mayor!

—¿Y qué quiere decir *irregular*?

—Que no es regular.

—¿Y eso qué es?
—Pues que no siempre se comporta igual.
—Como una niña.
—Eso. Como una niña.
—Entonces no son tontos, sólo quieren jugar.

Siempre que se lo permitían (porque algunas noches, muy desconsideradamente, su padre y su madre cerraban por dentro la puerta del dormitorio), María corría a acurrucarse en la cama matrimonial. Encendía una *láááámpara*, se sacaba un libro del camisón y se quedaba leyendo entre ronquidos protectores.

—¿Y por qué no puedo tumbarme ahí contigo?

Frente a las protestas de su hermanita, ella le recordaba lo obvio a aquella niña molesta.

—Porque no sabes leer.

La ponía de mal humor que los libros se terminaran de repente. Por eso se sentaba a copiar sus preferidos, palabra por palabra. Así aprendió a redactar.

No todo eran cuentos, claro: los bichos la tenían fascinada. La escritura de sus cuerpecitos no le daba ningún miedo, o quizá lo vencía aplastándolos. María adoraba el crujido de las cucarachas bajo su zapato.

—¿Pero a qué viene tanto zapateo?
—Nada, mami. Bailaba.

En vez de irrumpir como palabrotas sueltas, las hormigas formaban largas frases. Hablaban en equipo. Envenenarlas implicaba entenderlas, traducir sus intenciones.

La organización de los bichos le causaba la misma inquietud que la de los objetos. ¿Para qué almacenar los platos, vasos y cubiertos por separado, si tenía que juntarlos en la mesa? ¿Por qué no guardar sus juguetes por orden de diversión? Y, sobre todo, ¿quién demonios había decidido que dos o tres pájaros no eran una bandada, pero cuatro o cinco sí?

Aunque llevaba tiempo estudiando en casa, entrar por fin en la escuela le permitió sentirse alumna como su hermano y otros niños del barrio, que parecían cumplir un requisito imprescindible: vestían pantalones.

La víspera de su primer día de clase, María hizo una lista de las cosas que iba a necesitar.

1 cuaderno rayado bonito
los libros de Quique aunque no quiera dármelos
~~1 lápiz~~ 2 lápices negros por si pierdo alguno
6 carboncillos ordenados del más claro al más oscuro
la pluma que me ~~prestó~~ regaló papá
1 tintero bien cerrado no muy lleno
1 costurero pequeñito para que las cosas no hagan ruido
el compás cuando aparezca
½ pan
2 manzanas del mismo color
~~un par~~ muchos trocitos de caña de azúcar
la moneda que le robé a mamá

Repasó su lista moviendo los labios. Y la dobló debajo de la almohada para memorizarla mejor.

—¿Qué has metido ahí?

—Estaba alisando las mantas. Vete.

—Mentirosa, ¿qué es?

—Y a ti qué te importa, Mati.

—Se lo digo a mamá.

—Vale, vale. Son semillas de cucaracha. Después pongo unas cuantas debajo de tu almohada, así por la noche crecen y te entran por las orejas.

—Las cucarachas no se plantan.

—Estas sí, vas a ver.

—¡Mami! ¡Mami!

El sabor del papel no le pareció tan desagradable.

La Institución Libre de Enseñanza era un sitio rarísimo, rodeado por un jardín sin jardineros, con árboles que invitaban a trepar. Todas las puertas estaban pintadas de verde, como si quisieran sumarse al campo.

Los estudiantes de la Insti (apócope que María aprendió pronto, junto con la impronunciable palabra *apócope*) no se dividían por edades. A cada grupo le tocaba una letra minúscula o mayúscula, según cuánto supiera. Se juró alcanzar lo antes posible a su hermano.

Las niñas, sobresalto, compartían aula con los niños. Salvo en invierno, las ventanas estaban siempre abiertas. Tampoco usaban manuales. Ni los amenazaban todo el tiempo con exámenes. Eso la decepcionó un poco.

—Hay cosas más importantes que las notas, criaturas.
—Sí. Las buenas notas.

Por la Insti caminaban zapatos nuevos y remendados, colonias cítricas y jabón a granel. Algunos estudiantes venían de las mismas familias que daban clase. Otros, de las que trabajaban en edificios y tiendas del barrio. Había quienes llegaban en coche con criada, y también quienes viajaban en tranvía con su madre, la criada.

Sus hermanos y ella se situaban más o menos en la mitad del arco. Eso en teoría les facilitaba la comunicación con cualquiera, aunque en la práctica los hacía sentirse aislados.

—¿Y tienes una mansión como los Aguirre Becerril?
—Qué va, si vivimos de alquiler.
—¿Entonces eres pobre como Pablito Rodríguez?
—No, no, eso tampoco.
—¿Pero entonces qué sois?
—Y yo qué sé. Pobres con dinero.

Si en los recreos tendía a jugar con niños, en el aula se sentía más cómoda sentándose con niñas. Ellas solían ser mayores, porque empezaban tarde o no podían asistir con regularidad.

A Quique le fastidiaban los deberes, como si su inteligencia se negara a sentarse. María, en cambio, destacó desde el principio por su disciplina. No se consideraba realmente estudiosa. Sólo leía y leía por curiosidad.

—Das asco, hermana.
—Cállate.

En la Insti enseñaban Menéndez Pidal (que también, increíble, había sido joven) y un tal Américo (¿pero qué nombre era ese?) Castro. El mucho menos célebre profesor Blanco se convirtió en su preferido, porque explicaba lento y enseñaba rápido.

La caligrafía del profesor Blanco le parecía tan hermosa que, en sus clases de Gramática, le costaba concentrarse en las instrucciones de la pizarra. El profesor la escuchó decírselo a su compañera Consuelo.

—¿Sabía, señorita, que *caligrafía hermosa* es una redundancia? Si nos vamos al griego...
—Y una redundancia, ¿qué es?
—Una caligrafía hermosa, María, ya nos lo ha dicho. ¿Estás sorda?

Según el profesor Blanco, la gramática y la literatura eran dos amigas que se divertían juntas. La primera recordaba las reglas de juego, la segunda probaba otros juegos. Consuelo le dio un codazo.

—Tú eres la *garmática*, María.
—Y tú eres idiota.

Su pareja Alice les enseñaba francés aunque venía de Portugal, que era lo más lejos que ella había visto nacer a nadie. Lucía unas canas revueltas que a María se le antojaban el colmo del atrevimiento. Alice tenía un lema que la había dejado impresionada: las buenas estudiantes podían aprender muchos idiomas, ¿pero quién les enseñaba a decir que no en el suyo? Les había contado que en Francia las mujeres luchaban por sueldos justos. Y en Inglaterra, por el voto. María le repitió a su madre lo que había escuchado. Doña Matilde la miró de reojo, retorciendo bajo el agua la ropa sucia.

En la planta de arriba dormían los directores, el matrimonio Cossío y el mismísimo Giner de los Ríos (así solía invocarlo su padre: *el mismísimo*). Por alguna razón que a ella se le escapaba, vivían todos juntos.

El señor Cossío no guardaba otra cosa que libros gordos y carteles del Greco. Su esposa, doña Carmen, coleccionaba cacharros viejos y los reparaba con la ayuda de sus hijas o sus estudiantes de confianza. Para pasmo de María, aquellas familias no parecían depender de la sangre.

—Las familias, queridas criaturas, son consecuencia de los programas de estudios.

—Y de las cosillas que hacen por la noche, ¿no?

—¡Quique!

Cuando no daba clase, Giner de los Ríos paseaba su bigote anciano por las escaleras o leía recostado en el jardín. No vestía como la mayoría de los hombres y transmitía una suavidad hipnótica. Quique le había contado, con una sonrisita indescifrable, que el mismísimo no tenía hijos porque no le interesaba tenerlos.

—¿Entiendes?

—No.

Una tarde de lluvia, tomándola de las manos, doña Matilde y don Enrique le comunicaron que había llegado el momento de su primera comunión. Le encantó escuchar cómo Mati preguntaba si ella podía, y sus padres le respondían que todavía era pequeña. Pellizcando a su hermanita por la espalda, suspiró beatíficamente.

Aquel año, en catequesis, las monjas habían montado un teatro navideño. A María le hacía ilusión ser la Virgen: en los cuadros que había visto aparecía con un libro. Al final sor Antonia eligió a la más rubia. A María le pareció injusto dejar fuera a las niñas que se llamaban igual que el personaje. Sor Antonia se detuvo frente a ella.

—Tienes cara de ángel de la Anunciación.

Su padre trató de consolarla un poco.

—Por lo menos serás la que lleva la palabra.

La mañana del sacramento, odió con toda su alma el vestidito que le impusieron. Blanco de pies a cabeza, con la falda tan larga que no había manera de andar. Los brazos acalorados. Unas medias rasposas. Y unos guantes absurdos.

—Mamá, que parezco un bordado.

Durante la ceremonia, le tocó recitar un texto del Génesis. Fue lo único que hizo bien. El fragmento hablaba del Señor prometiéndole a alguien que crecería en el desierto.

Cuando se le acercó el sacerdote, altísimo con la hostia entre los dedos, advirtiéndole: ¡el cuerpo de Cristo!, María tuvo que sacarse de la boca el pedacito de caña de azúcar que se había traído para los nervios.

Un cuerpo en la lengua. El verbo hecho carne. ¡Así que de eso se trataba! Comulgar consistía en creer que las palabras crecían en el desierto.

En catequesis le habían enseñado que al principio fue el verbo, y que Dios era el verbo, y que Dios, nuestro Padre, había dictado todas las oraciones. Pero ella y su hermano hacían los deberes con su madre.

Cuando se mudaron a la calle Palafox, las mañanas cambiaron. Ahora podían caminar hasta la Insti, acompañados por don Enrique. Esos diez minutos de paseo con su padre, cada vez más largos en su memoria, se convertirían en el mejor recuerdo de su infancia. María descubrió que pasar todos los días por los mismos lugares se parecía a releer: lo que una entendía era siempre diferente.

La nueva casa sólo dejaba entrar una luz angosta. Su hermano seguía teniendo cuarto propio, pero en la habitación que ella compartía con Mati apenas cabían dos camas y una mesita de estudio. Su hermana había aprendido a escribir y pronto empezaría la escuela. Eso la emocionaba un pelín, aunque no le daba la gana confesárselo. Por supuesto, le había dejado bien claro de quién era la mesa.

—Mati, guarda tus cosas.

—¿Para qué? No se van a perder.
—No es porque se pierdan, tonta.
—A mí me gusta verlas por ahí.
—No entiendes nada.
—María.
—Qué.
—Que no eres mamá.

Su hermana parecía convencida de que los objetos desparramados o fuera de sitio emprendían algún tipo de aventura. María envidiaba su despreocupación. Para ella el orden no era un gusto ni una ley, sino una urgencia íntima.

A juicio de don Enrique, el corazón de doña Matilde se resentía por su tendencia a engordar. Su madre respondía con ayunos y atracones.

Tampoco la economía daba tregua. ¿La vida en Madrid se había puesto carísima, sus gastos habían crecido o el matrimonio se administraba cada vez peor? Mati iba teniendo edad de ir a la Insti, y pagar tres plazas resultaba imposible. Cuando María oyó susurros nocturnos al otro lado de la pared, supo que no llegarían grandes noticias.

Se decidió que Quique terminara sus estudios cuanto antes. Y que Mati recibiera, al menos durante un curso, la misma formación que sus hermanos. María tendría entonces que prepararse en casa los exámenes libres. Con eso de no ser la mayor ni la menor, a una siempre le tocaba la peor parte.

Para desesperación de su madre, Quique seguía mostrando una resistencia invencible a los deberes. Era capaz de aplicar a la perfección lo aprendido en clase con tal de rechazarlo.

—Ya sé por qué la escuela es una mierda.
—Hijo, ¡esa boca!
—Didaskaleinofobia.
—¿Pero qué dices?

—Fobia a los estudios. Me lo explicó el profesor Blanco. Didaskaleinofobia. Es griego.

Algunos compañeros de su hermano (que a María empezaban a parecerle, cómo decirlo, interesantes) tenían quizá la culpa de esa fobia.

Una vez había intentado defenderlo. Quique emergió del enjambre de golpes y se le acercó tranquilamente.

—Si vuelves a hacerlo, te mato.

Por el trabajo de su padre. Por la salud ajena. Por el dinero de todos. Así les explicaron por qué don Enrique debía marcharse nada menos que a Argentina.

Lo habían contratado como médico de a bordo para cubrir un viaje transatlántico entre Cádiz y Buenos Aires, con escalas en Las Palmas, Río de Janeiro y Montevideo. El esfuerzo que aquello demandaba, les aseguró su padre, era tan generoso como el sueldo. Y las cuentas familiares no estaban como para dejar pasar la oportunidad. Buenos Aires, de hecho, era el puerto de las oportunidades.

Doña Matilde asintió: lo primero era lo primero. Ya se las arreglaría ella en casa. A Mati la idea le pareció genial, hasta que se enteró de cuánto tardaba un barco en cruzar el océano. Quique exhibió esa mueca de indiferencia que ponía cuando algo lo atemorizaba. María preguntó si podían pensarlo. Don Enrique respondió mostrándole unos pasajes con una banderita azul, y extrayendo de su bolsillo un buen puñado de caramelos.

Jamás se habían separado de su padre más de una o dos noches, cuando hacía guardias en el cuartel de la Armada. Ahora serían meses. ¿Qué clase de verano era un verano sin él?

—Tu padre va a salvar muchas vidas.

Salvar vidas en el mar, separarlas en tierra.

María trató de figurarse aquella orilla remota en los mapamundis, de golpe tan cercana. Según tenía entendido, allá el habla sonaba a muchas lenguas, a gente que iba y venía. Había oído historias sobre la ciudad porteña, algunas demasiado novelescas para ser reales. Todo el mundo tenía algún pariente que se había embarcado o soñaba con hacerlo.

Durante aquellas vacaciones, María se interesó por los efectos de la distancia sobre las palabras, que se volvían más dignas de atención. Las primeras cartas de su padre, enviadas desde cada puerto por el que pasaba, parecieron unirlos más. Mati era la encargada de leer los inicios en voz alta, con esfuerzo, hasta que le arrancaban las hojas de las manos.

Queridísimos hijos míos, solía empezar don Enrique. Nunca antes había usado esos, ¿cómo los llamaba el profesor Blanco? ¿Eh? Ah. Superlativos. Era como si se estuvieran enterando ahora, a miles de kilómetros, de cuánto los quería su padre.

No dejéis de estudiar ni un solo día, solía continuar. A Quique esos consejos le sonaban irónicos, una invitación a la desobediencia. A ella la hacían sentirse buena hija y dócil, que era justo lo que le reprochaba su hermano.

Cuidad de vuestra madre, solía terminar. ¿No debía ser también al revés, sobre todo al revés?

Os abraza más fuerte de lo que podáis imaginar: así se despedía. A veces Mati se quedaba pensativa.

—No quiero imaginármelo.

Aunque la Insti no emitiera certificados oficiales, sus estudiantes podían rendir examen en el Cardenal Cisneros, que tenía buena fama y todo eso que permitía sellar papelitos. María planeaba inscribirse como alumna libre. Desconocía que, en todo el país, sólo unos pocos cientos de chicas estaban cursando el bachillerato. Se concentró en lo que deseaba sin reparar en la proporción de su osadía.

Su escasez de recursos le impedía aspirar a una matrícula presencial y, a la vez, la eximía de esas aulas donde se separaba a las chicas ridículamente detrás de unas cortinas. En los exámenes debió entrar y salir con sus compañeras por puertas diferentes, exacerbando la expectación del resto.

Al final del verano, María superó las pruebas de ingreso al bachillerato. De vuelta tras su larga travesía, su padre se mostró demasiado orgulloso de ella: ¿tanto mérito tenía hacer lo mismo que muchos varones? ¿Sería portadora de alguna secreta incapacidad que aconsejaba exagerar sus logros?

—Me has hecho muy feliz, hija mía.

—Gracias, papá. Espero que a mí también.

Para sentirse menos sola, María siguió acudiendo con su amiga Consuelo a algunas de las actividades que organizaba su antigua escuela. Como regalo de cumpleaños, sus padres la apuntaron a una excursión a la sierra. La comitiva estaba encabezada por el señor Cossío; ese Menéndez Pidal al que todo el mundo veneraba y su intrépida esposa, la señora Goyri; Alice y el profesor Blanco, que se besaron en público para revuelo de la pandilla. Pararon en La Granja, Cercedilla y Segovia con el fin de estudiar al aire libre —según el mismísimo Giner de los Ríos, que prefirió quedarse en casa— todas las materias a la vez.

Aquellos días de libertad supusieron para María una explosión de euforia, entre otras reacciones químicas. La ropa la incomodaba en zonas que antes no le importaban, la piel de la cadera se le había llenado de rayitas y se veía periódicamente obligada a correr al aseo. Partieron al día siguiente de su cumpleaños: la primavera acababa de asomar.

De vuelta en casa, se sentó a cumplir con los deberes de la señora Goyri y Menéndez Pidal, cuyas caminatas resultaron tan agotadoras como su pasión docente. Debían redactar una crónica de la excursión desde su punto de vista personal. La suma de perspectivas de cada estudiante, les explicaron, se acercaría a la verdad de los hechos.

Durante la escritura, María experimentó una distancia muy distinta a la recorrida en el viaje: la que la separaba de su *yo*. Sintió una inclinación de la primera persona a volverse tercera, a mirarse con otros ojos.

Unos días después, recibió su redacción con correcciones de Menéndez Pidal en tinta roja. Jamás olvidaría una de ellas.

Fui la primera que llegué a la montaña. La frase venía tachada. El segundo verbo, rodeado por un círculo. Y, anotado debajo, un matiz infinito.

Fui la primera que LLEGÓ a la montaña.

Mientras rompía el papel, su cosquilleo de rabia le pareció delicioso.

Animado por su éxito a bordo, don Enrique volvió a embarcarse con destino a Buenos Aires. Ahora la decisión se presumía más sencilla. Y sin embargo había discutido con doña Matilde, que tras su marcha anduvo distraída.

Una tarde, su madre les ordenó ponerse sus ropas menos viejas, los peinó como antaño y se los llevó al estudio fotográfico Arabesco, más allá de la plaza de Olavide.

Frente a la cámara había una mesita con dos butacas, una de las cuales ocupó muy plenamente doña Matilde. María batalló por la otra. Mati se refugió en el regazo de su madre. Su hermano prefirió apoderarse del centro, erguido, dominando el plano. En ese instante, María se percató avergonzada de que los pies no le llegaban al suelo.

Cuando la luz estaba a punto de deslumbrarlos, doña Matilde resopló, se incorporó con dificultad y sacudió a Quique por los hombros.

—¡Que se te vea haciendo algo útil!

El fotógrafo revolvió entre sus cosas y encontró una libreta y un compás. Quique fingió estudiar algún problema geométrico. Lápiz en mano, María lo imitó como pudo.

Mientras quedaban congeladas en el retrato, su madre le susurró a Mati una última instrucción.

—Mejor de pie. Que vea que has crecido.

Así la familia fue captada de medio perfil, salvo Mati, la única que apareció mirando a la cámara, de frente al futuro.

En casa nadie se explicaba el humor de perros de doña Matilde. ¿Y por qué ese empeño en escribirle cada dos por tres a su padre, si antes lo hacían de vez en cuando?

Al otro lado del Atlántico, don Enrique les declaraba su amor. En una de sus misivas les informó de que su escala en Buenos Aires se alargaría un poco: el hospital del puerto le había ofrecido supervisar el Hotel de Inmigrantes, con la urgente tarea de impedir la propagación de epidemias por aquella maravillosa ciudad. Su experiencia con las infecciones europeas lo convertía en un consultor valioso y —enfatizó con doble subrayado— *muy bien* retribuido. Así que pronto les enviaría más dinero, que les vendría de perlas para blablá.

María se esforzaba por leer entre líneas, y los días pasaban y no pasaba nada, y su padre ya venía y no venía.

En cuanto los sobres llegaban al buzón, su madre se encerraba a solas. Se oían largas pausas hiladas por sollozos casi inaudibles. Después salía del dormitorio risueña, dando órdenes aquí y allá.

Doña Matilde les anunciaba regularmente un pequeño aplazamiento en el regreso de don Enrique. Su labor en el hospital del puerto era muy celebrada, y su sueldo, agua bendita.

Ella aprobó sus exámenes finales. Mati inició el segundo curso en la Insti. Quique aprendió a afeitarse.

En unas postales preciosas, don Enrique les comunicó que no le sería posible volver a casa ese año.

Su padre intercalaba un vocabulario nuevo en su correspondencia, giros desconocidos para María. Les hablaba de chiches y lindas calesitas que, por lo que contaba, tenían toda la pinta de ser juguetes y tiovivos. El orden de algunas frases le llamaba la atención. Sus tiempos verbales tampoco eran como los de antes, igual que había cambiado la velocidad de las respuestas. En una o dos ocasiones, creyó leer que don Enrique los trataba de *ustedes*. Se convenció de que había malinterpretado su letra.

Pese a estas extrañezas, su padre seguía mandándoles dinero. Doña Matilde corría, triunfal, a mostrarles los billetes. Disponía compras para ella y sus hermanos, atribuyéndolas siempre a la voluntad paterna.

Los envíos se fueron espaciando. Su frecuencia bajó al ritmo de las expectativas. Su madre ya no se encerraba con las cartas en el dormitorio. A veces ni siquiera las contestaba. Después casi dejaron de esperar. Después no llegó nada. La ausencia de padre, dinero y palabras fue una misma cosa.

Doña Matilde se esforzó por repetirles toda clase de pretextos hasta que, poco a poco, dejaron de hacerle preguntas. María fue desengañándose y notó que su madre no la contradecía. Creció en su propio silencio: una hablante madura.

Sordas entre los muebles, las fotos seguían mostrando a cinco miembros del hogar. Ella solía detenerse a contemplar el retrato del matrimonio, que su madre había desplazado a un rincón más discreto. La esposa detrás del marido, él sentado y ella de pie, apoyándose en los hombros que la precedían. Su madre con los ojos demasiado abiertos, como en mitad de un susto. Su padre con una mano dentro de la chaqueta, escondiendo algo, y la otra haciendo palanca sobre un muslo, a punto de levantarse.

En otra foto, Quique y ella posaban recién llegados a Madrid. Su hermano descansaba un dedito pulgar en el cinturón, ofreciéndole el antebrazo mientras ella, intimidada por la cámara, se aferraba a sus inmensos diez centímetros de diferencia. Él llevaba puestos unos pantalones de jinete y unas botas más largas que sus piernas. A ella, por supuesto, le habían propinado un vestidito blanco.

En una tercera foto, más reciente, Mati y ella se abrazaban sin entusiasmo, quizá porque acabaran de pelearse. Su hermana mantenía un tenue puchero en la cara mofletuda. Ella miraba con suficiencia al objetivo. Ambas vestidas exactamente igual, como mellizas tardías.

Sus reacciones ante la fuga, sin embargo, habían sido muy distintas.

—Papá no vuelve porque está curando a gente enferma.

—Aquí también lo necesitábamos, Mati.

Si para Quique el mar concretaba una distancia que siempre había existido, Mati anhelaba recorrerla. Dibujaba faros, coleccionaba caracolas, armaba maquetas.

—¿Qué es eso, mi cielo?

—Un vapor transatlántico.

—Ah.

—¿Sabes a cuántos nudos navegan?

—Ni idea, hija, ni idea.

—Son cada vez más rápidos.

María no paraba de hacer conjeturas sobre el intervalo entre ambos viajes a Buenos Aires. Lo que pudo ocurrir. O lo que ya había ocurrido. Pensaba en los posibles dilemas de su padre. No estaba segura de qué suposición la dañaba más: imaginarlo con un plan aquí, fingiendo hasta el siguiente barco, o asaltado por algún arrebato posterior, por un destino diferente allá.

Repasaba la conducta de don Enrique, escenas domésticas, gestos que en su momento habían carecido de importancia. ¿Tan infeliz había sido su padre? ¿Tan penosa era la vida en casa? ¿O había otros asuntos, acaso terribles, que ella ignoraba?

Ahora lamentaba no recordar bien lo que él le había dicho. Retenía sobre todo imágenes mudas. ¡Esa patraña de que una imagen valía más que mil palabras! Las de su memoria valían bastante menos: igual que los retratos familiares, no le ofrecían ninguna certeza. Lo había comprobado con sus hermanos, que tenían recuerdos casi opuestos de las mismas fotos.

La intrigaba el silencio de los vecinos, su capacidad para disimular sus murmuraciones, o la de su madre para no escucharlas. No se les dio ninguna explicación ni la pidieron. Siguieron saludando, sonriendo en las escaleras, hablando del clima, deseándoles feliz año o lo que fuese, sin nombrar el detalle de la gran ausencia. Como si ese señor que era su padre nunca hubiera vivido allí.

Don Enrique terminó volviéndose innombrable. Ella sentía la atracción de ese hueco: una niña asomada a un pozo. Su padre había dejado un vacío tan ancho que cada fantasía fue encontrando acomodo.

Cuando hacía memoria, María lo evocaba preocupándose por sus estudios. Se juró estudiar con furia por él, pese a él, contra él. Intentando olvidarlo y a la vez no defraudarlo.

Pero no había tiempo para el lujo del duelo: se evaporaban los ahorros. Algo comunicaba las palabras con los bolsillos. Cuanto más evitaba su madre hablar de pobreza, menos dinero tenían.

Doña Matilde recuperó la iniciativa. Comenzó a vender algunos muebles, sus exiguas joyas y, finalmente, las antiguas pertenencias de don Enrique. Dio la impresión de rejuvenecer al deshacerse de ellas.

Resultó que el espacio era tan relativo como la felicidad. La vivienda de la calle Palafox, antes incómoda y poco valorada por la familia, se les había vuelto grande e imposible de mantener. María y sus hermanos se negaban a cambiar de barrio: significaba seguir perdiendo vínculos.

Tras explorar los edificios más decrépitos de su propia calle, doña Matilde terminó alquilando un cuchitril sobre la plaza de Olavide, pegadito al bullicio, los bares y los churros.

—Huele a frito, mamá.

—Mejor, Mati, mejor. El olor alimenta.

Lo siguiente que hizo su madre fue escribirle al señor Cossío. Cierto, ella no debería haber leído el borrador de aquella carta. Pero era inútil esconder cosas en una casa pequeña. Siempre le habían recomendado leer todo lo que pudiese: no podían culparla por haber obedecido al pie de la letra.

Mi esposo está ausente, había escrito su madre, mintiendo sin faltar a la verdad. María se sorprendió al reconocer estas artimañas que había creído suyas.

Quisiera que mi hijo estuviese en condiciones de ganarse el pan, había escrito luego, y tanto subjuntivo le pareció una buena forma de pedir favores.

Tengo dos niñas más y ningún capital, había agregado, y eso la ofendió. Sonaba a que las chicas eran esencialmente improductivas.

Ruego ser contestada a mis súplicas, insistía hacia el final doña Matilde, en tono íntimo. *Puede disponer de su afectísima,* se había despedido.

A María no le quedó otro remedio que seguir registrando los cajones de su madre, hasta encontrar días después la respuesta del señor Cossío. Que incluía, entre otras gentilezas, una rebaja en la matrícula de su hermano. ¿En eso consistiría la famosa economía de la lengua de la que hablaba el profesor Blanco?

Dos niñas y ningún capital. Le tocaba hacer algo y se moría de rabia. ¿Por qué ella? Lamentaba saber muy bien por qué. Bastante hacía su madre alimentándolos, manteniendo la casa y administrando cada moneda. Quique estaba formándose para ganar un sueldo. Y Mati había cumplido apenas diez años.

Una madre enferma, un padre fantasma y ningún capital.

Para ahorrarse la inscripción, María postergó sus exámenes libres. Siguió estudiando por su cuenta con los apuntes de su hermano. Y se le ocurrió dar clases particulares. ¿Qué mejor pretexto para repasar sus lecciones? Tocó todas las puertas del barrio y, con la ayuda del señor Cossío, reunió a media docena de aprendices semanales.

Empezó con su excompañera Machú, para quien el latín no era una lengua muerta, sino asesina. Con su vecina Bea, cuyo sueño era dedicarse al ballet, que al parecer consideraba incompatible con la ortografía. Y con Gus, un joven atleta regional que estaba batiendo marcas en la repetición de cursos.

—Yo no quiero estudiar, quiero correr.

—¿Cómo vas a correr más rápido si no sabes calcular la velocidad?

Ganar dinero por sí misma le supuso una revelación. Que redujo, de paso, sus tareas domésticas.

Ahora bien, ¿era verdad, según escribiría doña Matilde, que María se había *ofrecido generosamente* a trabajar? ¿Sabía su madre que ella espiaba sus cartas? ¿Hasta qué punto las había escondido?

Si en el bachillerato había pocas alumnas, casi ninguna declaraba ambiciones laborales. María notó que solían ingresar con cierta pretensión cultural, lejos de otros intereses materiales. Esta presunta pureza se le antojaba tan bárbara como la falta de instrucción.

Galdós, cuyas novelas había empezado a devorar, parodiaba la formación que les tocaba a sus congéneres. Había subrayado en rojo un pasaje de *La revolución de julio*.

«Poseen su caudal de saber religioso, todo de carretilla, sin enterarse de nada; escriben muy mal, con una ortografía que parece el carnaval del alfabeto; en Aritmética no pasan de las cuatro reglas, practicadas con auxilio de los rosados dedos; en Historia están rasas, y sólo saben que hubo aquí godos muy brutos, y después moros derrotados por Santiago. Todo lo que saben de Geografía se reduce a nociones vagas de la superficie del planeta, y al conocimiento de que es forzoso embarcarse para ir a las Américas».

Ella planeaba obtener su título cuanto antes y, por supuesto, para algo. Eso de que el conocimiento era un fin en sí mismo le recordaba lo que algunos niños le decían en los parques, cuando ella se acercaba a beber de la fuente.

—Eh. Nosotros primero.

¿Por qué no buscarse su propia fuente? La horrorizaba la idea de un improbable marido que, viendo a su madre, lo único que le garantizaba eran incertidumbres. Quería ganarse la vida haciendo algo que le gustara: nada más práctico.

Con las monedas que había ido atesorando en un tarro de aceitunas, María se pagó una nueva inscripción en el Cardenal Cisneros para reincorporarse a los exámenes libres. Probó suerte en todas las materias, salvo Gimnasia. Su vecina Bea no perdió la ocasión de burlarse.

—Me extraña que las tildes no sirvan para saltar.

Como era previsible por su insuficiente preparación, se quedó sin aprobar unas cuantas. Pero había superado la prueba más ardua: hacer su voluntad. Viendo que no bastaba con sus apuntes caseros y sus manuales prestados, María se dirigió a la Insti para asistir a algunas clases sueltas en las áreas donde arrastraba mayor retraso. Recibió la respuesta afirmativa del mismísimo. Una mañana acudió a una tutoría con Alice, que llegó saludándola con sus canas al viento.

—He pensado mucho en usted, profesora.

—Me alegro. Eso quiere decir que has estado pensando en ti.

La voluntad y el tarro de aceitunas tenían sus límites. A finales de año se impuso una evidencia: por mucho que inventaran, ya no había manera de asumir los gastos en la capital. Doña Matilde convocó una asamblea en el cuchitril. El orden del día era breve. Emigración o ruina.

La solución de su madre consistía en regresar a su Aragón natal. Todavía capaz de invocar algunas imágenes de infancia allí, Quique estuvo de acuerdo. Si ahorraban todo lo posible durante una temporada, nadie se quedaría sin estudios. Este argumento terminó de convencer a María. Mati, en cambio, lo vivió como una catástrofe. Era la única de la familia que había nacido en Madrid, le encantaba su barrio, le encantaba su colegio, le encantaban sus amigas, y entendía perfectamente pero sólo quería llorar.

Para doña Matilde tampoco suponía un cambio fácil, aunque su parte del drama no tuviera público. Le tocaba retroceder a un escenario anterior a esa humillación que tanto le había costado dejar atrás. Volvía al punto de partida más vieja y menos esperanzada.

Empezaron alojándose en las inmediaciones de Paniza, en una casita de piedra con molino donde habían veraneado alguna vez. María pudo completar las siluetas de su primera memoria: le pareció que aquella suma de picos y llanuras tenía algo de escritura en el horizonte. Fue tejiendo una nueva intimidad con su hermano, que le narró lo poco que recordaba. Hablaron de Eduardo y su sombra perdida. Sus pasos se confundían con el bisbiseo del río.

Menos impresionada con el paisaje, Mati se echaba a leer de espaldas, defendiéndose del sol con una historieta.

Se instalaron en Zaragoza en cuanto pudieron para que cada cual retomara sus clases. Gracias al préstamo de unos parientes, lograron alquilar un pisito cerca del centro. A falta de liquidez para otros entretenimientos, salían a pasearse un rato entre la burguesía local. Admiraban las fachadas modernistas del paseo de Sagasta, contaban automóviles y sombreros, veían pasar los tranvías y volvían a casa con una sensación difícil de explicar.

—Qué bonita está la ciudad, ¿no?
—Sí.
—Bah.
—Depende.

María vigilaba los vestidos de las muchachas de su edad, que ni siquiera se manchaban con el lodo, y los criticaba mentalmente hasta descartarlos. Eran fatuos. Ridículos. Inalcanzables. Se cruzaba con ellas alzando bien el mentón. Eso le aseguraba mantener la dignidad y, sobre todo, no toparse con los remiendos de sus propios zapatos.

Quique terminó el bachillerato con sus mejores notas: su rendimiento se había disparado al iniciarse en las ecuaciones, la trigonometría, el álgebra. Le fascinaba aquello que no podía existir fuera de un código, la llave de lo imposible. No era tan corto de estatura como había temido de niño. Cada mañana se afeitaba silbando. Por ahí se comentaba que tenía una amiga o algo así.

Consiguió un puesto en una compañía siderúrgica, cumpliendo las expectativas de su madre, aunque más lejos de lo que ella hubiera deseado. La expansión de la industria lo llevó hasta la costa valenciana. En Sagunto dedicó su tiempo libre a dar clases de Matemática a las familias obreras, que seguían llegando a centenares. De esta forma casual descubrió su vocación por la enseñanza.

María reanudó sus exámenes libres en el Instituto General, que estaba pegadito al edificio de la universidad: le pareció una especie de promesa. De camino a los exámenes se reencontraba con el tímido río Huerva. Ese hilo de agua la había acompañado siempre, como un rastro de luz.

Si no hubiera tenido que irse de Madrid, le habría gustado frecuentar los ambientes polígoltas —*in other words*, caros— del Instituto Internacional, con sus jóvenes bien vestidas y vagamente anglófilas. A diferencia de las hijas de Concepción Arenal, que tanto había escrito sobre la explotación de las mujeres, ella no podía ni soñar con pagarse algo así. Estaba harta del abismo entre sus lecturas y su presupuesto. Necesitaba más libertad: dinero.

Tras varios intentos fallidos, María encontró empleo como secretaria en la Diputación Provincial, donde demostró su eficiencia revisando textos y su neurosis organizando papeles. La derivaron al Estudio de Filología de Aragón, que reservaba plazas para alumnos en prácticas y acababa de acordar que uno de ellos (¡no más!) fuese de sexo femenino. Le anunciaron con solemnidad que ella era la primera redactora oficial del equipo. No supo muy bien cómo interpretarlo. ¿La primera que trabajaba ahí, o la primera a la que le pagaban por su trabajo?

El Estudio andaba casualmente inmerso en la elaboración de un diccionario de vocablos aragoneses. Si en ese momento alguien le hubiera soplado su futuro al oído, María se habría muerto de risa.

Al principio le encomendaron tareas mecánicas y, con el tiempo, responsabilidades mayores. Empezó a coordinar las colaboraciones de cada lexicógrafo. Aprendió a rastrear términos en volúmenes descosidos, que apenas le cabían entre las manos, para documentar su origen. Pero su ocupación preferida era darles forma a las fichas del incipiente diccionario, que iba clasificando por orden alfabético. En vez de impacientarla, aquella misión a largo plazo la serenaba. Se imaginaba acumulando hojas y hojas, con la fe de que algún día serían bosque.

—Podría pasarme la vida así. ¡Qué tontería!

No tenía idea de cómo hacerlo: aprendió haciéndolo. Fue cuestión de observar y escuchar.

—Guapa, ¿me traes un café?

—Pásame esa carpeta. No. La otra.

—¿Y tu novio qué opina de que salgas tan tarde?

—¡Niña, esa letra! Que no se te entiende ni la *A*.

—¿Es cosa mía o te has hecho algo en el pelo?

Sus apreciaciones sobre ciertas actitudes de los caballeros, ya bastante fundamentadas, se toparon con una inesperada excepción: el (mismísimo) jefe del Estudio.

—Señorita, ¿un café?

—Ahora mismo, don Juan. ¿Con azúcar o solo?

—No, no, ¡que si le traemos un café! Hoy se la ve cansada.

—Ah. Es que he dormido poco. Anoche me quedé revisando refranes.

—Muy bien, señorita. Entonces váyase a descansar.

Don Juan Moneva, miembro de la Real Academia Española, resplandecía en sus contradicciones. Se declaraba devoto de la Iglesia y creyente en la igualdad entre hombres y mujeres. Predicaba contra el vicio alzando copas de somontano. Defendía el regionalismo a condición de que viajara mucho.

Según don Juan, para investigar el léxico se debía atender a la juventud, porque hablaba con frescura y oído colectivo. Sus hijos, le contó a María, asimilaban mejor que él los cambios en el uso de la lengua. Por eso confiaba más en el criterio de una chica como ella, por ejemplo, que en ciertos académicos aferrados a sus normas.

Ahora bien, le advertía señalándole la nariz, la juventud tenía sus flaquezas: carecía de memoria histórica para las palabras, su conocimiento de la tradición era flojo (don Juan Moneva nunca decía *malo*) y le costaba entender que su época también sería pasado. Por eso creaba grupos de trabajo con distintas generaciones.

—¿Otro café, señorita?

—Mejor no, don Juan, mil gracias. Ya estoy que me subo por las paredes.

—Me refería a si puede traerme otro café.

Viendo que le quedaban pocas materias para alcanzar el título, María decidió darle un último empujón a su bachillerato. Se pagó la matrícula completa y asistió a clase a diario. Ansiaba quitarse de encima la imposible Gimnasia: no entendía por qué una persona adulta debía ser capaz de hacer otra cosa que caminar a buen ritmo. Su porvenir estaba en manos de un profesor a quien apodaban el Sargento.

El vozarrón del Sargento era capaz de transmitir instrucciones a cualquier distancia. Se paseaba entre sus discípulos con los brazos trabados por detrás, como tratando de inmovilizarse a sí mismo. Registraba los perfiles anatómicos de cada estudiante: peso, estatura, proporciones, longitud de las extremidades, perímetro craneal y otras aterradoras categorías.

Fracasando en su intento de sonar gracioso, el Sargento le asignó una constitución *generosita*. María tenía la sensación de que los eufemismos engordaban. La forma de su cuerpo, sus mejillas de pan, su tez un punto oscura le gustaban (a veces) tal cual eran. Y todo eso le importaba (casi) tan poco como daba a entender.

Con un moderado consumo de energías, María logró la nota mínima para que la dejaran en paz. El certificado médico que don Juan Moneva tuvo la amabilidad de inventarle —asma crónica, broncoespasmos, exposición continuada al polvo de los archivos— hizo el resto.

Obtuvo las máximas calificaciones en Lengua, Francés y Aritmética. Malas (bueno, *flojas*) en Dibujo y Fisiología. En Latín no llegó al sobresaliente porque fue al examen sin pegar ojo, y confundió a Lucano con Lucrecio y a Catón con Catulo.

En Historia Literaria no paraban de contar los finales de las novelas, incluidas las que María estaba leyendo. Así que empezó a ir a clase con tapones bajo las trenzas.

—Moliner. Señorita Moliner. ¡Señorita Mo-li-ner!
—¿Eh? Sí, ¿disculpe?
—Márchese a dirección ahora mismo.
—¿Puedo llevarme el libro?

A lo largo del año no contó más de seis compañeras en todo el edificio. Tres de ellas soñaban con casarse. Otras dos, con viajar. Con la sexta nunca habló.

En ocasiones coincidía en el patio con un muchacho de mirada asimétrica, ojeras densas y mandíbulas roedoras. Lo habían expulsado de los jesuitas por mal comportamiento, de lo cual se sentía especialmente orgulloso. Su padre era ferretero y había hecho fortuna vendiendo armas en Cuba. Parecía resentido con su propia riqueza. Estaba obsesionado con la fotografía y los insectos. Le caía bien y mal ese Luis Buñuel. Sus compañeros insistían en llamarlo Buñuelo.

—Derrocháis poesía, hijos de puta.

Buñuelo llegaba con cara de haber tenido pesadillas o de haberse peleado en la entrada. María no lo encontraba para nada guapo. ¿Y entonces? Luis tenía fijaciones obscenas que, por algún misterio, a ella la hacían sentir un no sé qué.

—Yo desayuno bragas.

Un día le agarró una trenza y se sacó una tijera del bolsillo. Ella trató de apartarlo: no consiguió moverlo ni un centímetro. Buñuel la soltó y se quedó mirándola, mientras cortaba un mechón de su propio cabello. Después se lo pasó por la lengua. Se lo puso a María de bigote.

—Así me gustas más.

Y desapareció entre las sombras del patio.

María estrenó sus dieciocho con una epidemia: ahora que tenía edad para volver tarde, no podía salir a ningún lado. Su madre se pasaba el día corriendo las cortinas para que no vieran las procesiones fúnebres. Se espantaron realmente cuando las campanas dejaron de sonar por cada muerto.

La gente joven caía, igual que en esa guerra en la que España no participaba. Los caramelos de menta se habían agotado porque corría el rumor de que evitaban el contagio, lo mismo que el aguardiente, del que por fin había una razón para abusar. A los infectados los obligaban a inhalar vapores de algas o, en el mejor de los casos, les recetaban aspirinas. En la quietud del comedor, Mati y ella discutían en voz baja.

—Papá hubiera sabido qué hacer con los enfermos.
—Cállate. Ni siquiera supo qué hacer con nosotras.

Algunas noches, cuando cerraba los ojos, la visitaba don Enrique. Igual que había desaparecido de su vida sin avisar, se le aparecía a cualquier hora. Al principio llegaba vestido con la misma ropa de la última vez, en aquel muelle de invierno. Se lo veía formal, cauto, un tanto borroso. Con el paso de las madrugadas, su padre fue aposentándose en la oscuridad del cuarto y se presentaba ante ella como le daba la gana. La pandemia se volvía más honda, la metía en un pozo, y su padre flotaba en mangas de camisa, con una bata vieja o un pijama roído. Incluso desnudo, deforme, cubierto de llagas que supuraban música. María abría los ojos de golpe y se encontraba a su hermana en la cama, a su lado, preguntándole qué demonios le pasaba.

En casa ya no leían la prensa para informarse, sino para asustarse. La gripe española no era española. Según don Juan, eso decía mucho sobre el país: un eximperio que sólo conservaba su prestigio para lo deplorable. Sus vecinos la llamaban peste napolitana, aunque al parecer se había originado en Kansas. En Senegal la suponían brasileña. En Brasil, alemana. En Dinamarca estaban seguros de que venía del sur y para Polonia era un mal bolchevique. El mal propio no existía.

Mientras los colegios siguieran cerrados, María se propuso estudiar a los clásicos romanos, que tan bien habían sabido morirse. Si el latín se consideraba una lengua muerta, quizá la muerte fuese una lengua que nadie sabía traducir. Su nota en el último examen, tenía que admitirlo, le seguía molestando. ¿Podía afectarle semejante bobada en pleno horror? ¿O acaso las pequeñas preocupaciones la distraían de las grandes? Pensaba en su existencia anterior, la normal, la de siempre, con una luminosidad de la que entonces había carecido.

Por fortuna, en la familia no llegaron a contraer el virus, o lo pasaron sin mayores padecimientos. Quien se vio rodeado de enfermos fue Luis, que le escribió desde la Residencia de Estudiantes, donde apenas había alcanzado a pasearse desnudo un par de veces antes de que las actividades se interrumpiesen: Madrid era el centro de la epidemia.

Tras describirle lo que alcanzaba a espiar desde su habitación aislada, Buñuel le narraba otro de sus sueños. Unos amigos acudían a una fiesta en una mansión enorme y, por mucho que lo intentaban, no podían irse nunca. La idea de una fiesta interminable resultaba, según él, muchísimo más siniestra que cualquier funeral.

El año siguiente pareció tardar años en llegar. Cuando lo hizo, todo se aceleró: las decisiones, el deseo, la angustia por el tiempo perdido, los reencuentros y rupturas, las euforias y depresiones. Y María ingresó por fin, no podía creerlo, en la universidad.

Caminó lentamente hasta el otro extremo de la plaza de la Magdalena, donde la aguardaba su ansiada facultad. Su meta se desvaneció en el mismo instante de alcanzarla: habían suprimido la especialidad de Lengua y Literatura. Acabó eligiendo Historia. Para don Juan no era mala noticia.

—Una cosa lleva a la otra. Con la lengua hacemos memoria, y con la memoria hablamos.

María volvió a mirarse en el espejo. Sus ojos pardos huyeron. Sopesó la posibilidad de sacrificar sus trenzas: ¿la infantilizaban o la protegían? No hacía mucho que la facultad había admitido a su primera alumna. Recordó cómo la señora Goyri le había contado que había necesitado un permiso especial para cursar su carrera y que, tras arduas gestiones, se lo habían concedido a condición de entrar al aula con el profesor y sentarse a su lado en una silla.

Acudió a la foto para el registro con el cabello intacto. Apenas el primer botón de la blusa desabrochado, las puntas de las trenzas sobre el pecho, sin collares ni pendientes, nada de maquillaje. Le había llevado una hora entera lucir así.

En su ficha personal, la categoría *alumno* se repetía junto a su nombre y debajo de su firma. Introdujo una discreta curva que mutó la *o* en *a*. *Hijo de*: y el nombre de su padre flagrantemente ahí.

María despertaba una mezcla de recelo y gentileza entre sus compañeros. Se detenían a cederle el paso, haciéndola sentirse menos bienvenida que señalada. Le abrían las puertas con una inclinación en la que ella, acaso equivocadamente, leía una burla. Más allá de las intenciones de los demás, su otro conflicto era ese: su irremediable estado de sospecha.

Cien por cien barba y bigote, el profesorado parecía asombrarse con sinceridad de sus conocimientos. María no sabía si tomárselo como un elogio o darse por ofendida. Por las dudas, se retorcía las trenzas.

—¿Y dónde aprendió eso, señorita Moliner?

—En una cueva con osos, señor.

Compartía apuntes, libros y susurros con sus escasas compañeras. Se confiaban sus sentimientos y, en el fondo, no dejaban de vigilarse. María avanzaba a una velocidad desesperada. Lo hacía por ella, por su madre y por las que no habían podido hacerlo.

El trato con jóvenes en continuo estado de polinización comenzó a inmiscuirse en sus horas de estudio. Aprovechando el cuarto propio que le correspondía tras la emancipación de su hermano, María había hecho progresos en direcciones inesperadas. Comprobó que su mente discurría mejor después de un interludio corporal. Lo consideró un argumento inobjetable en favor de aquellos desahogos.

—¡Que toques la puerta, Mati! Cuántas veces tengo que decírtelo.

—Disculpa. Se me hace raro dormir separadas.
—Entendido. ¿Algo más?
—Sólo quería darte un beso de buenas noches.
—Anda, tonta, ven aquí.
—Que descanses, María.
—Buenas noches, hermanita.
—Oye.
—Qué.
—A mí también me encantan las almohadas.

Sus exploraciones iniciales avivaron su curiosidad en la misma medida en que la defraudaron. Le llamó la atención cómo la esforzada labia de sus pretendientes quedaba reducida, en cuanto la carne afloraba, a una rústica serie de monosílabos y onomatopeyas. Aquellas experiencias primerizas le parecieron una parodia de las leyendas de lujuria que había escuchado por ahí. Se preguntó si de verdad habría más o si la pasión sería eso, un relato colectivo.

Restando horas de sueño y sumando exámenes libres, María comprimió dos años lectivos en uno solo. Encontraba un placer vengativo en adelantar a sus pares. Por haber llegado tarde a casi todo, tenía más prisa que el resto. Terminó la carrera antes de cumplir veintidós y le dieron el Premio Extraordinario al mejor expediente. Abriéndole la puerta para dejarla pasar, un estudiante bien vestido la felicitó a su manera.

—Les venía bien dárselo a una chica.

Fue a despedirse de don Juan Moneva y su equipo. Cuando sus compañeros se pusieron en pie para aplaudirla, reprimió el llanto. Al notar que uno de ellos lagrimeaba, quiso llorar con él, pero no pudo.

¿Iba a quedarse ahí, con su diploma enmarcado? Ni loca estaba dispuesta a depender de nadie.

—Mamá no tuvo suerte en el amor.
—Mamá no tuvo presupuesto, Mati.
Se concedió un período de reflexión. Acudió a todas las fiestas a las que no se había permitido ir. Se divirtió hasta cierto punto, tuvo varias borracheras y ninguna revelación.
—¿Y cómo te llamas, bonita?
—Igual que hace un rato.
—Me gusta tu carácter.
—A mí no.
—¿Bailas?
—Bueno.

Pronto María confirmó que no sabía descansar: lo suyo era correr detrás de algún objetivo. Barajó diversas opciones, desde las más prudentes hasta las más intrépidas (largarse a Francia, Inglaterra, ¿Argentina?). Al final decidió concursar al cuerpo de Archiveros y Bibliotecarios. Le gustaba imaginarse esos espacios como un cuerpo: trabajaban con los miembros físicos de las letras, formando un organismo que sostenía sus combinaciones.

La alivió recobrar sus rutinas. Se amoldó con facilidad al encierro, entregada a la inercia de levantarse-ingerir-estudiar, ingerir-estudiar-acostarse. El síndrome de posgraduación le había resultado insoportable.

Las pruebas dieron comienzo justo antes del verano en la Biblioteca Nacional. Para no perder tiempo en idas y vueltas, María se instaló temporalmente en Madrid. Era la primera vez que lo hacía desde que se había marchado de la ciudad. Se sintió mitad local, mitad forastera. Se emocionaba en cualquier esquina, frente a pequeñas tiendas en apariencia idénticas a las demás, oyendo determinadas expresiones o en los puestos de libros de Goya. Ella fue la primera en sorprenderse: ignoraba que albergase toda esa nostalgia aplazada.

Se alojó en una pensión del centro que ofrecía una generosa variedad de cucarachas. Se entretuvo pisándolas como hacía de niña. Estaba a minutos de la Biblioteca Nacional: casi podía verla desde su habitación. Sólo tenía que cruzar Hortaleza y callejear un poco por el barrio de Justicia. A su madre le dijo que Consuelo, su amiga de la Insti, la había invitado a su casa. No quería molestar a nadie. O, siendo honesta, no quería que nadie la molestara.

Aprovechó para visitar al señor Cossío y a doña Carmen, que la recibieron con los brazos abiertos y un montón de cacharros de cerámica.

—Pero, María, ¡no puedo creerlo! Estás, estás...

—¿Qué esperabas, querido, que siguiera teniendo trece años?

Y alzaron sus copas por el mismísimo Giner de los Ríos.

—Se le echa de menos como a un padre.

—Mucho más. ¡A él lo elegimos!

Se citó con Alice y el profesor Blanco en un café de la glorieta de Quevedo. Le resultó extraño observar su propia imagen en los cristales, bebiendo con sus ídolos de la infancia.

Entre la maraña de humo y voces, Alice le contó que estaba enseñando en una escuela nocturna, traduciendo ensayos políticos y escribiendo un informe sobre la delincuencia infantil en Portugal.

—Trabaja demasiado.

—¿Dirías eso de un hombre?

María evitó secundar la opinión de su esposo, aunque lo cierto era que, bajo sus manojos de canas, las ojeras de Alice se habían expandido. Se preguntó si se debía a la diferencia de edad de la pareja, ahora más visible. A María la fascinaba tanto que ella fuese mayor como la firmeza con que se había negado a ser madre.

—¡Una posibilidad no es un destino!

La última de las pruebas, el ejercicio práctico, cayó en pleno verano. El calor madrileño había entrado en ebullición, con su aire pastoso de cazuela al mediodía.

Acudió sin dormir, aturdida y exhausta. Momentos antes de su exposición, se percató de que la blusa que había elegido transparentaba su abundante sudor. Quiso salir corriendo al baño, pero entonces pronunciaron su nombre.

Mientras pasaba sus vacaciones con Quique y el resto de la familia en Sagunto, se enteró de que no sólo había aprobado aquellos desagradables exámenes, sino que figuraba entre las diez primeras posiciones, lo que le garantizaba plaza en algún archivo o biblioteca del país. Doña Matilde rompió a llorar y la abrazó. María percibió cierto desconsuelo en su madre, como si, más que alegrarse, estuviese despidiéndola.

Cuando formalizó los papeleos, desde los mostradores alguien comentó que se veían muy pocas mujeres por allí.

—Entonces el mérito es de las anteriores.

Pese a sus esperanzas de lograr un puesto en la capital o en Zaragoza, acabaron destinándola al Archivo de Simancas. Tomó posesión una mañana helada de diciembre, con el viento petrificándole la cara. No quiso interpretarlo como un augurio. Y, por supuesto, lo hizo.

Fortaleza de datos y recuerdos perdidos, el Archivo de Simancas funcionaba en un castillo de muros abrumadores. Las mínimas ventanas acentuaban su hermetismo. Fue recibida casi sin palabras: ya estaban todas ahí dentro. Le asignaron un escritorio enorme, una lámpara tenue, un atril que parecía una catapulta y mucho vacío a su alrededor. Ella, que siempre había reclamado espacio para concentrarse, vio angustiosamente cumplido su deseo.

Emergió del castillo con la impresión de que su sombra se había deformado. Caminó sin rumbo. Pasó junto a una iglesia y atravesó una plaza que insistían en repetirse. Su camino tejía un laberinto. ¿Habría desayunado lo suficiente? Desembocó en un puente de piedra, se asomó al río. Rodeada de preguntas y neblina, se dijo que había al menos una cosa clara: iba a necesitar ropa de invierno.

Doña Matilde se instaló en Simancas para echarle una mano. Era la primera vivienda que María alquilaba por sí misma, y eso la llenaba de una satisfacción incompatible con las instrucciones de su madre. Su hermana se vio obligada a posponer el final de su bachillerato y se les sumó a regañadientes.

—Vamos de un lado a otro.

—Así ves mundo, Mati.

—Ya estoy harta. Parezco un equipaje.

—Te prometo que voy a ayudarte con los exámenes libres.

—¿Pero cuánta gente vive aquí, María?

—Nosotras tres, seguro.

Contempló sus pertenencias desparramadas. Entre la mudanza y el trabajo, llevaban semanas ahí. Las cosas que permanecían demasiado tiempo inmóviles, pensó, iban echando raíces y estancándose. Sus libros seguían atrapados en cajas, hablándole a nadie.

Se pasaba las mañanas con la nariz metida entre ficheros, cotejando papeles del Estado (¿no era el Estado mismo un compendio de archivos, comprobantes, normativas?) que separaba y clasificaba según criterios en apariencia arbitrarios. Probó a reagruparlos en categorías más lógicas. Cuando vio su escritorio inundado de carpetas con leyendas del tipo *Prioritarios I*, *Urgentes III* o *Pendientes de reordenación*, asumió que el absurdo era una forma tan coherente como cualquier otra de cumplir con sus obligaciones.

Revisaba expedientes de fecha indefinida, transcritos por personas aún más indefinidas. Al redactar un documento tras otro para su registro, notaba cómo los significados perdían espesor. La sintaxis se diluía en un magma de frases hechas y fórmulas que iban bloqueando los poros de las palabras. La puntuación se hundía, blanda, como suturas en un cuerpo inerte.

María celebró las Navidades en su vivienda semivacía. Tal como le habían prometido, contaba con un baño privado; lo único que olvidaron mencionar es que no tenía agua corriente. Por culpa de aquel frío puntiagudo, su madre se resintió de sus achaques. En contra de las previsiones, muchos alimentos eran más caros que en las grandes ciudades.

—Yo me vuelvo con Quique.

—Un poco de paciencia, Mati, ya te acostumbrarás.

—¿Tú quieres acostumbrarte?

Los ánimos crecieron con la luz y la temperatura. Según su madre, la gente terminaba pareciéndose a las plantas. Doña Matilde se encontró mejor en primavera, aligeró su andar, y las tres fueron adaptándose a los ritmos y matices del pueblo. Acarrear recipientes hasta el baño se había convertido en un deporte: María se notaba los brazos entonados y se acordaba del Sargento.

También había empezado a intimar con sus colegas del Archivo, que resultaron bastante más divertidos que su trabajo. Por las tardes salían a pasear y su hermana se les unía con un buen humor que apenas mostraba en casa. Algunos domingos se escapaban a Valladolid, que adquirió dimensiones de metrópolis.

De vez en cuando el amor, fuera lo que demonios fuese, le rondaba la cabeza de un modo más bien genérico, como esos vocablos cuyo sentido se conoce vagamente pero no se sabe cómo usar. Sentía un aburrimiento sin relación con lo que hacía, basado quizás en todo aquello que *no* hacía.

Un viernes de abril sacrificó sus trenzas.

Quería cambiar de aires, quería escribir una tesis y no estaba segura de qué quería. ¿Añoraba su vida en otra parte o una edad con menos obligaciones? Dudaba si investigar dentro de su especialidad en Historia, o si ya iba siendo hora de encauzar su pasión por la Lingüística. Cumplida una temporada de servicio en Simancas, María solicitó su traslado al Archivo Histórico Nacional en cuanto se liberase una vacante y, mientras tanto, viajó a Madrid para informarse sobre los cursos de doctorado.

Dos de sus amigas aragonesas eran becarias de una institución dedicada a integrar a las mujeres en el ámbito universitario: la prestigiosa —y fatalmente bautizada— Residencia de Señoritas, que se había inaugurado en la antigua sede de la Residencia de Estudiantes. Si a los hombres jóvenes se los identificaba por su condición de estudiantes, ¿por qué el lugar equivalente para ellas señalaba su sexo, edad y estado civil? Se moría de ganas de estar ahí.

Se sentó a redactar una carta para la directora, la políglota señora de Maeztu y Whitney, poniendo extremo cuidado en transmitirle una recatada dignidad. Empezó escribiendo *Estimada señora*, y lo sustituyó por *Distinguida señorita*. Se presentó brevemente, le expuso sus intenciones, preguntó por las fechas disponibles. Y no olvidó mencionar a sus dos buenas amigas.

Tan pronto como recibió la respuesta afirmativa de la directora, de una prosa elegante y capaz de intercalar toda clase de esdrújulas, María se tomó los días de descanso que le debían en el Archivo.

—¿Y se puede saber por qué no puedo ir contigo?

—Es mejor que te quedes cuidando a mamá.

—¿Y si vamos las tres?

—Me encantaría, hermanita, pero tienes exámenes.

La Residencia resultó bastante menos recatada de lo que había supuesto. Según la señora de Maeztu, sus chicas gozaban de todas las libertades compatibles con la discreción. Admiró la vestimenta refinadamente andrógina de muchas huéspedes, la confianza entre ellas, su complicidad física.

Aparte de reunirse con posibles tutores para su doctorado, salió a cenar en una compañía distinta cada noche. Lo segundo funcionó mejor que lo primero. Escuchó conferencias del señor Cossío (que contó las mismas anécdotas que solía contarle a ella) y de un tal Cansinos Assens, que la dejó deslumbrada. Llegó tarde a una presentación de Baroja por quedarse durmiendo la siesta. Y lamentó perderse el curso que Gabriela Mistral impartiría la semana siguiente. El último día vio anunciado un acto de Concha Méndez, que recitaba su poemario inédito *Inquietudes*. El título la convenció.

Sus amigas le fueron señalando diferentes cabezas entre el público. Le hablaron con devoción de Maruja Mallo, que tenía los mismos ojos desmedidos y centinelas de sus cuadros. Junto a ella se sentaba, con las piernas plegadas bajo los brazos, un compañero catalán con un atuendo de otro siglo, no quedaba muy claro si anterior o posterior. Junto a él fue a ubicarse un poeta andaluz de gesticulación teatral, risa en cascada y una especie de magnetismo en la frente.

Se sobresaltó al reconocer a su lado a Buñuel. Hacía años que no lo veía. Cruzaron sus miradas y él se distrajo en las *lááámparas* del techo.

Se pasó toda la lectura intentando capturar la mirada de Luis, que en las pausas entre poema y poema hacía muecas bruscas, como si quisiera reacomodarse la cara. Maruja Mallo, que más que una nariz tenía un tótem, parecía sostener una madeja con los dedos. El pintor catalán no parpadeaba. El poeta andaluz aplaudía cuando le daba la gana, en mitad de algún verso inesperado.

Al concluir el recital, Buñuel agarró del brazo a Concha Méndez y ella se soltó, reprendiéndolo con picardía. Entonces María entendió. Maruja Mallo saludó a sus amigas con los dedos muy abiertos y se dirigió a la salida. El pintor catalán pasó a su lado, casi a través de ella. El poeta andaluz se quedó mirándola un instante, tratando de determinar si la conocía, y siguió su camino. Sin detenerse siquiera, Luis le gruñó al oído.

—Estás igual, pero mucho más joven.

Aspiraba a trabajar con libros. Idealmente, en la Biblioteca Nacional. No le concedieron la vacante en Madrid ni le ofrecieron ninguna biblioteca. Tampoco definió sus planes de doctorado, en parte por sus limitaciones para viajar y en parte porque no daba con un tema que la cautivara. Quizá más adelante. Su hermana detestaba esa frase.

—¡Más adelante es nunca!

Tras presentarse sin éxito a diversas plazas en la capital, María dedujo que carecía de la trayectoria, de los contactos adecuados o ambas cosas. Probó con la Delegación de Hacienda en Murcia, que prometía un clima benévolo para la salud de su madre y una menor distancia con su hermano. Lograr al fin un resultado favorable no despejó sus dudas: se preguntó si, cada vez que se movía, se acercaba a sus objetivos o se alejaba de ellos. Esperaba divertirse en Murcia y así fue, no exactamente gracias a su trabajo.

El Archivo de Hacienda se hallaba en un estado que la hizo añorar su castillo. Lo que se encontró allí trascendía el desorden, era casi un sistema, una sutil maquinaria destinada a dejar todo inconcluso. Perdió la cuenta de las jornadas que le llevó descifrar aquella selva de códigos erráticos. Además de catalogar uno por uno los documentos de ingreso reciente, María repasó miles de expedientes polvorientos. Daba vértigo confirmar que cualquier tiempo presente se volvía archivable.

Asistió hipnotizada a cómo los datos formaban reinos autónomos, cómo la estructura de las informaciones se convertía en una información aparte. Idear métodos de búsqueda tenía algo de fe combinatoria. Quizá su corazón fuese bibliotecario, y su sistema nervioso, archivero.

El director alabó su trabajo, lo cual significaba que iría delegando en ella cada vez más tareas. Para colmo, ella debería mostrarse honrada por tales encargos, alimentando así el círculo vicioso de la perfecta empleada.

Se adaptó lo mejor posible a su nuevo hábitat. Encontró una fuente de luz (¡cuánta razón tenía su madre sobre las personas y las plantas!) y creció hacia donde pudo. Empezó a frecuentar el ambiente académico, buscando afinidades y trabando relaciones hasta que se produjo un pequeño milagro: le ofrecieron una ayudantía en la facultad de Filosofía y Letras. Milagro que ella misma, por supuesto, había propiciado con astucias terrenales.

Supo que era la primera mujer en ejercer oficialmente la docencia en la universidad murciana, el tipo de noticias que la hacían sentirse más sola que pionera. Tan inaudito debió de resultar su nombramiento que el acta fue firmada el 29 de febrero de 1924, año bisiesto. La Junta le daba la bienvenida a la institución como «representante del elemento femenino». Las mujeres, toditas, *elemento*. Ella, abstracción antes que profesora. Su pasaje preferido era ese donde se especificaba que había ingresado «por sus méritos», encantadora prueba de que no siempre se daba el caso.

Su madre recortó cada línea publicada en la prensa local. El cronista de *La Verdad*, se diría que estupefacto por su edad y sexo, celebraba «a tan culta joven». Menos fortuna aún tuvo con la semblanza que le dedicó *El Tiempo*, donde a veces escribía. «Agradecemos a nuestra bellísima colaboradora, la señorita María Moliner...».

Durante un cuatrimestre dio clases de Historia a un grupo de corbatas. Aunque en ningún momento se sintió desautorizada, intuyó que el respeto de sus alumnos se basaba en una suerte de excepcionalidad. A la hora de las evaluaciones procuró no desanimar a nadie, sin caer tampoco en la condescendencia. Aprendió que poner notas era una incómoda forma de autorretrato.

Mati, entretanto, había superado los últimos exámenes del bachillerato con calificaciones un pelín superiores a las suyas. No pudo evitar que ese cálculo la molestase. Sin una hermana niña, se sentía mucho mayor que hacía un par de años.

El resto de su infancia se lo llevó una carta. Breve. Franqueada en Buenos Aires. Con un remitente que le sonó sarcástico, Libertad 936, y una música distinta en su misma lengua. Redactada por alguien que había intervenido drásticamente en su vida sin pertenecer a ella, que tenía y no tenía derecho a escribirle. Alguien con quien su padre, según se tomaba la licencia de informarle, había formado otra familia. Y que ahora le comunicaba que había muerto.

María dejó caer en su regazo aquella caligrafía ajena, los trazos dibujados por una mano que había tocado a su padre, por un cuerpo cercano al cuerpo ausente.

Se había acostumbrado a que él fuese una sombra, un protector imaginario al que ella moldeaba a su capricho. Las reglas de ese juego se habían roto.

Escondió la carta. Buscó una caja de fósforos.

Una mañana ventosa, María acudió a la estación de trenes para recibir a un historiador que llegaba a dar su conferencia. En mitad del andén, María divisó al invitado y alzó un brazo en señal de saludo. Cargando un maletín y sujetándose con la otra mano el sombrero, su invitado apresuró el paso. Cuando se halló frente a ella, intentó descubrirse y el sombrero voló. María se le adelantó con reflejos anfitriones, lo recogió del suelo y volvió a incorporarse.

Esa mañana ventosa, un catedrático de Física llamado Fernando Ramón y Ferrando regresó en aquel mismo tren, tras haber impartido un seminario de mecánica cuántica en Madrid. Descendió del vagón con un leve mareo. Recordó cierto ejemplo de Einstein sobre un niño en un tren que lanza su pelota al techo, cuya trayectoria dependerá de si se la observa desde dentro o fuera del transporte, y echó a andar sintiendo como que rebotaba. De golpe el caballero que caminaba delante de él frenó, saludó, perdió el sombrero. Y una muchacha de pelo oscuro se agachó a rescatarlo, irrumpiendo en su campo de visión.

Entonces, justo entonces, Fernando y ella se conocieron.

—Discúlpenos, señor.

—Al contrario. Mis felicitaciones al sombrero.

Él tenía unos ojos redondos, unos lentes redondos y una cara redonda: daban ganas de apretarlo un poquito para ver si era blando. Su bigote y sus cejas dialogaban. Apreció su pelo espeso y firme cuando se descubrió para decirle su nombre.

Hechas las presentaciones, comprobaron que los tres se dirigían al barrio del Carmen. Compartir vehículo con él resultó natural. Intercambiar sus señas, inevitable.

María averiguó que Fernando era de Tarragona. Que le llevaba casi diez años, más de los que había supuesto. Que había estudiado en Alemania y la física moderna no lo dejaba dormir. Que era hijo de panadero y consideraba la ciencia una ampliación del trabajo artesanal: la estructura del átomo le parecía perfectamente compatible con la conciencia de clase. Que tocar el piano le armonizaba las ideas. O que se rumoreaba su candidatura al decanato de Ciencias. Ella fue acopiando estos datos sin hacer preguntas directas, apenas orientando los diálogos con sus colegas. Era su estrategia cuando le interesaba un hombre y no quería que se supiera.

No le resultó tan fácil con Fernando, a quien le gustaba mantener un cordial silencio de observación. A diferencia de sus colegas de Letras, tenía una inteligencia sin ornamentos, dubitativa por sistema. Esta inclinación se complementaba con el carácter expeditivo de María, su tendencia a tomar decisiones y su convicción de que el lenguaje bailaba con la lógica. En resumen, ella lo invitó a cenar y Fernando aceptó. Después viceversa.

Ella empezó a leer artículos sobre entropía, y él, poemas, con notable desconcierto en ambos casos. María asistió a su siguiente conferencia. Fernando disimuló su turbación al verla en primera fila. Antes de tomar la palabra, volcó la jarra de agua encima de sus papeles. Y, a causa del estado semilíquido en que había quedado su disertación, no tuvo más remedio que improvisar.

María había detectado un fenómeno singular en el físico de Fernando: no le veía nada del otro mundo hasta que hablaba. Entonces desprendía un resplandor que la hacía respirar hondo, como al calor de una *lááámpara* en la que nadie reparase antes de encenderse. La charla de Fernando le cantaba a las irradiaciones de la materia, abordaba la luz y la generaba, era teoría y presencia. Ella sabía que la luz pasaba a través de ciertos cuerpos, sobre todo de uno bien predispuesto. Lo que más valoró del conferenciante fueron sus manos robustas. De panadero.

Sólo la refrenaba el detalle de la edad. Le molestaba la idea de ser una de esas chicas que se fijaban en hombres mayores. Lo suyo nada tenía que ver con fantasmas paternos, se repetía a sí misma, ella buscaba a un verdadero par, qué culpa tenía si los jovencitos de su edad, etcétera. ¿No?

La primera vez que Fernando le preguntó por su infancia, María fue contundente.

—Mi padre se murió cuando yo era niña.

Después las luces bajaron, y algo brilló en la noche.

La boda con Fernando se celebró en Sagunto, una mañana infernal de agosto, en la iglesia de Santa María. Verse santa no la entusiasmaba, pero los arcos ojivales eran preciosos. Se sintió más sudorosa que conmovida. Todos y cada uno de los momentos que habían pasado juntos se le antojaron mejores que aquella sopa de nerviosismo, protocolo y saludos.

Había sido un noviazgo rápido, guiado por el sentido común antes que por la fatiga del cortejo. No es que le diera igual estar casada; la irritaba su antónimo. ¿Qué era estar soltera? Si Fernando no se había casado antes porque no le había dado la gana, ¿por qué sobre las mujeres con su misma edad y situación se cernía esa sombra de fracaso? En realidad, soltera *se oponía* a soltero: un hombre libre frente a una mujer incompleta.

En la modesta ceremonia hubo más futuro que invitados. Hicieron de testigos su hermano Quique y una vecina que adoraba las bodas o lo que se ingería en ellas. Por su educación católica, María se comunicó de manera natural con el sacerdote. Fernando adoptó en cambio cierta altivez cartesiana que la avergonzó un poco.

Se hicieron brindis por su flamante enlace. Por su primera sobrina, Emilia, a quien Quique y su esposa alzaban con cara de sueño. Y por el título de Mati, que acababa de terminar su carrera universitaria con un premio similar al que le habían dado a ella. Tuvo la impresión de que su madre atravesaba distintos estados a lo largo de la fiesta: exultante al llegar; susceptible durante los discursos; aterrada en las despedidas.

De vuelta en Murcia, frente a la cama, María miró a Fernando, aún con la huella de los lentes en la nariz, y lo encontró más lleno de manchitas, más suyo. Mientras se besaban nupcialmente, oyó los chasquidos de sus mandíbulas, las primeras advertencias de los muelles, la radio de Mati al otro lado del pasillo y al fondo, en la cocina, el entrechocar de cacharros de doña Matilde.

—María, amor. En serio.

—Ya lo sé, ya lo sé.

Con suave obstinación, Fernando la convenció de algo que ella misma deseaba: que su hermana y su madre se mudaran. Se alegró de que él tomase la iniciativa, porque así pudo esgrimir serias razones conyugales que doña Matilde no tuvo otro remedio que aceptar. Él había propuesto su diminuto apartamento como alternativa; ella lo descartó de inmediato. No era su territorio, carecía de espacio y sus cachivaches parecían imposibles de ordenar.

Su matrimonio no la disuadió del enésimo intento de retomar su doctorado en Madrid. Le llamó la atención que Fernando no pusiera objeciones. ¿No le importaba dormir solo? ¿O ya había aprendido que el mejor modo de incitar su voluntad consistía en oponerse a ella?

Se dirigió nuevamente a mistress Maeztu, la directora de la Residencia de Señoritas. Y, pese a haberse convertido en *señora*, volvieron a admitirla como huésped esporádica.

Madrid ejercía la atracción de siempre en ella, pero su ánimo había cambiado. No tardó en comprobar que el trabajo en el Archivo de Hacienda, los horarios de clase y la convivencia con un hombre resultaban difíciles de compatibilizar con la escritura de una tesis.

Pronto Mati ganó una plaza en el Cardenal Cisneros y preparó radiante su marcha a la capital. María la felicitó, organizó una cena de despedida, la acompañó a la estación de trenes y se encerró a llorar en el baño.

Por primera vez en su vida, no tenía a ningún pariente alrededor. Esa distancia fomentó su autoexploración y también la de su esposo, que en algunos aspectos continuaba resultándole un encantador desconocido. Más que vivir con él porque le gustase cómo era, se había ido a vivir con él para averiguarlo.

María descubrió que, detrás de su escudo racionalista, Fernando escondía a un impaciente con tendencia a indignarse. Hallazgo que le cayó particularmente simpático y la reconcilió con esa calma que él luchaba por mantener. Crispaba los dedos al leer el diario. Percutía las teclas de su piano, hasta que poco a poco pasaba a acariciarlas. Sólo entonces sintió que empezaba a entenderlo. ¿Había estudiado ciencias para apaciguar sus vísceras?

Compartir colchón con Fernando le permitió reemplazar sus expectativas pirotécnicas por una búsqueda gradual, más en sintonía con su cuerpo, no menos aprendiz que su cerebro. Fueron desarrollando un idioma en común que, ahí estaba el prodigio, no preexistía al acto de comunicación. Dos adultos jugando a una gramática desde cero.

—¿Dormías?
—No, no. Sigue.
—Ay, perdón.

—¿El brazo más arriba?
—¡Perfecto!
—Ese no, el otro brazo.
—¿Y si encendemos la luz?
—Te quiero mucho.

No le resultaba fácil dormir junto a Fernando, su pulso la conmovía. Contaba los latidos de su pecho para conciliar el sueño: estaba abrumadoramente vivo.

Con el despliegue de la costumbre, empezaron a gustarle las separaciones de sus respectivos viajes, las señales de esa anatomía cada vez más familiar, las huellas, huecos, manchas que le dejaba. Se preguntó si él también olería su ropa cuando ella se iba. Supuso que eso tan frágil era felicidad o algo parecido.

A veces se ponía sus camisas y se miraba al espejo. Se le ocurrió que los cuerpos mantenían con la ropa una relación similar a la de los hablantes con sus palabras. Decir algo era probárselo para ver si se encarnaba, tomarle las medidas a la lengua.

Aún experimentaba un ligero estremecimiento cuando se cruzaban en el pasillo. Iban adaptando el espacio a su forma, como esos pijamas que se vuelven más sabios y receptivos con el roce. Cada pequeño gesto encontraba su traducción. Según Fernando, ella caminaba con el cuello adelantado.

—¡Ahí va la Moliner, tirando del carro!
—Sólo miro hacia delante, tonto.

María tampoco perdía ocasión de festejar sus hombros caídos, pinchándole la columna con un dedo.

—Míralo, cómo se pliega.
—Es que estoy muy cansado.
—¡Cansado de ser bípedo!

Fueron construyendo atajos entre sus intereses. Si Fernando peroraba sobre las ondulaciones del átomo, María las asociaba a las evoluciones de la etimología. Él recorría la historia de los inventos, y ella, los inventos de la historia. Ciencias y letras compartían el baño.

Pero toda esa reciprocidad desaparecía, igual que la espuma por el desagüe, en cuanto se trataba de empuñar una escoba o pasar algún trapo.

—Si tu Einstein fregara suelos, mucho mejor experimentaría.

—No te digo que no. Su primera esposa es una matemática genial.

—¿Su ex? Por algo será.

Y así, por un momento, las hipótesis tocaban suelo empírico.

Se quedó embarazada ese verano. Se lo dijo su cuerpo antes que su médico. Tras consultar a la matrona, soñó con una niña.

La gestación progresaba sin incidentes, más allá de esas náuseas que de algún modo la tranquilizaban: todo seguía ahí. Sus amigas empezaron a contarle historias truculentas que no le habían contado antes. El prójimo insistía en hablarle del porvenir.

—Estarás impaciente por que nazca.

Al contrario, pese a las incomodidades físicas, se sentía instalada en la más lenta introspección. Con tanto para asimilar, agradecía aquel estado de demora, de tejido interior.

—¿Te imaginas cuando llegue?

¡Si hacía meses que había llegado! Esa criatura de tiempo, esa niña invisible ya estaba bien presente en ella.

Tenía la sensación de comprender muchas cosas y, a la vez, no encontraba fuerzas para articular lo que comprendía. Le costaba concentrarse en el trabajo. Sus lecturas se ciñeron a la poesía: la realidad se había vuelto fragmentaria, redonda, musical. Se quedaba dormida sin querer, las visitas le sonreían, le manoseaban el vientre y, cuando abría los ojos, ya no estaban ahí.

Su madre empezó a visitarla a menudo y recobró cierta autoridad perdida. ¿Ahora quién era la vulnerable, cuál de las dos requería más cuidados? Doña Matilde no se lo hizo pagar, tuvo piedad, fue generosa. O quizá se lo cobró imponiéndole su apoyo.

Le molestaba que todo el mundo se empeñara en tratarla con delicadeza, reduciendo su persona a su estado. Y le daba miedo acostumbrarse a aquellas atenciones que se desvanecerían mucho antes que su necesidad de recibirlas.

Pero, siendo sincera, para bien y para mal, se sentía distinta. Tenía más hambre y digería menos que nunca. Su cuerpo era el de otra. No lograba calcular el espacio que ocupaba, pensaba en movimientos fuera de su alcance, las cosas se le resbalaban de las manos, iba echada hacia atrás, la gravedad la violentaba. Ya no tiraba de ningún carro: transportaba a una pasajera. Le parecía estar guiando a alguien cuando caminaba. En vez de hablar sola, pensaba en acorde.

Cada mañana, al recuperar parte de su agilidad gracias al descanso, se levantaba con la sospecha de que su barriga se había reducido sutilmente. De que la maternidad iba escribiéndose durante el día y se borraba con el sueño.

La madrugada del parto, oyó el crujido de su cadera abriéndose de un modo inconcebible. Sufrió un breve desmayo y dijo su propio nombre. Era María saliendo de María.

Traicionando su infancia, había decidido llamar así a esa hija a la que apenas pudo acunar.

Cuando enterraron a María, se desprendió un pedazo de su identidad. Fernando lloró con ella, aunque no pudo entrar en su dolor, como no había entrado en él aquel latido. Su hija de menos, su homónima muerta. Acababa de perder lo que ni siquiera había tenido. ¿Cómo se despedía una de eso?

Se torturaba pensando si la había descuidado o no había sabido darle el pecho. Se reprochaba sus planes de reincorporarse rápido al trabajo. ¿Había creído que se libraría de los antecedentes, de su madre o qué? El *y si* se convirtió en una gramática obsesiva.

Guardó su ropa minúscula bajo llave. En cuanto se quedaba sola, corría a desplegarla sobre la cama. Expirada la licencia por enfermedad, volvió poco a poco a sus rutinas. Se juró no hablar nunca más del asunto. Eso lo había aprendido de su familia.

Pero la vida era un hacer, deshacerse y rehacerse a la espera de las ganas. Al revés de lo que había temido, el vínculo con Fernando se estrechó, como si aquella pérdida hubiera reducido sus márgenes de distancia. Eran mucho más débiles: se conocían.

El siguiente embarazo lo afrontó casi sin ceremonias. Se esforzó en no pensar. Trabajó hasta el octavo mes, se dopó con actividades, se defendió de antemano.

No se atrevieron a sugerir nombres, hasta que su cadera emitió ese crujido y su diente malo se le aflojó de morder tan fuerte. Esta vez era un varón. Sintió entonces el impulso de rebautizar la ausencia. ¿No era ese el trabajo del lenguaje, crear presencia con lo que faltaba? Y María lo llamó como el abuelo que jamás tendría.

Enrique nació sano. El verano explotaba de luz.

Lejos de los dilemas conceptuales que se había figurado, sus mayores desafíos ahora pasaban por la fisiología elemental. Dormir, comer o incluso defecar eran arduas disciplinas que las demás mujeres habían dominado con una maestría incomprensible. Le ardían los ojos, le sangraban los pezones, le dolía el esqueleto. El ánimo iba y venía. Sus horas transcurrían entre la alerta y el desaliento, entre una energía forzosa y un secreto naufragio.

Por las noches, cuando el bebé caía provisionalmente rendido, en vez de cenar algo, charlar con su esposo o abrir por fin un libro, María se quedaba paralizada en el sofá, barrida por sus propias emociones. No sabía qué decir. Aún se sentía incapaz de hablar su nuevo idioma.

Cuando miraba atrás, veía a una mujer parecida a ella con una vida muy diferente, ajena a aquel abuso de las intensidades. Ahora todo era exagerado, la extenuación, la incertidumbre, el apego. Fragilidad e incondicionalidad se alimentaban entre sí. Su hijo le succionaba la realidad.

El bebé le reveló la cualidad transitiva de su piel: la caricia la sentía quien la daba. Corría a dormirlo de nuevo en mitad del postre, lo acunaba sin lavarse las manos, y entonces el aroma de la mandarina iba mezclándose con el de su cabecita, cítrico y lácteo, gajos y lana, hasta que fruta y niño respiraban juntos.

Podía pasar del éxtasis a las fantasías más violentas en un solo parpadeo. Acudían a su mente imágenes delicadas o terribles (¿acaso no había brotado aquella delicadeza de sus vísceras?). Las facultades de su cuerpo, pero también las de su imaginación, se habían dilatado. Supo que nunca le contaría a su hijo los pensamientos que la asaltaban.

Su hermana y su madre venían a visitar a Enrique con frecuencia. Disfrutaban de sus papeles de tía y abuela, y eran muy bienvenidas hasta cierto punto. ¿Cómo hacía una para conjugar aquella urgente necesidad de ayuda y de intimidad?

Transcurrido un plazo prudencial, María anunció la noticia al resto de su entorno. El imperativo de irradiar plenitud le resultaba fastidioso: *debía* declararse la madre más feliz del mundo, como todas las madres de este maldito mundo.

Entre otras cartas, le dirigió unas líneas al señor Cossío. *Tenemos un chiquillo sano y robusto*, escribió, *que parece estar por ahora satisfecho de haber venido*. El señor Cossío le respondió enseguida. *¿Por ahora? Qué sabio.*

Dos primaveras más tarde nació Fer. El nombre, por supuesto, había sido cosa de su esposo.

Incrédula ante su propia supervivencia física, ella se preguntaba de dónde provendrían esas fuerzas no exactamente infinitas sino retroalimentables, listas para producir cuanto entregaban. Sus límites y su vocabulario entraron en crisis. Dar y recibir ya no eran antónimos. Estaba llena de dar.

Euforia y abatimiento se superponían a cada rato. Si en la boca existía *agridulce*, ¿cómo se llamaba eso en la cabeza? Su manía de alinear objetos, enderezar bordes, custodiar simetrías fue claudicando: nada estaba donde debía y quizá no importara. Su espacio y su tiempo sufrieron una contracción irreversible. A menudo sentía que su marido y ella se habían convertido en socios de una logística que cada vez les pertenecía menos. Su tesis doctoral entró en un estado de aplazamiento muy similar a la resignación.

Se entregó mientras tanto a otras investigaciones: ¿qué trataban de decir sus hijos?, ¿de qué se hablaba antes del habla? No tenía idea, pero procuró contestarles desde el principio. Intercambió con ellos sonidos sin ningún sentido previo a su articulación. Abrían la boca, acercaban sus caras y se besaban con todo el lenguaje por delante.

No tardó en detectar ciertos patrones que insinuaban una diminuta semántica. A edades casi idénticas, ambos habían repetido gorjeos de aprobación.

—Gggé.

Interjecciones de reclamo.

—Aaah.

Y enunciados rotundos.

—Taiii.

Intuyendo que la formación lingüística empezaba en la lactancia y se nutría de palabras aún no comprendidas, María acunaba a sus criaturas con romances populares. Al acompasar el vaivén con los versos se dormía a sí misma, hipnotizadora hipnotizada.

Soñaba con vacaciones, viajes, treguas. Iba del Archivo a casa, de los ficheros a las cunas. Ese desdoblamiento le parecía un oficio en sí. Se había vuelto una empleada más atenta a lo inmediato, con mayor propensión a cooperar, como si la gestión familiar hubiera colectivizado su noción del trabajo. Estas presuntas destrezas no le evitaron tensiones en ambos frentes, en la oficina y puertas adentro.

—Vas un poco lenta.

—No estaría mal que alguna vez volvieras más temprano.

—Quedamos en que hoy entregabas el informe.

—Han estado llorando todo el día.

—Si necesitas una baja, lo hablamos.

—Supongo que esta noche tampoco tienes ganas.

Decidieron entonces alojar en casa al personal doméstico, que ahora se podían permitir. Sucesivas muchachas jóvenes y fuertes (en términos menos figurados: sin dinero ni estudios) que pasaron a encargarse de todas aquellas tareas que su matrimonio había declarado inasumibles. Solían provenir de zonas rurales, ahorraban para casarse o ayudar a su gente. Gracias a sus energías, Fernando y ella pudieron capitalizar las propias. Se tenían por jefes generosos, incluso fingían incorporarlas a la familia, manteniendo así a raya sus humildes honorarios. María intentó enseñarles a leer, aunque las labores que les encomendaba desde el amanecer no les dejaban excesivo margen para sucumbir a Galdós.

Un hogar ordenado era, en definitiva, un sistema de delegación de responsabilidades: los niños aprendían a delegarlas en sus progenitores, el padre en la madre, y ella en el personal de servicio. Ninguno de estos pensamientos la inquietó hasta mucho más adelante. Quizá no casualmente, cuando esas chicas dejaron de hacerle falta.

En mitad de los alborotos cotidianos, recibió un telegrama. Se lo enviaba el profesor Blanco.

ALICE IDA EN PAZ STOP CEREMONIA PORTUGAL STOP TE DEJÓ LIBROS FULL STOP

De acuerdo con la economía de los telegramas, no había despedida. Tampoco ella había podido despedirse de su maestra. Aquel par de líneas despojadas le recordó el estilo incipiente de su hijo Enrique, hecho de sustantivos y verbos, sin artículos ni conjunciones. Como si, al inicio y al final de la vida, el objetivo fuese transmitir urgencias en pocas palabras.

Pese a las objeciones de su padre y para satisfacción de su abuela, tanto Fer como Enrique fueron bautizados. Prescindir del sacramento, argumentó María, habría demandado una serie de explicaciones que no estaba dispuesta a dar. Ella se consideraba una creyente sin templos. Más acá de barrocas conjeturas, Dios le parecía una buena idea. Mucho mejor, sin duda, que las doctrinas que se lo disputaban. Sentía a un Dios íntimo, de andar por casa, menos legislativo que interlocutor. Se emocionaba con su compañía y se aburría rezándole.

Por muy decepcionante que hubiera resultado su experiencia en catequesis, seguía maravillándola aquello de que al principio había sido el verbo. Si un acto de habla había creado el sentido, si en las palabras había revelaciones, entonces amarlas implicaba un ejercicio de trascendencia, ¿que conducía adónde? A la fe en la lengua, por lo menos. Más que en el nombre del Padre, creía en la lengua materna. Que una criatura fuese capaz de balbucear cualquier idioma se le antojaba un milagro terrenal.

Sus hijos le enseñaron a hablar de nuevo sílaba por sílaba, una palabra tras otra, como si hasta entonces las hubiera dado por sentado, creyendo que dominaba lo que era apenas una inercia, un rebaño de convenciones cuya razón había olvidado. Igual que sólo entendía de verdad lo que explicaba en clase, María sintió que tocaba su corazón verbal cuando sus hijos la obligaron a desarmar la lengua para mostrársela por dentro, como una caja de música.

La visita, II

Los anteojos de Dámaso oscilaron.

—Te escucho, entonces.

—En fin, tengo entendido que Lapesa te llamó para contarte.

—Sí, sí. En cuanto terminó la votación.

—Una lástima, qué te voy a decir.

—Para mí casi ha sido un alivio.

María dio demasiado rápido el primer sorbo al café y se quemó los labios.

—No sólo por la situación en casa. Ahora voy a poder dedicarle más tiempo a la nueva edición. Tengo un montón de fichas y notitas pendientes.

Dámaso bajó la mirada y se dedicó a desmenuzar una galleta.

—Me alegra que te lo tomes así, estaba un poco preocupado. Tanto insistirte para que te presentaras...

—Da igual. Ha valido la pena sólo por el revuelo que se armó.

—Me han dicho que no querías dar entrevistas. ¿Te estabas haciendo la interesante o qué?

—Menuda tontería. Simplemente no quería descuidar a Fernando, que bastante ha tenido. Además...

Dámaso dejó de masticar y la miró con el bigote entreverado de galleta.

—Además, no sé, pensé que a la Academia le molestaría verme en todas partes.

Él tragó lo más rápido posible.

—O sea, que te negabas por conveniencia.

—¡Que no, hombre, que no! A Góngora lo entiendes enterito, ¿y a mí me malinterpretas?

Algo turbó el balcón. Hubo un frotar de hojas. Después un aleteo.

—Reconozcamos que Alarcos tenía sus méritos.
—Muchos más que yo, seguramente.
—No he dicho eso, María.
—Eso han dicho los votos.
—Bueno, depende. Los que te defendimos...
—No necesito que me defiendan.
—¡Metafóricamente!
—Ojito con las metáforas. ¿Y el ogro?
—¿Quién?
—No te hagas. Cela.
—Ah. Mira que eres. Nada, lo de siempre, ya lo conoces.
—Ni lo conozco, ni quiero. A saber qué cosas habrá dicho.

Dámaso desvió sus ojeras hacia la calle, desde donde llegaba el sonajero de las ramas. Se terminó su taza de un solo trago.

—Que convenía esperar. Eso dijo.
—¿Esperar a qué? ¿A que me muera?
—Por Dios, María. A que se calme un poco todo el lío político.
—La política nunca se calma, para eso está. Porque allí seguirán viéndome como a una roja, supongo.
—Tampoco exageres. Cela se refería a un cambio de régimen.
—De régimen le convendría cambiar a él.
—Simpatías aparte, un gran escritor.
—¡Seboso y chivato! Ríete, ríete. Pero él está ahí y yo sigo aquí.
—Ponte en su lugar, querida. Tu diccionario se vende más que sus últimos libros. Y ningún libro suyo se llama como él.

Ella soltó una risita agridulce. Después se quedó pensativa.

—¿Y Zamora Vicente? Su esposa trabajó conmigo.

—No estaría bien que te dijera cada voto. Como director de la institución, ni puedo ni debo.

—Me extraña porque vino a la presentación, ¿te acuerdas?

—Me acuerdo de todo. Y callo.

—¿Ese es tu lema?

—El mío no, ¡el de España!

—¿Y no puedes contarme por lo menos las razones, sin dar nombres ni nada?

—Eso tampoco debo, pero puedo.

—Así me gusta, Sito.

—A ver. Algunos compañeros opinan que, en este momento, nos hace más falta un gramático que una lexicógrafa.

—Ajá. Muy sutil de su parte.

—Otros han recordado que en la Academia Francesa tampoco hay mujeres, y nadie arma un escándalo por eso.

—O sea, de Francia sólo podemos copiar lo malo.

—Y otros dijeron, bueno, que recibiste ayuda externa. Que no lo escribiste sola, vamos. Y me miraban a mí.

—Qué caraduras. La Academia tiene un ejército de colaboradores. Y ninguno de sus miembros le ha dedicado al diccionario ni una mínima parte del trabajo que yo he puesto en el mío.

—Ya lo decía Clarín: como el diccionario es tan largo, nadie se lo lee y los disparates duran siglos.

—¡Pues yo lo escribí enterito!

—Eso mismo les expliqué.

—¿No tienes frío, de pronto?

—Un poco sí, la verdad.

—Espera, que enciendo la estufa.

—No te molestes, si enseguida me voy.

—Nada, nada, es un minuto.

—Supongo que Fernando ya estará por volver.

—Mejor. Le encantará saludarte.

Después de encender la estufa, María reclinó la cabeza en el sofá. Dámaso hablaba con un brazo pegado al cuerpo, mientras gesticulaba con el otro.

—Te aseguro que ahí dentro no tienes tantos enemigos como te piensas. Incluso, fíjate, ¿me guardarías un secreto?

—Sabes muy bien que no.

—En serio te lo pido.

—Te lo juro por la Virgen del Águila de Paniza.

—¿Ahora crees en vírgenes?

—Según cuánto las necesite.

—En fin, que bastantes compañeros, y lo he visto yo mismo con estos anteojos...

—¿Sí?

—... consultan tu diccionario más que el nuestro, María. Aunque jamás lo confiesen en público.

Ella se palpó el moño. Dámaso le hizo un guiño y, al desviar la mirada, descubrió su otro brazo dormido sobre una pierna. Se dio una palmada en el muslo, a modo de conclusión.

—Hay que confiar en el tiempo, María.

—Yo de ese no me fío. Mira lo que ha hecho con nosotros.

Él sonrió con tristeza.

—Tú estás igual.

—Sí, sí. Igualita que esta mañana.

—Todavía me acuerdo de cuando fuimos a ver tus fichas, y yo te pregunté cuántas palabras tenías.

—¿Cuánto hace de eso, veinte años?

Dámaso se puso a desafinar un tango.

—¿Te importa si riego un poquito los geranios? No me puedo estar quieta.

María salió al balcón con su regadera. Cada vez que mojaba una flor, le susurraba algo.

1930 - 1950

Por ironías del azar o malicia de sus superiores, le notificaron su ascenso en el Archivo y una mejora de sueldo cuando ya tenía decidido irse.

Tras una odisea burocrática, Fernando había logrado la cátedra de Física en Valencia, así que María acababa de solicitar allí su traslado. Ansiaban probar suerte en una gran ciudad con mar. Y cerca de Quique, a quien añoraba desde que en su casa volvía a haber hermanos.

Quique estaba cada vez menos interesado en la compañía siderúrgica y más involucrado en sus escuelas obreras. Como en una aleación de metales, había fundido su antigua furia en las aulas con un ímpetu fresco.

María recibió una respuesta afirmativa que la hizo dudar: la vacante disponible no pertenecía a ninguna biblioteca, sino (¡y dale!) al Archivo Provincial de Hacienda. No era esa su ambición, pero ya fantaseaba con el siguiente paso. La dictadura de Primo de Rivera y quizá la monarquía se tambaleaban. Fernando militaba en el escepticismo.

—Bah. En este país la monarquía no se acaba nunca, sólo se va de vacaciones.

Su nueva casa, en plena Gran Vía del Marqués del Turia, era una fiesta de luz. Desde sus balcones el cielo parecía más abordable. Aunque aún ignoraban hasta qué punto llegarían a identificarla con los mejores años de sus vidas, algo en ese descaro con que el sol desbordaba las paredes, volviéndolas casi permeables, se lo anunció. Tenían la costa al alcance de un paseo.

Se integraron con facilidad en el ambiente universitario valenciano. No tardaron en comprender que aquella bienvenida obedecía menos a sus encantos que a la efervescencia de la ciudad: su energía se alimentaba de recién llegados, los absorbía para mantener su ritmo.

Antes de que pudieran darse cuenta, ya pertenecían a un grupo de familias con el que salían de excursión los fines de semana. El griterío se acompasaba con el traqueteo del tren. A su marido los viajes lo volvían dicharachero, como si el movimiento acelerase sus partículas.

—¿Y te he contado la historia del niño que tira una pelota en el vagón...?

De ese núcleo de amistades, un domingo entre pinos, nació la idea de fundar una escuelita inspirada en la Institución Libre de Enseñanza. Para María, aquello suponía la oportunidad de retribuir —y en cierto sentido reanudar— las experiencias de su infancia: tener hijos también se trataba de eso. Educar satisfacía, a veces retrospectivamente, las necesidades de ambas partes.

A la vuelta del verano, el centro se puso en marcha con las familias fundadoras, que fueron atrayendo a otras afines. Gracias a los contactos de Maruja y Pepe Navarro, hiperactivo matrimonio que no descansaba ni por las noches, consiguieron un espacio en la espléndida Escuela de Artesanos. Fernando y ella se unieron al consejo directivo, compuesto por un puñado de jóvenes parejas con propensión al brindis. Cuando se propusieron nombres en la asamblea, María gritó con tanto fervor que nadie osó votar en contra.

—¡Cossío! ¡Escuela Cossío!

Además de su pedagogía laica, se decidió por mayoría que todos los grupos fueran mixtos. Cuando su vecina Amparo se enteró de este perturbador detalle, la detuvo en el portal con cara de espanto.

—¿Hasta dónde vamos a llegar?
—De una cierta equidad no creo que pasemos, señora.
—¡Pero son muy pequeños!
—Por eso mismo.
—Dios mío, ¡alguien tendrá que hacer algo!

Esta última frase, que le provocó una carcajada, iría volviéndose cada vez menos graciosa, cada vez más hostil, más oscura en su memoria.

Alguien tendría que hacer algo.

Su amiga Angelina Carnicer, con amplia experiencia docente, se ocupó de seleccionar al profesorado de la Escuela Cossío. Tenían prioridad quienes hablaran idiomas, manejaran métodos modernos y entendiesen de vino.

Como todo lo evidente, había hecho falta una eternidad para admitir la importancia de que los centros contaran con su propia biblioteca, costumbre que sólo ahora empezaba a implantarse. Aparte de los cuentos de Perrault y los hermanos Grimm, María encargó lotes de Baroja, Valle-Inclán, Machado, Lorca (lamentaba no haberlo reconocido aquella tarde en la Residencia). E, irremediablemente, de *Platero y yo*.

Mientras clasificaban los ejemplares, Angelina le preguntó algo incómodo.

—¿Y las escritoras?

Sólo eso, nada menos que eso. ¿Y las escritoras? María probó con una mentira.

—Tenía pensando reservarles una sección entera para darles más importancia.

—¿Qué? ¿Una sección *aparte*?

A la semana siguiente, las estanterías se poblaron de clásicas españolas desde santa Teresa hasta Emilia Pardo Bazán, pasando por Gertrudis Gómez de Avellaneda, Carolina Coronado, Vicenta Maturana o Rosalía de Castro, a quien su esposo respetaba por haber sido la primera romántica en poetizar el átomo.

Llegaron también maestras de la otra orilla, comenzando por la im-ba-ti-ble sor Juana y siguiendo por Juana Manuela Gorriti, Juana de Ibarbourou (llamarse Juana era cosa seria), Alfonsina Storni, Delmira Agustini (sus cisnes perversos la dejaron patidifusa), Gabriela Mistral o Adela Zamudio, última autora del catálogo alfabético.

Encargó novelas de Jane Austen, las hermanas Brontë, Mary Shelley (cuya madre era la madre de todas e incluso la abuela de Frankenstein), George Sand (Angelina le abrió otra ficha con su verdadero nombre), Pearl S. Buck o Virginia Woolf, a quien siempre leía con una adoración ambivalente: deseando ser y no ser ella.

Pidió algunas poetas —no muy bien— traducidas, de Safo a Elizabeth Barrett (¡esos sonetos!), pasando por su predilecta, Emily Dickinson.

—No vamos a terminar de traducirla nunca.

También ensayos de Madame de Staël (¿cómo era posible viajar y leer así al mismo tiempo?), de nuevo la Woolf o la joven Zambrano, en cuyo primer libro había subrayado una frase: «toda política se dirige a un futuro, lo crea».

Y, finalmente, títulos de autoras de su generación a las que admiraba (envidiaba) como Rosa Chacel, Elisabeth Mulder, María Teresa León, Josefina de la Torre (poco más de veinte, dos poemarios publicados y, para colmo, soprano), Pilar de Valderrama, Ernestina de Champourcín y, cómo no, Concha Méndez (¿seguiría con Buñuelo?).

La abundancia de la lista la sorprendió. Se avergonzó de su sorpresa.

María organizó los talleres de lectura y asumió las clases de Lengua. Aunque lo consultaba a diario, a veces echaba en falta un diccionario más claro y cálido que el académico. Sus definiciones desconcertaban a sus estudiantes, obligados a ir de una palabra a otra, hasta enredarse en una maraña que desvirtuaba el sentido de la búsqueda. Acostumbrada a analizarlo desde sus tiempos en el Estudio de Filología, cuando leía páginas enteras como si de una novela se tratase, aquel monumental volumen le inspiraba una mezcla de reverencia e irritación. Parecía escrito para gente que en realidad no lo necesitaba.

—Muy bien, Antoñito, ¿y qué quiere decir *exuberante*?
—Le juro que esa me la sabía, profe.
—Pues para algo está el diccionario.
—Voy. Eh, «abundante y copioso en exceso».
—¿Y qué quiere decir *copioso*, Antoñito?
—Ni idea. ¿Que se copia mucho?
—Lee de nuevo y trata de adivinar.
—Eh, ¿lo mismo que *abundante*?
—¡Bravo! ¿Y por qué las dos cosas?
—Eso, profe, ¿por qué?
—¿Te suena *redundancia*?
—Me suena, me suena.
—A ver, Mariví. Mientras tu compañero busca esa palabra, dudábamos también de *conjetura*. ¿Se te ocurre algo?
—Sí.
—¿Qué?
—Que sí, que dudo.
—Antoñito, pásale el diccionario, por favor.
—*Conato, condecorar...* Ay, qué nervios. *Congregación, conífera...* ¡Aquí, *conjetura*! «Juicio probable que se forma de las cosas o acaecimientos por las señales que se ven u observan». Listo.
—Perfecto. ¿Alguna duda, Mariví?
—No, profe. Bueno, ¿y *acaecimientos* qué sería?

Poco después de empezar en el Archivo, supo que se liberaba una vacante en la Biblioteca Provincial. Harta de trámites y experta en ellos, María suplicó su traslado.

Aparte de la solicitud reglamentaria, le dirigió una carta al director general, describiendo sus cualidades para el puesto y recordándole que llevaba años peregrinando por delegaciones de Hacienda *con natural desagrado* (¿debió haber elegido otra expresión menos displicente?), *por tratarse de establecimientos en los que la índole puramente administrativa de los fondos hace que sea nulo el entusiasmo.*

Más abajo, se atrevió a mencionar la vital importancia de que una trabajadora se emplease en aquello que prefería y sabía hacer. A un trabajador, en cambio, le resultaría un poco más fácil *dar empleo a su capacidad sobrante en otras actividades de su gusto.* Ya era suficiente hazaña *sustraer a las atenciones familiares, sobre todo en el período en que las obligaciones de la maternidad son más absorbentes* (aquí estuvo tentada de insertar una broma sobre la lactancia), *las horas que ha de dedicar a su cargo.*

Su formación específica, remató, no guardaba relación con el servicio que prestaba en los archivos, *preparación que he procurado perfeccionar dedicándome por ejemplo al estudio del alemán, que traduzco correctamente* (pensó en adverbios más laudatorios y se reprimió). Por todo ello aspiraba a desempeñarse en una posición más acorde con sus conocimientos, lo que consideraba *justo y natural* (ya había usado el segundo adjetivo, pero no podía pasar de nuevo todo a limpio, se le había hecho tarde y los niños lloraban de hambre, de cansancio, de inoportunidad).

El director general le respondió con veloz cortesía. *Trataremos con interés su caso* (su caso: como una paciente), *ateniéndonos siempre* (porque *como siempre* habría sonado inverosímil) *a la legalidad.* En el Archivo se declaraban tan conformes con su trabajo, le advirtió, que no se preveía fácil prescindir de una empleada de su eficiencia.

—¿Y qué dice, mi vida?
—Que no, ni loco.
—¿Así tal cual?
—Peor.

Cuando se proclamó la República, más que inaugurarse una nueva época, María tuvo la sensación de que se daba cauce a un río de luchas previas. Como si las instituciones se hubieran atrevido a reflejar algunas ideas que circulaban fuera de sus dominios: una oportunidad y un riesgo.

La Universidad de Valencia entró en ebullición y comenzó a funcionar bajo una dirección parcialmente compuesta por estudiantes. Varios de los catedráticos que participaron en aquel experimento militaban en Izquierda Republicana, entre ellos Fernando, que acudió en representación de la facultad de Ciencias. Fue nombrado decano unos días después.

—Hay responsabilidades que uno debe aceptar por el bien de su comunidad.

—Te morías de ganas, querido.

—Eso también.

Muchas de sus amistades se adhirieron al gobierno con ardor incondicional. María prefirió mantener cierta independencia de criterio, que su marido llamaba tibieza. Lejos de resultar un impedimento para apoyarlo, eso le permitió sentirse sincera en su apoyo. Las medidas que tomaba no siempre se le antojaban oportunas o acertadas. Algunas decisiones le generaban inquietudes que no parecía el momento —*nunca* era el momento— de debatir. Y las élites seguían conservando casi intacto su poder. No era perfecta, en fin; pero era su causa.

Al filo del verano despegó el proyecto público que terminó de convencerla. Presidido por el señor Cossío, el Patronato de las Misiones Pedagógicas se proponía crear centros educativos y bibliotecas ambulantes en las zonas rurales de todo el país. Se trataba de aplicar un principio sigilosamente revolucionario de Giner de los Ríos: los mejores docentes, a las peores escuelas. Su hermana, que compartía cigarrillos baratos y *copiosa* cafeína con Antonio Machado, se incorporó a la comisión del Patronato en Madrid.

Pepe Navarro y su amiga Angelina se hicieron cargo de la sucursal valenciana. La citaron para una reunión formal. Le hablaron de catálogos itinerantes, de libros a caballo, de personal específico para pueblos pequeños. Más que trabajar en bibliotecas, se trataba de inventarlas. María les contestó que sí antes de escuchar la oferta. Fernando se regodeó en sus burlas.

—Ojito, que te meten el carnet en el bolsillo.

Si bien se identificaba con el carácter vocacional de las Misiones Pedagógicas, la seducía más el nombre que Juan Ramón Jiménez les había inventado: marineros del entusiasmo. Siguiendo el ejemplo de las iniciativas populares asturianas, las Misiones se complementaban con la Junta de Libros, que se ocupaba de las localidades con más de mil habitantes. Entre ambas atendían las necesidades bibliotecarias de todos los territorios en peligro de exclusión o vaciamiento. María, que valoraba los datos sencillos, retuvo uno en particular: un tercio del país seguía sin saber leer ni escribir. No hacía falta ser antropóloga para darse cuenta de que esa laguna afectaba en especial a la población rural y femenina.

El porcentaje de analfabetismo femenino, igual que la brecha de alfabetización entre hombres y mujeres, acabaría reduciéndose casi a la mitad al final de la República. Si María hubiera tenido que invocar una sola razón para sumarse al bando perdedor, no le habría importado elegir esa.

Alguna corriente socialista había promovido con anterioridad secciones infantiles en las bibliotecas. Se había pretendido dejarlas exclusivamente en manos de mujeres, no sólo encasillándolas en un rol materno, sino alejando a los hombres de tan grata labor. En casa, por ejemplo, Fernando tendía a escabullirse de cualquier tarea doméstica, pero por nada en el mundo se perdía la hora de los cuentos.

—¡Otro más!

—Enrique, es tarde.

—Por favor, papi, papi, por favor...

—¿Te cuento el del papagayo que hace ecuaciones? ¿O el de la tortuga que viaja a la velocidad de la luz?

Le constaba que ocurría en muchas familias. ¿No tenían ahí la demostración de que los caballeros eran bibliotecarios infantiles en potencia? La red catalana de bibliotecas, cuyo modelo pionero María había estudiado con admiración, parecía asumir que las mujeres poseían afinidades espirituales con la infancia. Por consiguiente, podían pagarles menos. El salario de un empleado común bastaba para contratar a una profesional de alta formación: por eso eran tan buenas en su trabajo.

Mucho más que depósitos de libros, para ella las bibliotecas eran una prolongación de las aulas y el eje de la cultura vecinal. Recién ascendida a vicepresidenta de las Misiones valencianas, diseñó un centro para gestionar sus catálogos, la Biblioteca-Escuela, que funcionaba además como taller de prácticas. Para su desesperación, seguía atrapada en el Archivo de Hacienda, a lo que se añadían sus clases de Lengua. A veces se preguntaba si esa acumulación de actividades no sería un refugio preventivo, un dique para garantizarse cierto reparto dentro y fuera de casa. Fernando no solía quejarse de sus ausencias, demostrando comprensión y, por qué no, astucia: así legitimaba su propia agenda poco inclinada al hogar.

En la Biblioteca-Escuela le asignaron una asistente que ejercía de auxiliar para todo y mecanógrafa. Esto último entrañaba sus complicaciones técnicas, dado que Trini lucía unas uñas enciclopédicas.

Completaban el equipo unos cuantos estudiantes; Benito, un fornido mozo que cargaba con las cajas de libros y escribía sonetos con rimas imposibles; y Vicente, el conductor, que charlaba a mayor velocidad de la que circulaba. Entre Trini y ella misma cubrían las áreas que, en cualquier organigrama razonable, habrían correspondido a cuatro o cinco personas. Hacía ya bastante que le costaba distinguir entre compromiso, voluntarismo y autoexplotación.

La correspondencia oficial era un infierno: para mantenerla al día, habrían tenido que suspender por completo sus demás tareas. María dio con una solución expeditiva, que consistió en dejar de responder las cartas. Inexplicablemente, su volumen continuó aumentando.

Más que aprender el idioma, sus hijos lo fundaban. María experimentaba una cosquilla sin nombre cuando Fer lograba articular algún vocablo y la boquita se le llenaba de sentido, baba y goce; cuando Enrique traducía el hallazgo de su hermano al valenciano de sus vecinos, o incluso a ese alemán de laboratorio que su padre intentaba inculcarle. Ella se hacía la promesa de reorganizar sus prioridades. Y, por supuesto, la incumplía.

En sus visitas, doña Matilde se mostraba preocupada por los balbuceos híbridos de sus nietos.

—Pues no se les entiende nada.

—Es normal, todavía están procesando toda la información.

—En mis tiempos os poníamos a hablar, y ya.

—Sí, sí. Y a callarnos la boca.

—Mira, mami...

—Un momento, Enriquito, un momento.

—¡Mira, mira!

—¿Pero quieres bajar la voz, que estoy hablando con la abuela?

De niña le habían enseñado que mover los labios durante la lectura era señal de ineptitud, un obstáculo para el mecanismo mediante el cual las palabras renunciaban a su sonido a cambio de una secreta velocidad. A María le gustaba que su hijo mayor lo hiciera. La conmovía esa manifestación del esfuerzo lingüístico, sus labios glotones buscando la forma, la lengüita de rana persiguiendo el concepto.

Por muy afortunada que se considerase con sus dos churumbeles, algo en su estantería íntima, en las pilas de emociones acumuladas, se enderezó con el nacimiento de Carmina, a la que por si acaso dispensó de heredar nombres ajenos. Siempre había fantaseado con una niña en su casa de varones, quizá para sentir complicidades en un sentido muy específico, para compartir obstáculos y conquistas. Era niña, era república: era un parto. Ver vivir a su hija la revivió.

Aplacadas las olas de la atracción física, que les facilitaban un atajo pero aplazaban otras fuerzas de intercambio, María creyó comprender mejor la naturaleza de su vínculo con Fernando. Lejos de un altruismo ingenuo, se alimentaban de la altura recíproca. Sus márgenes se ensanchaban con la expansión de cada cual: crecían en equipo.

La treintena tenía algo de ingeniería del caos, de administración de un anhelo que se le derramaba en demasiadas direcciones. Si la plenitud existía, si resultaba precariamente posible, siempre sujeta a circunstancias efímeras, entonces eso fue lo que sintió. Y pudo percibir las primeras ráfagas de la nostalgia que aquel presente le causaría el resto de su vida.

Cortando en dos el tiempo, su madre se apagó en un hospital de Madrid. Al borde de la inconsciencia, doña Matilde resistió lo necesario para que sus hijos pudieran llegar hasta su cama desde tres ciudades diferentes. Mati la recibió con una cara que era un informe médico, y se refugió entre sus brazos como cuando eran niñas. Quique se les unió poco después. Su madre movía los ojos tras los párpados cerrados, leyendo la oscuridad, y murmuraba sílabas inaudibles. Según Mati, en las últimas horas se le había entendido una sola frase.

—En el sentido de las agujas del reloj.

No supieron si era una súplica, un fragmento de algo más largo o una especie de conclusión.

Alrededor de la cama, en silencio, la tomaron de las manos. Le sostuvieron la cabeza. Siempre había creído que el último aliento era una metáfora, pero María vio ese nítido rastro de vapor saliendo de su boca, y después nada.

Supo que, además de a su madre, había perdido un modo de relación. Había terminado cuidando a quien la había cuidado. Esa posibilidad era un círculo cerrado, una zona segura de la que había sido expulsada. No era la única que se quedaba sin ese lazo irremplazable: su cuarto hijo, del que estaba embarazada, nacería sin abuelas.

Pedro asomó gordísimo, con los ojos muy vigilantes y sin llorar. Despierto se parecía a ella. Dormido, a su padre.

—Eres tan ordenada que vienen cada dos años.

Si la llegada de su primogénito había abierto otro ciclo en su relación con el lenguaje, un rebrote de los aprendizajes básicos, la aparición de Pedrito tuvo un aire de colofón, de última búsqueda de palabras frescas. Luchaba contra el impulso de consentirlo más de lo aconsejable, de mantenerlo todo lo posible en su regazo, ralentizando su irremediable crecimiento. No deseaba ningún otro bebé, sólo permanecer en aquel óptimo estado de poder y no querer.

A diferencia de su hermanito, redondo y contemplativo, Carmina quemaba calorías al ritmo de su cháchara. Había empezado a hablar temprano, retenía palabras a la primera escucha y las exhibía con el mismo descaro con que se levantaba los vestidos.

—¡Mira!
—Sí, hija, sí.
—¿Ves?
—Ya, tápate.
—¿Vergüenza?

Asistió a la boda de su hermana aún de licencia por Pedrito y con la sombra de su madre sobrevolando la ceremonia, que encontró mucho más agradable que la suya. Aunque se suponía que las novias nunca disfrutaban del momento, Mati irradiaba un entusiasmo sereno, el deleite de honrar sus propias reglas. Su novio Juan y ella daban la impresión de haberse casado ahí mismo varias veces, o de haber tomado nota de los fiascos ajenos. No sobreactuaban ni abusaban de las emociones de sus invitados: eran dueños de su fiesta.

Enrique y Fer se divertían pegándose. En su función de adulta de ocho años, la prima Emilia se encargaba de separarlos. Carmina trepaba cabezas.

—Hija, por favor, basta.
—¿No gusta?
—No, a mamá no le gusta nada que la arañen.
—¿Daño?

Cuando la pista de baile comenzó a despejarse, Mati se acercó a su mesa sonriendo. Traía los zapatos en una mano y una copa en la otra. María comprobó que su hermana seguía teniendo mejor figura. Eso no importaba en absoluto, por supuesto, pero le importaba. Combinando el don de la oportunidad y de la evasión, Fernando se marchó al baño.

—Qué guapos mis sobrinos. Enrique está gigante.
—Dímelo a mí. Tengo la espalda rota.
—Y Carmina, ¡ay, me la como!
—Te lo pregunto entonces a su estilo. ¿Ganas?
—¿De qué? ¿De eso? Para nada.
—¿Estás segura?
—Tampoco es obligatorio, ¿no?
—Jamás te he dicho eso.
—Y si algún día quisiera, no tendría ni loca más de uno.
—Yo también lo decía.
—Y a mi edad ya tenías dos o tres. ¡Salud!

Mati estaba escribiendo una tesis doctoral en Madrid. Y, al contrario que ella, se disponía a concluirla cuanto antes. Su tema de investigación la acercaba de algún modo a la orilla del padre: la intervención inglesa en los procesos de independencia latinoamericanos. Más en perspectiva, a María la tentaba interpretarlo como un estudio de los conflictos de la emancipación.

El sacrificio de sus propias ambiciones académicas le provocaba unos niveles de frustración relativamente tolerables en compañía de sus hijos, pero que volvían a herirla cuando se reencontraba con su hermana. María trataba de pensar que esa vivencia había enriquecido otras facetas de su trabajo. Por ejemplo, estaba cada vez más convencida de la trascendencia de las bibliotecas infantiles. En raptos de fantasía que rozaban la alucinación, se imaginaba un futuro donde el público escolar recibía una atención prioritaria, y las editoriales dedicaban su mayor interés a concebir catálogos para menores.

Entonces el llanto de Pedrito volvía a despertarla.

La maternidad era un prodigio, una desesperación y una frenética mezcolanza de ambas cosas. Cuando se le agotaban los recursos, recurría al supremo manotazo en la mesa. Ella consideraba imprescindible que, desde su más tierna infancia, sus criaturas razonaran por sí mismas. Una vez desarrollada esta capacidad, les convenía acatar sus órdenes porque si no, cuidadito.

Su mayor aliado era el patio trasero de la casa, donde las bicicletas se enredaban entre las hiedras y brillaban las cajas con experimentos que los niños hacían con su padre. Se sentaba a leer ahí, manteniendo una tenue vigilancia sobre el ir y venir de los pequeños cuerpos, agradeciendo aquel perímetro de confianza. Oía gritos, risas, breves llantos, y dejaba que los márgenes del libro los absorbieran como un marco. Más que jugar con sus hijos, María dejaba que jugasen, habilitaba el contexto.

Consciente de que añadir deberes a sus deberes daba mal resultado, ella aprovechaba su teatrito de cartón para que los títeres se tradujeran entre sí. Fer se quejaba de que eso no era diversión ni nada. Ansiosa por adelantar en algo a su hermano, Carmina se aplicó cuanto pudo.

—¡Que no me tires del pelo, hija!
—*Angry?*

Enrique llevaba varios cursos en la Escuela Cossío, así que con él había que negociar de otra forma.

—Mamá, ¿puedo salir con la bici?

—Si me lo pides en inglés, sí.

En vacaciones volvían a Aragón. Alquilaban una casa en Manzanera, rodeada de buen verde y aves remolonas. Sus tres ríos producían un acorde de siesta, lujo que María sólo podía permitirse esas tardes. Recorrían la sombra en alpargatas. A Pedrito el flequillo le crecía más rápido.

—A ver, niños, ¿en qué idioma cantan los pájaros?

—En francés.

—En ninguno.

—¡En todos!

A Manzanera solían venir Maruja y Pepe Navarro, que abominaban sus siestas, o el ingeniero Manel Puente y su esposa Eli Gottlieb, profesora de alemán con quien María fue tejiendo una intensa amistad. El modo en que ambas intimaron no dejó de sorprenderla, ya que Eli conservaba cierto hermetismo germánico y ella misma, para qué engañarse, tenía fama de desapegada.

Eli, Manel y sus muy rubios hijos se convirtieron en huéspedes asiduos de la casa en Manzanera. María aguardaba aquellas visitas deseosa de estimular su tímido alemán. Algo en las ideas de Eli, secas y originales, en su físico fibroso, en su estatura tan fuera del promedio, la aturdía. A juzgar por la gentileza con que la trataba, su marido compartía estas impresiones.

Reincorporarse al trabajo le causaba una pereza que iba transformándose dolorosamente en energía. Cada verano le parecía más corto. Sus bibliotecas abrían con un modesto centenar de ejemplares e iban sumando lotes de diez libros. Aparte de satisfacer su obsesión metódica, estos números redondos le permitían mantener una contabilidad rápida de los catálogos y prever su crecimiento. Según sus cálculos, que repasaba de noche cepillándose los dientes, en sólo un par de años las Misiones ya habían reclutado a medio millón de lectores, en buena parte menores de edad.

Habían alcanzado ¿cuántas?, ¿quizá dos millones y pico de lecturas? A ese ritmo, en el próximo bienio superarían las cinco mil nuevas bibliotecas en todo el país. Entonces se daba cuenta de que llevaba un rato con la boca llena de espuma.

Tras la primera ráfaga de euforia e inversiones, los presupuestos empezaron a caer. Eso no sólo le causó problemas para gestionar los catálogos, sino que amenazaba la existencia misma de las nuevas estructuras, cada vez más numerosas. A la muerte del señor Cossío, las Misiones Pedagógicas quedaron en manos de la comisión a la que pertenecía Mati. Su hermana la había llamado para darle la noticia, no por esperable menos inverosímil, de que la enfermedad había vencido a su maestro. Sepultaron al señor Cossío junto al mismísimo y otros discretos héroes de las aulas. En la muchedumbre que lo despidió se entremezclaron estudiantes, artistas, políticos y obreros. Por expresa voluntad del finado, nadie pronunció ningún discurso.

Una de las funciones más gratificantes y curiosas que le tocó desempeñar fue la de inspectora de bibliotecas rurales. Pepe y Angelina le habían sugerido visitar algunas para observar su evolución sobre el terreno. En el fragor del bar, envalentonada por el choque de copas, María les respondió con un disparate que habría de cumplirse.

—Ya que estoy, ¡voy a todas!

Cada vez que se abría una nueva biblioteca, el equipo de las Misiones contactaba con sus responsables y hacía un seguimiento de sus necesidades. Tras el impulso inicial, esos intercambios se iban volviendo demasiado lentos e impersonales, así que María decidió emprender viajes por las diversas comarcas hasta cubrir el mapa de la provincia entera. Se proponía adaptar el servicio a las singularidades de cada pueblo, resolver dudas prácticas y, bastante a menudo, mediar en los conflictos políticos que iban emergiendo.

Conducía Vicente, cuya labia incesante le amenizaba el viaje y la informaba acerca de muchas situaciones que le tocaría afrontar. Por alguna razón, Vicente parecía tener un familiar en cada recoveco.

—¡Hombre, Llocnou de la Ribera! No se imagina lo buena que le sale la fideuá a mi tía Montse.

Solía acompañarlos Angelina, que presumía de entender de motores. Ni María ni menos aún Vicente la habían tomado en serio hasta que, un mediodía, se bajó taconeando del automóvil y desapareció tras el capó humeante. Volvió a su asiento y se ajustó el sombrerito manchado.

—Era el anclaje del pistón, bellezas.

Cuando Angelina tenía otros quehaceres, la reemplazaba algún estudiante de la Biblioteca-Escuela. Y si transportaban materiales voluminosos se les unía Benito, que iba contando sílabas mientras movía los bártulos, tamborileando sus dedos sin uñas.

—¿Algo que rime con *fideuá*?

—Uy, no sé, depende. ¿Sólo con la *a* o con el diptongo entero?

—Me extraña la pregunta, doña María, me extraña.

Volvían por la noche de los pueblos cercanos y organizaban rutas por los más retirados, quedándose a dormir en cualquiera de ellos. Angelina era una exquisita compañera de habitación, pero letal roncando.

Por lo general, las inspecciones incluían una entrevista con la persona encargada de la biblioteca, un reconocimiento de sus instalaciones y una reunión con las autoridades locales, cuyas peroratas convenía eludir a toda costa. Igual de difícil resultaba esquivar las comilonas, atiborradas de productos típicos que era gravísima afrenta no probar.

Organizaban lecturas colectivas de las obras donadas, sembrando desde el principio la curiosidad sobre ellas. Otras veces montaban audiciones de discos para reivindicar los géneros autóctonos, o sesiones de cine que divulgaban las costumbres de diferentes rincones del mundo. Mucha gente recorría enormes distancias a pie con tal de presenciar esos prodigios que flameaban en una sábana clavada en la pared.

—¿Tendrán frío? ¿Les traemos una manta?

Cerraban la jornada con diálogos comunitarios que se ramificaban de manera impredecible. María regresaba a casa con la sensación de haberse nutrido de la misma gente a la que pretendía instruir, de estar vampirizándola en secreto.

Las primeras bibliotecas se habían puesto en marcha en las propias escuelas. Esta estrategia se reveló problemática: si sus docentes carecían de aptitud o entusiasmo, los espacios fracasaban. Trasladarlos también generaba conflictos, ya que sus responsables se ofendían y sus estudiantes se alejaban. Así que María se daba una vuelta por cada pueblo, se paraba a conversar aquí y allá, hacía sus pesquisas y después tomaba decisiones. A veces designaba bibliotecarios adjuntos, categoría oficialmente nula. La invención de este y otros cargos imaginarios obraba efectos milagrosos: quienes empezaban alegando falta de disponibilidad pasaban a mostrar un compromiso digno de admiración. Ya no eran vecinos que echaban una mano; eran *adjuntos*, nada menos.

Durante sus inspecciones se dejaba llamar *doña*. En clase prefería que la tutearan: tenía comprobado que los límites amables perduraban más. Cada vez que encontraba a alguna criatura con un libro, se daba por recompensada.

—¿Qué estás leyendo, querido?
—Una de aventuras, señora.
—Llámame María, por favor.
—Sí, señora María.

Obligada a actuar como emisaria y hasta jueza de paz, María se preguntaba qué funciones cumplía la lectura en la resolución de conflictos. O si más bien servía para nombrar los conflictos silenciados. Tampoco faltaban las familias que le hacían *esa* pregunta: ¿para qué iban a perder el tiempo sus hijos leyendo, cuando podían hacer cosas útiles? A ella le parecía una pregunta importante. Le costaba entender a quienes la repudiaban sin responderla o, peor todavía, se regodeaban en la presunta belleza de lo inútil. En su opinión, esta barbaridad aristocrática daba por hecha la inutilidad del arte y subestimaba las funciones de la belleza.

¿Cómo no iba a ser útil la lectura si mejoraba la vida cotidiana, si fundaba una soledad asociativa, si ofrecía más experiencias de las que nos tocaban en suerte, si ampliaba nuestras identidades, nuestro conocimiento del prójimo y nuestro concepto mismo de realidad, si nos permitía comunicarnos con otras épocas, otros lugares, otras lógicas, e incluso hablar con muertos?

La enfurecía que la acusaran de falta de realismo. Eso había escuchado en el Archivo, donde había logrado pactar una excedencia. Más que consumir tiempo, pensaba María, leer lo creaba. Como en las teorías físicas que investigaba Fernando, los libros abrían huecos en nuestras coordenadas.

Junto con cada lote de libros, María adjuntaba una notita con algunas recomendaciones para el cuidado de los ejemplares. *Los libros deben ser tratados no sólo con esmero, sino con cariño, porque son amigos. Hay que hacer que duren, para que otros obtengan con su lectura la misma alegría.* Mandaba también pliegos de papel grueso para protegerlos. *El forro es como la blusa de trabajo, que conserva y guarda limpio el traje.*

Antes de cada visita, María enviaba un breve cuestionario para hacerse una idea de las condiciones de la biblioteca. En vista de las respuestas que recibía, no siempre se cumplía su objetivo.

Clima y cultivo del pueblo	Mayormente animoso, poca gente cultivada
Movimientos de la biblioteca	Sobre todo en temporada de vientos
Títulos más leídos	Quijote, Buscón, Miserables, Vuelta al mundo, Odisea, Oliver Twist, Gulliver, Mil y una noches y Gallinocultura práctica (a veces también leen los textos)
Disponibilidad actual	Después de la siesta
Temáticas más frecuentes	Noticias de la radio, cosecha, fútbol, chismes
Duración de los préstamos	Un par de minutos, salvo que esté atendiendo otro menester
¿Leen con regularidad los hombres?	Sí, el periódico todos los días
¿Percibe un interés mayor en las mujeres?	No, aquí siempre han sido bastante mujeriegos
Si algún lector destaca de manera notable, por favor indíquelo	El Cesc con 12 años ya le saca una cabeza al padre

Al llegar a Xeragües descubrieron que nadie había anunciado su charla. Estuvieron un buen rato colocando sillas y pegando carteles. Finalmente asistieron tres o cuatro ancianas duras de oído, un señor indignado de antemano y un estudiante que se sabía a Lope de memoria.

En Sant Pinet, en cambio, habían convocado a más gente de la que cabía en la escuela. La cola doblaba la esquina y los vecinos seguían llegando. El maestro se opuso a que el acto se celebrara en otro lugar, entonando consignas militantes.

—¡En la escuela se educa y en la escuela será! ¡La patria es de las aulas! ¡Viva la patria docente!

Los ruegos de María, la mediación del alcalde y la aparición de Benito, que se acercó a exhibir gentilmente sus bíceps, consiguieron persuadirlo. El público esperó a que habilitaran un recinto alternativo, por lo que entró malhumorado y protestando. Tal como solía ocurrirle en condiciones adversas, terminó siendo uno de sus mejores encuentros.

Nadie la recibió en Fortamar, porque la maestra con quien se había escrito acababa de renunciar por motivos de salud, y su reemplazante se había ido a pescar jureles. A hombros de Benito, a través de la ventana, María espió el interior de la escuela, tomó algunas notas y siguió viaje.

En Canals de Montcada todo fue algarabía y atenciones. Mostrándole sus impecables anaqueles, el bibliotecario le entregó un informe con las actividades, incidencias y peticiones del centro. Los préstamos infantiles triplicaban los adultos. El alcalde tenía el don del silencio. Un grupo de ancianos cantó albadas en su honor y la chiquillada celebró la película, porque no había cine en muchos kilómetros a la redonda. María prometió regresar pronto, cosa que nunca hizo.

Durante sus diálogos en Poblallonga, como de costumbre, las madres mostraron una mayor predisposición a colaborar con la biblioteca. Sus criaturas bailaron al son del gramófono. Antes de despedirse, una niña le hizo un ruego.

—Cuando se lleve la máquina, ¿nos dejaría la música?

A partir de ese día, designó voluntarias en cada localidad, estrechando así el vínculo con las familias. Les tomaba los datos para mantenerse en contacto y, a vuelta de correo, les pagaba con libros.

Con muy bienvenidas excepciones, los hombres tendían a mostrarse menos receptivos, quizás intimidados al verse en minoría. Al revés que en los bares, acudían con sus esposas y rara vez solos. Sin embargo eran ellos quienes tomaban primero la palabra, manifestando sus opiniones en cuanto se les daba la oportunidad, o incluso antes de eso. Para sacarle partido a esta inclinación, María programó sesiones de debate que elevaron la asistencia de parroquianos.

Según pudo observar, muchos vecinos de Font del Duc evitaban la biblioteca por los principios inequívocamente laicos de la escuela que la albergaba. Solicitó entonces audiencia con el cura del pueblo. Para su sorpresa, el clérigo estaba al tanto de cada título que enviaban. Los había leído, le aclaró, sólo para saber si resultaban aconsejables para sus feligreses. Y no, no resultaban. Le puso como ejemplo un prudente ensayo sobre maternidad y educación sexual del doctor Marañón, que de hecho se había distanciado del gobierno. María negoció un juicio más benévolo a cambio de incluir a Chateaubriand, Pascal, Chesterton y fray Luis en el próximo lote.

—Ve con Dios, hija.

—Siempre voy con Él, padre. Y también con Vicente, por si acaso.

La maestra de Miramareny no parecía demasiado interesada en la biblioteca ni tampoco en sus preguntas. María lo atribuyó a su mutua antipatía y le pidió a Angelina que se ocupara de ella. Su amiga fue recibida con el mismo desdén. Sospechando que la terca señora renegaba de cualquier autoridad femenina, María fingió salir en busca de su superior y volvió con Vicente, a quien le había dado unas rápidas instrucciones. La señora pactó con él los nuevos horarios de servicio y otros asuntos pendientes.

Mati y su esposo Juan, que habían venido de visita, la acompañaron hasta Alfara de Fenolla. Tenían experiencia en esas excursiones: habían hecho muchas en los campos de Toledo y Guadalajara. Pararon a mitad de camino para comer y su hermana le contó que estaba embarazada. Lloraron juntas, sin decirse casi nada.

Al llegar al pueblo, descubrieron que el bibliotecario estaba cobrando diez céntimos por ejemplar prestado a adultos y cinco céntimos a menores. Le exigieron explicaciones.

—Los niños se merecían un descuento.

Ante la indignación de María y Mati, el bibliotecario probó con otros argumentos.

—Es que, si no cobro los libros, la gente pide por pedir.

Invitó a su amiga Eli Gottlieb a Cases dels Valls, aprovechando que podían ir solas en tren hasta allí. Pasearon del brazo entre risas. Comprobaron que todo lo que habían oído sobre aquel lugar era cierto: su gótico atrevido, el sol recostado en las lomas, la situación alarmante de su biblioteca. Sin personal activo ni indicación alguna de su existencia, había sido relegada a un sótano municipal. María debió sortear toda clase de muebles para acceder a ella. El funcionario que la escoltó tenía su propio criterio literario.

—Se lo digo muy claro, señora. Si por mí fuera, yo quemaría la mitad de esos libros.

—Me alegra que lea tanto, caballero.

—Pero ahí los tiene, sin faltar ni uno solo, aunque no nos gusten nada los comunistas.

—¿Le importaría ser un poquito más concreto?

—Hay demasiado ruso, empezando por Tolstói.

—Tolstói no era comunista. ¡Era terrateniente!

—Los comunistas siempre han sabido camuflarse.

En Beniguacil, el maestro no podía atender su biblioteca fuera del horario de clase y temía que, si se transfería a otro sitio, acabara controlada por la Iglesia o el cacique de turno. María se tomó un par de vinos en la taberna más concurrida, hizo algunas preguntas y terminó brindando con un carpintero llamado Quim. Viendo que tenía gran afición por los libros, le ofreció de inmediato la subdirección de la biblioteca. Se trataba, le aseguró sin mentir, de un puesto único en toda la provincia.

El carpintero, el maestro y el alcalde socialista firmaron un documento que María improvisó en la máquina de la escuela. Aunque Quim respiraba más bien por la derecha, el regidor la consideró una alianza natural.

—A los trabajadores siempre podremos convencerlos.

—¿Está seguro?

—Por supuesto que no.

Planeaban proyectar una comedia en Valldignat, pero un corte de luz se lo impidió: hasta hacía poco, la comarca no disponía de corriente eléctrica. Vicente trató de conectar el proyector a la batería del automóvil. Hubo ovaciones y, tras varios fracasos, abucheos. Mientras María daba su discurso, las artesanas del pueblo siguieron trabajando en sus cestos, cortando, abriendo y tirando de las trenzas de palma, como si ahí, en sus manos, residiera el secreto del tiempo y la ironía del mundo.

A Guadapobla llegaron con los paraguas vencidos y barro hasta las rodillas. Chorreando, el responsable les comunicó que el público había tenido que salir a sulfatar las viñas para que no se las comieran los hongos. María le preguntó qué tal iban los préstamos.

—En invierno, flojitos. Y en verano cerramos, porque es temporada de vendimia.

Los ánimos andaban crispados en Llanera de las Coronas por la mudanza de su exitosa biblioteca, que necesitaba más espacio. La nueva sala designada por el Ayuntamiento albergaba unas tallas del santo local: las autoridades eclesiásticas se negaban a moverlas, y mucho menos por orden civil. La polémica inundaba los bares. ¿Ley o tradición? ¿Biblioteca o santo?

María les sugirió a los ediles dejar pasar un tiempo para que se apaciguaran los rencores. Y que, si no encontraban salas alternativas, evitasen al menos imponer el traslado de las tallas. La miraron con sorna.

—Si nos andamos con tantos miramientos, al final no hacemos nada.

Durante su conferencia escuchó algunos insultos. En las últimas filas, un grupo abandonó ruidosamente la sala. María temió que volaran piedras. En el turno de preguntas, una niña quiso saber si, cuando un libro se cerraba, se borraban las letras.

Fue una noche de verano. Una noche de verano en Manzanera. Mientras el niñerío dormía con rara unanimidad, se habían quedado fumando, riendo y jugando a las cartas con Pepe y Maruja, que se resistían a irse a la cama, y con Eli y Manel, que solían hacer trampa en las partidas. María miró a Eli, se concentró en su piel pálida, en los pigmentos de sus ojeras, y de golpe, a lo lejos, en algún lugar del campo, un perro aulló.

No le pareció un ladrido más, de esos que abundaban en la zona, sino de otra naturaleza, otro filo, otro dolor, como si al perro lo hubieran atacado con un palo o —pensó, sin saber muy bien por qué— le hubiesen pegado un tiro. Pero faltaba el disparo. En ese instante tuvo un mal presentimiento, la sensación de que algo se rompía en la oscuridad.

Permanecieron en silencio, inmóviles, hasta que alguien lanzó su naipe. Fue una noche de julio, en Manzanera.

A la mañana siguiente, con la resaca en el paladar y el café hirviendo en el fuego, les llegaron los ecos todavía remotos, vagamente irreales, de esa sublevación militar en Ceuta y Melilla que empezaba a replicarse en distintos puntos, extendiéndose como una infección en un cuerpo dormido.

Discutieron durante horas sobre algo que no veían. Estaban en el mejor, el peor lugar posible, en la paz hipócrita del paisaje. El cielo azul parecía un eufemismo.

No todos los huéspedes de la casa compartían militancia o ideas, ni siquiera voto. Sus lazos eran menos específicos: los unía un conjunto de placeres en común, todo aquello que estimulaba la vida, el contorno que la hacía reconocible.

—Esto no tiene buena pinta.
—Bah, son cuatro cuarteles.
—¿Y si volvemos a la ciudad?
—Aquí estamos seguros.
—No seamos tan burgueses.
—No es menos burgués decirlo.
—¡Hay que tomar las armas!
—Menuda tontería.
—Más tonto es quedarnos mirando.

María quiso creer que la guerra sería breve, que un gobierno legítimo llevaba las de ganar. Receloso con sus teóricos aliados, Fernando esperaba que Izquierda Republicana ganase peso en el Frente Popular. Como buen ingeniero, Pepe imaginaba mecanismos de equilibrio entre las partes. Maruja era partidaria de la pedagogía y la propaganda, no siempre en ese orden. Formado en la escuela anglosajona, Manel apelaba a la conveniencia del liberalismo.

Desde su campana de silencio, Eli se abstenía de participar en la polémica. Era hasta cierto punto un aislamiento lingüístico, aunque también había en ella cierto saber incómodo: una especie de depresión profética. Aquella tarde María la escuchó hablar una sola vez, con su dicción prusiana y sus ojos de agua.

—En mi país sólo *acaba empezar.*

Fernando iba regularmente al pueblo a hacer llamadas telefónicas. Volvía cada vez con peor cara. Las tres parejas se disputaban los periódicos y se arremolinaban alrededor de una radio que emitía más ruidos que certezas. Las noticias sonaban confusas, las autoridades no terminaban de reaccionar frente al golpe de Estado, se sucedían los cambios de gabinete, las organizaciones obreras se declaraban en huelga, formaban milicias y exigían la unión de las fuerzas leales, un comité renqueante intentaba coordinar la defensa, en Madrid predominaba la UGT, en Cataluña la CNT, en Valencia parecían empatar. Las páginas se arrugaban, humedecían y desleían entre los dedos.

¿Debían interrumpir las vacaciones o quedarse en Manzanera? ¿Acaso iban a cambiar algo si salían corriendo de esa casa? Es por los niños, repetía María. Era también por ella: al otro lado del paréntesis intuía un precipicio.

Cuando se reincorporó a su puesto, le comunicaron que no dispondría de transporte porque su vehículo se requería en el frente. Este pequeño revés le causó una impresión desproporcionada. Si Vicente ya no podía acompañarla a inspeccionar bibliotecas, cualquier otra costumbre podía caer.

Entonces se desató la catarata de rumores.

Han fusilado a Lorca, le dijo Angelina, en el sur, en un barranco. Han fusilado a Lorca, repitieron juntas, como tanteando hasta qué punto eran capaces de pronunciar esas palabras. Han fusilado a Lorca, le contó María a Fernando, en Granada, no sé dónde. No se sabe dónde han fusilado a Lorca, le contó Fernando a Pepe, y Pepe le respondió que había sido en un barranco. Han fusilado a Lorca, le anunció Maruja a Eli, y Eli le contestó que estaba buscándola para decírselo. Habían fusilado a Lorca y los muertos esperaban turno.

También a Juana, en el norte, susurró esa noche mirando al techo. La conocí en Madrid. Era más joven que yo. Estaba embarazada. Han fusilado a Juana Capdevielle.

¿Y esa quién es?, le preguntó su marido abrazándola.

En cuanto se formó el siguiente gobierno del Frente Popular, le ofrecieron dirigir la Biblioteca Universitaria de Valencia. María confirmó que la suerte era una potencia agridulce: ¿qué hacer con un sueño cumplido en plena pesadilla?

Su nuevo radio de acción abarcaba facultades, liceos, escuelas y centros populares. Incluida, curiosa revancha, esa pequeña biblioteca provincial a la que años atrás había aspirado sin éxito. Se puso manos a la obra con una energía atolondrada, dejando que la angustia inflamara su entusiasmo.

Al tomar posesión, descubrió que las instalaciones de la Biblioteca Universitaria se hallaban en obras, con sus fondos fragmentados casi al azar, entre torres de libros sin centro. Nunca supo si aquel caos se debía a una reconstrucción malograda o a un desmantelamiento intencionado.

María emprendió un peritaje exhaustivo de los fondos, articulándolos hasta donde se lo permitía la reforma. Estos reagrupamientos la obligaban a bosquejar precarios mapas de campaña, alterados a diario por los acontecimientos. Escaleras y andamios se entremezclaban con los lomos envejecidos, el polvo en el aire, el olor a manos.

Los ejemplares más vulnerables requerían especial vigilancia. María recibió la orden de trasladar los manuscritos e incunables a un búnker en las afueras. Ella se negó a obedecer, argumentado que el riesgo de movilizar aquellos tesoros era mayor que el beneficio: en el supuesto de realizar con éxito la maniobra, su utilidad pública quedaría anulada.

—Que nuestros investigadores dejaran de investigar, señores, significaría rendirse de antemano.

Cada mañana saltaba de la cama, se remojaba el cuerpo, vestía a sus hijos, les repetía las recomendaciones de seguridad, desayunaba de pie, acariciaba la corbata de Fernando y salía a lidiar con sus demasiados libros. Sentada en el ojo de un remolino, pensar en la estructura de la Biblioteca la serenaba.

En ese puesto aprendió que una biblioteca jamás, ni siquiera en desuso, está inmóvil.

Que, si no se ordena por prevención, se acaba desordenando por inercia.

Que ningún sistema alfabético, geográfico o cronológico, ni por materias, géneros o idiomas, ni siquiera esa famosa Clasificación Decimal Universal, tan cacareada en Francia, basta para explicar qué contienen los libros.

Que articular una biblioteca es, en suma, darle forma a la vida. Algo imposible y urgente.

Una noche de insomnio, María se sentó a volcar las ideas que la desvelaban. Fue resumiendo algunas reflexiones sobre el oficio, sugerencias prácticas, planos de estanterías, diseños de ficheros. Deseaba describir la casa de los libros, estaba convencida de que el auténtico amor incluía a las cosas, sus espacios, sus problemas materiales. Lo tituló *Instrucciones para el servicio de pequeñas bibliotecas*.

Según había observado durante sus inspecciones, el desánimo en el campo cultural provocaba toda clase de profecías que acababan cumpliéndose. Para poner y transmitir entusiasmo, escribió, una necesitaba creer «en la capacidad de mejoramiento espiritual de la gente a quien va a servir, y en la eficacia de su propia misión». No podían por tanto cumplir con esta labor quienes repitieran «palabras que tenemos grabadas en el cerebro a fuerza de oírlas. *En este pueblo son muy cerriles: usted hábleles de ir al baile, al fútbol o al cine, pero... ¡a la biblioteca!*». Justamente esos pueblos, razonó atenta a un llanto muy familiar, «sienten que la cultura que les está negada es un privilegio más»...

«Sin cultura», retomó al volver del cuarto de Pedrito, «no hay posibilidad de liberación efectiva». Le gustó el matiz de *efectiva*. Aunque no estaba segura de cómo seguir.

Recordando los casos que había presenciado, María decidió descender —elevarse— a lo concreto. «No es extraño que una biblioteca recibida con entusiasmo quede al poco tiempo abandonada; no es extraño que el libro se caiga de las manos, y su lector lo abandone para distraerse con la película a cuya trama se abandona sin esfuerzo».

Al otro lado del pasillo, Fernando soltó un ronquido que pareció una opinión. Ella se detuvo un instante. «Todo esto ocurre; pero no ocurre sólo en tu pueblo, ocurre en todas partes...».

Media frase, sólo necesitaba media. Se mordió el labio con saña. A veces dañarse le daba respuestas. El remate le arrancó una mueca victoriosa: «... y ahí radica precisamente tu misión».

Creyó entender qué estaba haciendo. No se dirigía a invisibles colegas ni improbables lectores. Estaba dándose ánimos a sí misma.

Varias noches más tarde, mientras concluía el borrador de las *Instrucciones*, la asaltó una duda lógica y absurda. ¿En qué lugar de las bibliotecas debía guardarse un libro concebido para organizarlas?

Cuando los bombardeos empezaron a rondar la ciudad, María desplazó los fondos de mayor valor a un rincón protegido dentro de la propia universidad, aún accesibles para su consulta. Lo llamó Refugio de Papeles, como si los libros fuesen personas. Y lo eran.

Lejos de paralizarse, el ritmo en la Biblioteca aumentó: sin planes se dañaba la idea misma del futuro. Pese a algunas críticas románticas, María insistió en colocar las primeras estanterías metálicas de las infraestructuras universitarias. Lo consideró necesario por higiene, perdurabilidad y, por si acaso, para no acumular materiales inflamables.

Supo que al hermano de la señora de Maeztu, célebre por sus ideas católicas, monárquicas y militaristas, lo habían fusilado en Aravaca. Pensó en dirigirle unas líneas de condolencia a la directora de la Residencia de Señoritas, que tan hospitalaria se había mostrado con ella. No encontró el tono para hacerlo.

Las bombas se acercaban, devoraban perímetro, olfateaban el núcleo. El área más castigada era el puerto, con sus astilleros y depósitos. Después les tocaría a los barrios vecinos: Cantarranas ardió y encogió hasta desaparecer del plano.

Brigadas de voluntarios llegaban de media Europa para unirse a la defensa, devolviéndole ciertas esperanzas a su esposo, atormentado por los choques entre socialistas y comunistas. Pero si venían a ayudar desde tan lejos, razonaba ella, entonces los ataques provenían de todas partes. Reforzado por la aviación nazi y la legión italiana, el ejército golpista asediaba las líneas ferroviarias. No tardó en sembrar un cráter en la estación de Xàtiva.

En el subsuelo del Ayuntamiento se habilitó un refugio para que los estudiantes pudieran continuar con sus clases en caso de ofensiva aérea. María y Fernando discutían si acogerse a esta docencia subterránea. Convertido en puesto de mando, el campanario de la catedral esperaba el momento de lanzar su alerta al cielo.

En aquellos meses de oscilaciones legislativas, María comprobó que la burocracia condicionaba la cultura, más que a la inversa. Un decreto reunió en un solo organismo todo lo referente a archivos y patrimonio. Con la reorganización del ministerio, la coordinación bibliotecaria del país quedó en manos del filólogo Navarro Tomás y su colaboradora Teresa Andrés, quienes le propusieron encargarse de la sección escolar.

Director de la Biblioteca Nacional y salvador de libros durante el bombardeo de Madrid, Navarro Tomás era el discípulo predilecto de Menéndez Pidal: *fue el primero que LLEGÓ a la montaña*. En la Academia ocupaba el sillón *h*, ideal para un experto en fonética. Había fundado el Laboratorio de Fonética Experimental, que María se figuraba como un sótano lleno de burbujas palatales, filtraciones fricativas, chasquidos velares. Era un obseso de la métrica y también un señor bastante atractivo, para qué negarlo, con un labio superior que subrayaba el bigote impecablemente editado. No parecía ver conflicto alguno entre la militancia y la investigación, capacidad que ella le envidiaba.

Exhuésped de la Residencia de Señoritas, Teresa era doctora en Arte, dirigente comunista y líder sindical. Se expresaba con una velocidad y brillantez en teoría incompatibles. Iba peinada a lo *garçon* y sonreía sin ablandar la mirada. Tenía un don de mando que irritaba, intimidaba y admiraba a María en inciertas proporciones.

Como casi todo lo demás, la Junta de Libros cambió de nombre y pasó a denominarse Oficina de Adquisición de Libros: pretendían restañar las heridas rebautizando los miembros. El nuevo organigrama intensificó su trato con Teresa, propiciando una cercanía no exenta de fricciones. Pese a la inclinación de su jefa a suprimir las discrepancias, cuanto más discutía con María, más responsabilidades delegaba en ella. Terminó disponiendo de su propio equipo, encabezado por *Maruxa* Brey, quien la miraba con una veneración que evidenciaba su diferencia de edad. ¿Cuántas generaciones habían pasado de pronto?

Al borde del agotamiento, Navarro Tomás indagó si María estaba dispuesta a dirigir la sede valenciana de la Oficina. Semejante confianza en ella la llenó de orgullo y también de inseguridad. ¿Había rendido mejor de lo que ella misma creía? ¿O resultaba útil para sus superiores en algún sentido menos noble? ¿Se estaba saboteando con tanta suspicacia?

En Madrid, mientras tanto, los combates habían alcanzado la Ciudad Universitaria. Las barricadas se formaban con los volúmenes más gruesos: según las estimaciones de sus colegas bibliotecarios, las balas perforaban aproximadamente hasta la página 350.

En vista de los peligros de seguir concentrando los fondos en la capital, sitiada y exhausta por su propia resistencia, la Oficina decidió centralizar en Valencia sus operaciones. El personal madrileño pasó entonces a depender de María, cuyo mando se amplió a todas las regiones leales al gobierno. A partir de ahora tendría el honor de comprar libros, revistas y diarios para la España republicana, difundir sus publicaciones e intercambiarlas con otros países. Le costaba creer la extraña posición en que se hallaba: trabajando por la unidad de las bibliotecas, sabiendo que nacían divididas y amenazadas.

Lamentó despedirse de la universidad con su tarea a medias. De algún modo, se había acostumbrado al vértigo. Aceptaba las montañas de lo transitorio y las escalaba sin mirar hacia abajo.

Desde su flamante puesto, María accedió a una perspectiva aérea de la lectura. Cada dato, cada préstamo, cada título terminaba en su escritorio. Con la misma premura con que aspiraba sus cigarrillos, *Maruxa* Brey le entregaba informes puntuados de ceniza. Frente a sus ojos circulaban todos los libros que jamás leería, la inmensidad del tiempo que no era suyo.

La Oficina se mudó a una calle donde funcionaban varios ministerios, Mujeres Antifascistas, Juventudes Libertarias o Federación Anarquista. Aquel tramo se convirtió en la miniatura de un país menguante. Por la Casa de la Cultura, conocida en el vecindario como *Casal del Sabuts*, desfilaban las eminencias extranjeras. Sus buenas intenciones duraban lo mismo que sus visitas.

La Biblioteca-Escuela se inundó de ejemplares que distribuían cuadrillas dirigidas por Benito. Ya no distinguían entre las redes municipales y rurales: ahora cualquier biblioteca se consideraba popular. Pueblo y libros quedaron así oficialmente identificados, como quien encontrase a su familia justo antes de perderla. Que los libros llegaran al frente adquirió una relevancia que María no había imaginado. En las trincheras la lectura parecía agudizar sus funciones, era lucha y descanso, defensa y consuelo, análisis y evasión, discurso colectivo y refugio íntimo. Para los heridos adquiría quizá su mayor poder: el de aprender a hablar el idioma de la muerte.

No todos los milicianos, por supuesto, querían o sabían leer. Esa era la batalla que se estaba ganando mientras se perdía la guerra. Institutos Obreros, Milicias de la Cultura, ateneos y otras asociaciones se poblaron de soldados balbuceando a ritmo de metralla. Al contrario de lo previsto por la cúpula militar, a medida que los pronósticos bélicos empeoraban, más se aferraban sus hombres a los programas de alfabetización. Querían ser capaces de escribir sus nombres antes de desaparecer.

De la inauguración de nuevas bibliotecas habían pasado al crudo acopio de libros, esos otros víveres, por si editoriales y librerías terminaban de derrumbarse. Los volúmenes importados la intoxicaban con su aroma: le hablaban de tierras más sanas que la suya.

El trato entre vecinos se había emponzoñado, o bien había adquirido una franqueza enferma. Quienes apoyaban el golpe de Estado pertenecían a un censo implícito, se sabía quiénes eran y dónde vivían, y se lo hacían notar no sólo con palabras. Los aludidos tampoco escondían su impaciencia por que la sublevación militar acabase de una vez con la caterva, la chusma, la gentuza: su léxico inconfundible.

Algunas familias contrarias al gobierno habían huido y sus viviendas fueron allanadas. Entre ellas la de su vecina Amparo, que era hermana de un diácono alicantino. María mantenía con ella una relación cordial: sus hijos mayores solían pasear juntos en bicicleta. Un domingo temprano, las milicias populares derribaron la puerta de enfrente y María salió en bata. Uno de los soldados se quitó el casco al verla.

—¿Se puede saber qué ocurre, caballeros?

—Vuelva a entrar, señora, que aquí nadie la ha llamado.

—Amparo está de vacaciones.

—Sí, claro. Déjenos proceder y ocúpese de sus asuntos.

—Disculpen, pero la casa de mi vecina es más asunto mío que de ustedes.

—Tenga mucho cuidado, que se va a arrepentir.

Fernando asomó un poco, le tiró de un brazo y cerró la puerta de inmediato. Se quedaron con la espalda pegada a la madera, escuchando sus propias respiraciones. Después prepararon el desayuno.

Cuando la balanza de la guerra empezó a inclinarse con claridad, la vigilancia se invirtió: siempre había alguien que los señalaba. Sentían las nucas expuestas. Sus espaldas se helaron. ¿Cuánto de su temor impregnaba a sus hijos? No quería subestimar sus capacidades ni tampoco sobrecargarlas. Enrique ya tenía edad para hacerles preguntas espinosas. Como Fer tendía a imitar a su hermano, las inquietudes de uno terminaban reproduciéndose en el otro. Carmina era temible cazando contradicciones. Desde que iba a la escuela se afanaba en transcribirlo todo, en especial las conversaciones ajenas. Pedrito aún parecía protegido por una burbuja lúdica. Pero el aire se había llenado de alfileres.

El flujo desde las zonas en retirada había transformado la ciudad en una extraña colonia infantil. El presente de aquellas criaturas quedó suspendido en un paréntesis de ocio y bombas bajo el sol. Algunas de ellas se incorporaron a la Escuela Cossío y terminaron formando parte de las ruidosas meriendas en casa de María.

Los desabastecimientos se recrudecían, causando aglomeraciones donde no reinaba precisamente la cortesía (lo cual era inevitable) ni la eficiencia (y eso ya no podía soportarlo). Esos altercados la exasperaban, porque todo el mundo terminaba perdiendo tiempo y aprovisionándose peor. Así que María ideó un sistema casero con cartoncitos numerados. Sus vecinos los extraían al azar, calculaban la hora de su turno y se marchaban a hacer otra cosa. Resistir, pensaba ella, consistía en organizar el miedo.

Como no podía ser de otra manera, pronto afloró en el barrio un mercado negro de canje y compraventa de cartoncitos.

—¿Pero no le da vergüenza, hombre?

—Vergüenza me daría desaprovechar lo que anda suelto, señora.

Una tarde de invierno, al volver de la Oficina, Pedrito y Carmina se abalanzaron sobre ella. Intuyó cierta oscuridad en su alegría, como si hubieran temido que no regresara. Tras los abrazos y reclamos de rigor, su hija quiso saber algo importante.

—Mamá, ¿la infantería es una escuela?

Su hijo menor le entregó un retrato de familia. Cuatro monigotes volando alrededor de un arcoíris y dos personajes muy altos, cada cual sosteniendo un enorme portafolios. Conmovida por este último detalle, inconcebible en su propia infancia, ella reprimió la tentación de señalárselo a su hijo: aquella pequeña victoria dependía de que a él le pareciera natural.

A los pies de las figuras, María distinguió también unos cachorros negros. Alzó a Pedrito y le preguntó sonriente si seguía empeñado en tener mascotas.

—Son bombas, mami.

Mati y Juan llevaban algún tiempo instalados en un barrio vecino al suyo. Finalmente habían abandonado Madrid por la seguridad de su bebé. Empezaron a dar clases aquí y allá, manteniendo a duras penas un optimismo castrense: si bajaban los brazos, se les caía todo al suelo.

Perpetuando las homonimias, su nueva sobrina se llamaba Matilde. A diferencia de sus primos, era una niña gestada durante un golpe de Estado y nacida en plena guerra. Ese siniestro unísono, sospechó María, inauguraba una generación que no podría recordar aquello que la definía.

Su hermana le presentó a Machado en la Casa de la Cultura. Tomaron café en silencio. Espiaron desde la ventana las siluetas borrosas que cruzaban la calle de la Paz. El poeta les contó que le habían prestado una casita en Rocafort y que los colores de la huerta lo consolaban un poco. Entonces sonrió sin mover el resto de la cara.

Quique terminó sumándose al oasis tambaleante de Valencia. Sus clases de Matemática, siempre ricas en palabrotas, tuvieron gran aceptación en la Escuela Popular y el Instituto Obrero. Dedicó el primer día al adolescente Galois, insurrecto del álgebra y activista republicano, muerto bajo la última monarquía francesa.

—Fue hace un siglo. O sea, ayer.

El gobierno legítimo —lo que quedaba de él— se había transferido a Valencia, eje provisional de la República. Muchos se inclinaban por Barcelona. María los escuchaba tomar fervoroso partido por una u otra capital, el diseño federal o centralista, el presidente o el jefe de gobierno, los comités populares o los gobernadores civiles, el constitucionalismo o el anarcosindicalismo, el socialismo revolucionario o reformista, el comunismo pactista o soviético, y un descorazonador etcétera.

Por un momento, se había alcanzado cierto equilibrio entre las corrientes internas: eso hizo florecer a una ciudad cuyo privilegio era su peligro. Sus cafés se llenaron de espías, correveidiles y corresponsales extranjeros, de mercaderes, traficantes y traidores de todas las causas. Las sedes municipales fueron elevadas a Cortes estatales, los palacios recordaron sus remotos cometidos, las calles y plazas mudaron de nombres. Los tesoros del Prado llegaron hasta allí igual que los congresos, incluido aquel en que Machado susurró a gritos (su voz merecía el oxímoron): *¡el crimen fue en Granada!* Algo en esa Valencia se asemejaba brutalmente a la vida, a sus frágiles bonanzas, su euforia entre pérdidas. Y así se sentía ella, de repente en el centro sin haberse movido.

Aunque pensaba a diario en su desenlace, para María no era sólo una guerra que ganar o perder, sino una carrera por llegar lo más lejos posible, pasara lo que pasase, en la dirección deseada. De fracasar con alguna grandeza. A esa misión desesperada se entregó en Valencia, capital de las últimas cosas.

Pero había otros frentes invisibles. Cada vez más compañeras se ocupaban solas de la crianza y del trabajo, con sus parejas movilizadas y sin opciones de volver ni de visita. Aquella revolución forzosa las había conducido a un abismo frente al que se desenvolvían con oscura confianza. Estaban angustiadas, extenuadas y, por una vez, al mando.

Algunas de sus amigas lo proclamaban desde Mujeres Libres y asociaciones afines. Más que un reemplazo temporal de funciones, se trataba de acelerar la ruptura: cuando todo acabase, ningún hogar volvería al antiguo modelo. Por eso resultaba urgente alfabetizar a las mujeres obreras. Los sindicatos no podrían lograr algo así ni, siendo honestas, había figurado jamás entre sus objetivos.

Una mañana de viento, María se acercó a la Oficina más temprano que de costumbre: caminando a ritmo ansioso, había tardado menos de diez minutos desde su casa. Dio un rodeo para hacer tiempo y callejeó por la Ciutat Vella hasta la plaza del Arzobispo, ahora plaza de los Trabajadores. Al contemplar el palacio donde habían instalado el Ministerio de Sanidad, experimentó una suerte de alucinación arquitectónica. Le pareció divisar en sus balcones una figura femenina con gafas, los pechos desnudos y el puño en alto.

Esa alucinación era una realidad no menos improbable. Se trataba de la ministra Montseny, una de las primeras en toda Europa, representante anarquista de un Estado en el que no creía. Autora de novelas de combate y de un proyecto para legalizar el derecho al aborto (aun cuando ella, en lo personal, desaconsejara su práctica), estaba protestando con su propio cuerpo: el Consejo de Ministros había rechazado la iniciativa.

María miró hacia arriba y Montseny miró hacia abajo. La ministra la saludó levemente, se acomodó los pechos con solemnidad y reanudó su cruzada frente a las cúpulas de la catedral.

Con la llegada del personal evacuado desde Madrid, la Oficina pudo al fin compensar su escasez de medios. Entre las integrantes de su nuevo equipo, María enroló a su vieja amiga Consuelo.

Mientras su compañera no se había movido del lugar donde habían compartido infancia, el nomadismo de María había ido superponiendo capas y distancias dentro de su memoria. Ella estaba convencida de que los sucesivos cambios de colegio y residencia habían modificado profundamente su identidad, alejada sin remedio del punto de partida. Hasta que, en su primer día de trabajo, Consuelo escuchó sus instrucciones con una sonrisita irónica.

—Sigues siendo la misma.

Quizás ambas tuvieran razón.

La avalancha de evacuaciones no tardó en convertir su casa en un improvisado centro de acogida. Sus hijos festejaban las apariciones de aquellos misteriosos huéspedes que traían historias y cachivaches. María los veía tirarles de las mangas para jugar en el patio y les deseaba toda la diversión posible: iban a necesitar esos recuerdos.

Uno de los catedráticos desplazados llamó enseguida su atención. Su primer encuentro se produjo en la Biblioteca Universitaria, a la que aquel hombrecillo parecía llegar antes que nadie, si es que no pasaba la noche ahí. Parpadeaba muy rápido, como si se enfrentase a un texto difícil. Los anteojos de pasta se le descolgaban de las orejas. Su voz resonaba más recia de lo que su nimio torso presagiaba, causando un raro efecto de autoridad. Si algunas voces traicionaban a sus dueños, aquella redimía al suyo.

—Encantada, señor Alonso. He oído hablar mucho de usted.

—Si le digo lo mismo, señora Moliner, va a pensar que es cortesía. Pero llámeme Dámaso, se lo ruego.

Supo también que Carmen Conde, joven fundadora de la Universidad Popular de Cartagena, se había instalado en la ciudad. La guerra la había empujado a tomar decisiones. Maestra de profesión, Carmen se había inscrito en Letras como nueva alumna. Según ella, escribiendo no esperaba acabar con sus dudas, sino darles forma. Acababa de conocer a Amanda, su gran amor aparte de su marido, que trabajaba en Andalucía telegrafiando para el gobierno.

María simpatizó con ellas al instante y tramitó personalmente sus carnets de lectoras. Fantaseando con reclutarlas, les aconsejó que se formaran para ser bibliotecarias. Ver juntas a Carmen y Amanda era asistir a dos deseos pensándose, a dos mentes buscándose el cuerpo.

Las noticias que llegaban del frente catalán y su Aragón natal sonaban cada día más tenebrosas, con alguna excepción en Murcia o el propio Levante. Les quedaba todavía el valle del Ebro. Y, sobre todo, la ilusión crónica de que las democracias occidentales pasaran de una vez a la acción para contrarrestar a las fuerzas nazis y fascistas, que estaban decidiendo la contienda. Las treguas mentales empezaban a resultarle tan imprescindibles como los refugios antiaéreos.

En cuanto Angelina le propuso crear una tertulia en un café de la plaza Castelar, a dos pasos del trabajo, María se puso manos a la obra. Primero captó a su esposo y a su hermana. Después se les unieron Dámaso Alonso y su maestro Navarro Tomás, quienes rivalizaban declamando poemas clásicos. Arbitraba los duelos su esposa, la escritora Eulalia Galvarriato, que solía recordar los versos mejor que ambos y lo disimulaba con piedad.

La incorporación de Consuelo pareció provocar alguna incomodidad en Eli, que dejó de asistir a la tertulia. Durante una temporada participaron también Rosa Chacel y su marido, involucrado en los nuevos planes de evacuación del patrimonio del Prado. La pareja se planteaba seguir el mismo camino de los cuadros, o quizás huir a Buenos Aires.

Huir a Buenos Aires. María dio un respingo.

El grupo se completó con el matrimonio de lingüistas formado por Pilar y Rafael Lapesa. Ella había trabajado en el Tribunal de Cuentas y estimaba que la procreación era una redundancia. Él lamentaba que su miopía de topo le impidiera alistarse y se desquitaba redactando un pequeño manual de historia de la lengua para soldados.

—Hay que conocer muy bien el nombre de las cosas por las que se dispara.

María siguió acudiendo semanalmente, sin faltar ni una sola tarde, al café de esa plaza que muy pronto se llamaría del Caudillo.

Con el gobierno replegado ya en Barcelona, tercera capital de la República, y con el ejército golpista a punto de quebrar los puentes entre los territorios que le quedaban, la estructura inconexa del Estado iba pareciéndose cada vez más a su retrato histórico.

Mientras los ataques aéreos se recrudecían, los partidarios de la rendición negociada y de luchar hasta el final chocaban con estruendo. Poco después de Navidades, Valencia sufrió un bombardeo en pleno centro sin ningún objetivo militar. Convocada de urgencia a una ronda de reuniones oficiales, María viajó a Barcelona.

Si bien le había prometido a Fernando sondear un hipotético traslado, ella no lo veía claro. Nadie podía garantizarles que la nueva capital resistiría mucho más, y los niños parecían tan arraigados. Aún recordaba los vaivenes y despedidas de su propia infancia, que nunca había podido elegir.

En la Oficina se sucedían los movimientos estratégicos: había quienes preparaban con disimulo su fuga, quienes comenzaban a rectificar oportunamente sus posturas políticas y quienes aprovechaban para cobrarse venganzas. María no veía nada de esto incompatible con seguir esforzándose al máximo, aunque sólo fuese por matar los nervios.

Sus *Instrucciones para el servicio de pequeñas bibliotecas* se habían publicado de manera anónima, como parte de la labor institucional del ministerio. Ella estaba a favor de colectivizar las responsabilidades y, por tanto, los méritos. La propia palabra *servicio* lo decía. ¿Qué más daba quién había contribuido con esto o con lo otro, si se trataba de trabajar para el pueblo?

—Ya, ya. Te estás borrando.

Cuando ella intentaba quitar importancia a las causas personales, Carmen Conde sacudía impertinente la cabeza. Le insistía en que esa supuesta generosidad era una trampa. Donde María hablaba de nobles entregas, Carmen veía sometimientos y sacrificios heredados.

—Y ya que tanto te gusta colectivizar las causas, ¡*nos* estás borrando!

Ahora la sensación de cierre la impulsaba: al filo del colapso, ella quería más. Su gran ambición consistía en diseñar una red de intercambio general, una hiperbiblioteca compuesta por múltiples fondos conectados entre sí. Un mapa desplegándose hasta ocupar la superficie exacta del país.

«Que no exista en todo el territorio nacional», redactó en el proyecto que presentaría a las autoridades, «sitio ni casa aislada en el campo que no pueda disponer de libros». ¿Exageraba? Bueno, la realidad también. «Como las necesidades espirituales no guardan relación necesaria con el número de habitantes, hay que aspirar, como ideal, a una organización tal que permita que cualquier lector, en cualquier lugar, pueda obtener cualquier libro». Cuanto menos tiempo y más miedo tenía, más desorbitados resultaban sus emprendimientos. No sería la última vez en su vida que aplicara este principio.

Lejos de inviables despilfarros, la clave para ejecutar su plan era una ramificación coordinada. Dinero, sí. Pero, sobre todo, inteligencia política. En su experiencia, el primero terminaba apareciendo con menos dificultad que la segunda.

María imaginaba una constelación de círculos concéntricos, cada cual albergando su catálogo, siempre nutrido por otro círculo mayor. Las bibliotecas regionales envolviendo a las provinciales; estas a las comarcales; estas a las municipales; estas a las rurales; estas a las circulantes, con camiones que rotarían entre aldeas de menos de cien pobladores; y estas a las corresponsales, para que se pudiera recibir libros en domicilios remotos.

Al concretar su proyecto, se adelantó a dos objeciones razonables: el exceso de gastos y el centralismo. Maximizó el poder de las instalaciones provinciales, dotándolas de capacidad de decisión sobre todos sus distritos, sin dependencia práctica de la Biblioteca Nacional. De esta forma, escribió, «si una provincia obtuviera su autonomía administrativa, bastaría desenganchar el nexo con la organización central para que la red continuase su marcha». La inversión se vería compensada por la unificación de los sistemas. «Con este Plan», remató, «se libera a las bibliotecas» de comprar, catalogar y almacenar individualmente sus ejemplares.

Además de la formación técnica, María incluyó un Servicio General de Desinfección: la lucidez en el plano de los conceptos estaba ligada a la limpieza en el mundo sensible, intuición que ella esperaba que se demostrase algún día.

Lo tituló, ¿pasándose un pelín de exhaustiva?, *Proyecto de bases de un plan de organización general de Bibliotecas del Estado*. Prefería que no lo elevaran a ley, para poder adaptarlo a las condiciones materiales de cada momento. Esta vez, sin embargo, lo firmó con su nombre. No se lo dijo a Carmen. Una tenía su orgullo.

La Oficina tramitó su texto con carácter prioritario. Fue a imprenta justo a tiempo. Y demasiado tarde: con el naufragio bélico y la retirada de las Brigadas Internacionales, el Ministerio canceló su programa. Llevaba apenas unos meses aplicándose.

Una dejaba las cosas cuando las cosas ya se habían ido, reaccionaba ante hechos que asimilaba como una decisión. María contó en casa que había renunciado. Aunque más bien la habían despedido.

Desde que la Administración había eliminado el área específica de bibliotecas, sustituyendo a Navarro Tomás y a Teresa por líderes afines a la CNT, ella había ido perdiendo poder. Lo sabía, pero no terminaba de aceptarlo. Les había llevado la contraria a sus nuevos superiores, confiada en salirse con la suya como otras veces. Su derrota había sido fulminante. ¿Había sobrevalorado sus fuerzas? ¿O quizás ella misma había precipitado la situación, más harta de lo que deseaba admitir? ¿No era todo eso una lamentable autojustificación? La. Habían. Echado.

Le quedaba la Biblioteca-Escuela. Por ahora. Trini ya no se preocupaba por las erratas ni por sus uñas, y Benito se mostraba cada vez menos diligente. Levantaba las cajas mirándola a los ojos.

Cada noche, María se buscaba en el espejo. Esas improbables canas, que habían sido siempre cosa de mayores, empezaban a revelarse suyas. Los ojos se habían retraído, la miraban desde lejos. La piel no tenía la misma tensión. Sentía la otra cara de la adrenalina: el agotamiento acumulado la había alcanzado de golpe.

Casi sin querer, bordeaba los cuarenta. No eran muchos ni pocos, simplemente más de los que esperaba.

Las Navidades pasaron por su cuerpo con dificultad, como un trozo de carne atragantada. Cuando cambiaron el almanaque de la cocina, Fernando y ella no tuvieron ninguna sensación de inicio, sólo de un lento, largo, sórdido final. El invierno escarchaba los pasos. La moral de las tropas estaba bajo mínimos, igual que los víveres. Recibieron sin sorpresa la noticia de la caída de Cataluña. En el último informe, sus colegas le comunicaron que los ocupantes habían procedido a quemar unas setenta toneladas de libros.

La guerra se había astillado en guerrillas. No se sabía quién mataba a quién. Pululaban tantas conspiraciones internas que le costaba identificar su propio bando. Sus discusiones reproducían, de algún modo, las contiendas entre los restos del gobierno. Quique y los Navarro no querían ni oír hablar de rendición. Era más digno morir con las botas puestas, gritaba Pepe, que ni siquiera había hecho el servicio militar. Maruja estaba de acuerdo, salvo que se acordaran unas condiciones justas. Manel era partidario de aceptar casi cualquier ofrecimiento: a esas alturas, negarse resultaría mucho peor. Angelina sopesaba apoyar el levantamiento de quienes pretendían negociar con Franco. Mati y Consuelo se aferraban a la resistencia del bastión madrileño, a los parapetos roídos del Parque del Oeste, a sus trabajadores con armas que no sabían usar, a sus muros perforados, a los carteles que seguían repitiendo para nadie: *¡Fortificad Madrid!*

Eli había adoptado cierta distancia al respecto, como si pensara más en su Alemania natal que en su tierra adoptiva. Decía tener motivos.

Pedrito y Carmina se perseguían entre macetas, chillando con un júbilo digno de otra época. María se esforzaba por sonreír frente a sus hijos menores. ¿Lo hacía por preservar su infancia o por mantenerse en pie? Fer demandaba explicaciones y a Enrique ya era imposible engañarlo. El patio se les había quedado pequeño.

Para no desalentar a la población —como si semejante cosa fuese todavía posible—, la prensa oficialista contabilizaba las bajas sin incluir a las víctimas civiles. El puerto de Valencia había dejado de ser un puerto: quedaban algunas grúas caídas, un amasijo de mástiles y casas sin tejado. Cuando los bombarderos se ensañaban con la costa, los vecinos salían a la intemperie y se arrojaban al mar, disputándose los peces muertos.

La Escuela Cossío había perdido todos los cristales. Los cartones oscurecían las aulas. A veces, en mitad de una clase, tenían que correr a los refugios. Cuando la escuela cerró, María y Fernando asumieron que no quedaba nada parecido al futuro. Abrieron un boquete en el dormitorio de los niños, para poder evacuarlos con más facilidad en caso de emergencia.

La propia ciudad funcionaba como un agujero: casi todas las figuras de la República se habían esfumado. Las calles se llenaron de saqueos y revanchas. La ropa se quedaba colgada en los balcones. En las plazas no ondeaban banderas tricolores. ¡Viva España!, les espetaba gente con la que jamás habían cruzado una palabra.

Días antes de que todo acabase, reunieron a los cuatro hermanos para comunicarles la noticia —que Enrique conocía de sobra— e instruirlos sobre las nuevas reglas comunitarias. María hizo hincapié en el vocabulario. Les explicó que los fascistas ya no eran fascistas, sino *nacionales*. Que muchas personas queridas pasaban a ser *rojas*, algo que Pedrito encontró gracioso. Que los curas serían *sacerdotes* y, si hablaban con alguno, *padre*.

—¿Entonces a papá le decimos *cura*?

Fernando les repitió que aquello iba muy en serio. Quien desobedeciera se quedaría un mes sin patio.

—¿Es una amenaza?

—Eso mismo, hija mía, eso mismo.

Cuando los niños dormían, María y Fernando bajaban a la caldera a quemar libros, documentos laborales y cualquier carta dudosa. Ni siquiera sirvieron para darles calor: acababa de llegar la primavera.

Eran casi las tres y el balcón de la casa seguía cerrado. Cerrado entre las hileras de balcones abiertos. Corría un viento oblicuo, los tallos de las macetas se torcían, las flores asomaban entre los barrotes, las voces formaban un zumbido de enjambre.

Las tres en punto. Eran las tres en punto de la tarde cuando Carmina le trajo su chal. Entonces María miró a su marido, y él apartó los ojos y cubrió la cabeza de Pedrito con la palma de una mano, y Pedrito se agarró al brazo de su hermano mayor, que empujó a Fer con el otro brazo, y Fer se rebeló soltando un codo hacia atrás, y su padre les llamó la atención, y María exigió silencio, y Carmina protestó porque no había dicho nada, y ella le contestó que ahora sí, y que silencio, y se rodeó el cuello con el chal, y fue a abrir el balcón de la casa.

La ciudad acababa de caer oficialmente. La mañana anterior había visto a jóvenes soldados deambulando por las calles, boca arriba en las plazas, mirándose las heridas. En el camino de vuelta a casa, María había pasado frente a la cartelera del Metropol: proyectaban *Tiempos modernos*. No tendrían la misma suerte con *El gran dictador*.

Y los ventanales crujieron, el balcón se abrió y la familia quedó a la intemperie, y sus zapatos chocaron con las macetas y sus rodillas aplastaron las plantas, y la estructura dio la impresión de ceder, de no poder con tanto peso, y los gritos se desplegaron en abanico, las ovaciones saturaron el aire y las tropas vencedoras desfilaron por la Gran Vía del Marqués del Turia.

Pese a la orden de no circular por la vía pública, su esposo había insistido en salir a su despacho.

—Una cosa es perder y otra arrodillarse.

—Bajo tierra no vas a estar mejor.

Al principio Fernando se había resistido a presenciar la investidura del nuevo rector, que andaba empecinado en acelerar las ceremonias: así recibiría a los mandos franquistas con la universidad en orden. Esa había sido la enésima discusión de la semana.

—Estoy harto de que hagamos las cosas a tu manera, María. Tengo mi dignidad y voy a defenderla.

—Aquí estamos haciendo lo que sabes muy bien que debemos hacer. Y prefieres hacerlo echándome la culpa a mí.

Finalmente, sin una sola hora de sueño, Fernando había asistido. Lo primero que hizo su flamante superior fue estrecharle la mano con energía. Lo segundo, destituirlo de su cargo en el decanato.

Y el balcón tembló un poco, y María se situó en paralelo a su vecina Amparo, que la miró dos veces desde el suyo, como haciendo constar la ligera demora de la familia, y ella la saludó con el entusiasmo más verosímil del que fue capaz, y pisoteó sus geranios.

Había tenido también algún encontronazo con Quique.

—¡Yo no salgo ni loco a recibirlos!

—No seas temerario, hazlo por mi sobrina.

—Te lo digo por ella. No quiero que me recuerde haciendo eso.

Y ya habían pasado de las tres, y toda su familia llevaba puesta ropa de domingo, y María enderezó la espalda ante los vítores, las botas, el platillo del sol y las notas de metal, y aplaudió observando de reojo a sus hijos, que redoblaron su reacción —salvo Enrique— para sumarse a la fiesta.

Buscó acercar su hombro al hombro de su marido. Él lo retiró sutilmente.

Y la bandera valenciana de Falange, la erguida infantería, la soberbia caballería y la columna motorizada con la Guardia Civil a la cabeza, las divisiones cincuenta y pico y sesenta y tantos, mitad torso-mitad tanque, las cuadrillas de mujeres ofrendando flores, la Sección Femenina con sus innumerables voluntarias, todas mucho más ágiles que ella, desprendiendo un fulgor azul, los quién sabía cuáles regimientos con sus correspondientes batallones que crecían desde el paseo de la Alameda fueron desfilando, uno por uno, brazo en alto, debajo de su casa.

Con los ojos inundados de lágrimas, Amparo se dirigió a ella en un tono que le sonó sincero.

—¡Y qué día de sol nos ha tocado!

—¿No hace un poco de fresco?

Cuando Pedrito, contagiado por la excitación general, se arrancó a repetir las consignas fascistas, María comprobó que su vecina tampoco había perdido la memoria.

—Hoy es tu cumpleaños, ¿no? Qué suerte que podamos celebrar las dos cosas.

Y le pareció que atrás, en el patio, unos perros aullaban.

En la plaza de toros, espalda contra espalda, las costillas subrayadas de arena y sangre, el enjambre de presos se apiñaba antes de dispersarse hacia la Cárcel Modelo, la prisión militar de Monteolivete, un campo de concentración en Sierra Calderona u otros lugares que corrían de boca en boca sucia. Ya no cabían todos en el ruedo y desbordaban su flaqueza por las gradas, el patio de caballos, los pasillos y corrales. En el desolladero yacían unos cuantos. A un lado de las rejas, las mujeres lanzaban puñados de fruta que hacían ruiditos de huesos al caer. Del otro lado, envueltas en papeles con un nombre garabateado, volvían pequeñas piedras.

Desde la entrada de las tropas en la ciudad, la hemeroteca municipal pasó a cumplir funciones bien distintas: sus archivos de prensa, que la propia María había contribuido a organizar, resultaron de inestimable valor como fuente de pruebas contra sus amistades. Todo estaba ahí, primorosamente clasificado, para deleite de los represores.

Pero el juez instructor no necesitó esos ficheros para acusarla. Le bastó con enumerar, en un expediente plagado de inexactitudes que ella pudo consultar gracias a un funcionario cómplice, sus responsabilidades durante la República. Aquella retahíla de puestos sonaba más pomposa por escrito y se le hizo chocante incluso a ella.

«Tal absorción de cargos», razonaba el juez (si *razonar* hubiera sido el verbo idóneo), «confirma los dichos de muchos testigos que la consideran izquierdista y afecta al régimen rojo y persona de máxima confianza (¿no hacía falta ahí una coma, un respiro?) de la dirigente comunista Teresa Andrés». Sólo entonces María averiguó que el padre de su jefa y uno de sus hermanos habían sido fusilados al principio de la guerra, algo que ella jamás le había contado. Su madre y su otra hermana, leyó, acababan de ser suspendidas de empleo y sueldo. Deseó que Teresa ya estuviese a salvo en algún rincón de Francia.

Si su designación como directora provisional de la Biblioteca Universitaria, continuaba su señoría con insólita sintaxis, podía justificarse por la escasez de personal (¿y su trayectoria qué?), más grave resultaba su ratificación tras desplazarse a Valencia la capital del gobierno, junto con sus funcionarios más cualificados. Algo similar afectaba a sus destacadas funciones en la Oficina de Adquisición de Libros, «otra muestra de la ilimitada confianza que los dirigentes rojos tenían en la señora Moliner». Sus opiniones políticas y personales quedaban en evidencia gracias a las declaraciones de diversos empleados que habían trabajado a sus órdenes, entre ellos Benito.

Hacia el final del expediente, se le atribuían oscuros comportamientos para favorecer intereses familiares y beneficiarse de ellos, valiéndose del ejercicio de sus poderes públicos. Se analizaban las altas posiciones alcanzadas por Fernando en el escalafón universitario, así como las ocupadas por Mati en el Instituto Cervantes y el Patronato de las Misiones Pedagógicas, entre otros organismos. Este agravio la indignó especialmente. Y, lo que era peor, la dejó pensativa.

Revisando los resúmenes de su pasado, sin saber muy bien por qué, se sintió culpable de cosas que desconocía o había olvidado. Esa fue su primera condena: habían logrado que pensara en sí misma en términos sospechosos.

El otoño trajo hojas secas y una amarillenta, mecanografiada, a su buzón. Venía con el membrete del Ministerio de Educación Nacional. La releyó con furia.

«Pliego de cargos que en cumplimiento del articulo 6º de la Ley de 10 de Febrero de 1939» (pero no en cumplimiento de las leyes de la ortografía), «se formula contra el funcionario facultativo Dª Maria MOLINER RUIZ» (si no el género correspondiente, señor, se agradecería la tilde en el nombre), «la que en el término de ocho días deberá contestarlos y presentar» (¿no sería preferible un gerundio ahí?) «los documentos exculpatorios que estime procedentes».

«1º.- Calificada por los rojos de *Muy leal*» (de ahí, de tan leal, la mayúscula en el adverbio).

«2º.- Perteneció al Sindicato de Trabajadores en Archivos, Bibliotecas y Museos desde Noviembre» (da igual, da igual, concéntrate) «de 1936».

«3º.- Directora de la Biblioteca Universitaria de Valencia» (sin que sirva de precedente, nada que objetar).

«4º.- Jefe de la Oficina de Adquisición de Libros» (¿y por qué no *jefa*, como capitana, que también viene del neutro *caput, capitis* y está documentada por lo menos desde el siglo dieciséis?).

«5º.- Simpatizante con» (¿cómo que *con*?) «los rojos, y roja...».

Las acusaciones mezclaban observaciones subjetivas con la mera mención de sus trabajos como si se tratase de infracciones. Sobre las rúbricas del juez instructor y el señor secretario, María no pudo evitar detenerse en un flagrante error de puntuación: «Este pliego de cargos con su copia autorizada, se remite al Jefe de...».

Primero lo corrigió con un lápiz.

Después remarcó su tachadura apretando más fuerte.

Después clavó la punta varias veces hasta perforar el papel.

Después la sacudió dentro de la hoja, sajándola igual que una víscera, mientras gritaba cosas que más tarde no recordaría.

Después vino Fernando y la abrazó.

Prepararon sus defensas. Les habían dado apenas una semana para responder con documentos y testimonios. Convinieron hacerlo mientras sus hijos durmieran: había cosas que no debían escuchar. Enrique se pasó la semana entera escenificando unos ataques de sed que lo sacaban de la cama. Más de una madrugada vieron los pies fríos de Carmina entre las sombras.

Las horas en vela se sucedieron como en sus tiempos de estudiantes. Pronto comprendieron, o el sueño acumulado les reveló, que no les convenía justificar sus acciones, sino negarlas. Debían abordar su obra a la inversa, deshacer lo andado. Su marido amagó con desistir a la tercera noche.

—Y todo lo que hicimos, ¿para qué?

—Para acordarnos.

Tras enredarse en opacas argumentaciones legales, María decidió concentrar su defensa en el terreno donde se sentía más segura. Construyó su inocencia desde el tono. Buscó un léxico. Eligió dos vocablos: *leal* y *camarada*.

Comenzó exponiendo su asombro por el hecho de ser acusada de lealtad, en cualquiera de sus acepciones. En el sentido profesional, proclamó, la lealtad a sus superiores era una virtud *sine qua non*, en lugar de una falta. ¿A qué Administración, a qué patria se podía servir desde la deslealtad? Muy al contrario, su amor a España era pura lealtad.

En cuanto al sentido político o partidista, que tan poco interés le despertaba, la explicación de aquella equívoca atribución («muy leal a los rojos») era sencilla. Fernando alzó la cabeza de los papeles y la miró intrigado.

«Tengo el convencimiento de que la persona que dictó ese calificativo», escribió María, «porque consideraba necesaria mi colaboración profesional» (y recalcó el adjetivo), «forzó la calificación para prevenir posibles objeciones que se le pudieran hacer a que yo ocupase un puesto directivo». En otras palabras, habían tenido que declararla *muy* leal porque en realidad no lo era tanto y su valedor lo sabía. Los adictos a un sistema no necesitaban grandes justificaciones ante el mismo, su adhesión se daba por sentada. Así que aquel énfasis sólo probaba su independencia.

Respecto a *camarada*, ella estaba en condiciones de garantizar que nadie, empezando por el presidente don Tomás Navarro Tomás y su superior (tachó y escribió *jefa*) doña Teresa Andrés Zamora, se había dirigido a ella con semejante apelativo. Lo cual era muy fácil de verificar (¿lo era?, ni idea) consultando la documentación del susodicho organismo, que no le cabía duda de que obraba en poder (¡ojalá no!) del señor juez y su tan respetable tribunal. «A mí se me llamó siempre doña María».

—Di algo más de Teresa, que se nota demasiado.

«Esta última señora», agregó, «fue siempre la intermediaria entre la Oficina y el Ministerio, de tal modo que nunca tuve que relacionarme para nada absolutamente con este».

—Mejor quito el adverbio, ¿no?

—Déjalo, déjalo por si acaso.

«En cuanto a la confianza de la misma», se le ocurrió yendo al baño, «estoy convencida de que ella se colocó conscientemente entre el ministerio y yo para evitarme dificultades de orden político».

—Tengo como náuseas.

—Es el cansancio.

—No, no es eso.

Sentía que su texto era una deplorable demostración de la importancia de la lengua, de que una podía jugarse la vida en el estilo. Ante la insistencia de su esposo, que desconfiaba de las piruetas verbales, María accedió a incluir otra argumentación que la protegía y humillaba. Pese a los puestos que en efecto había ejercido, ella había intentado rechazarlos porque, «antes que funcionaria, era madre». Eso implicaba que «las obligaciones de mi casa podrían hacer que, en un momento dado, yo lo abandonase todo para dedicarme a ellas».

—Pon *exclusivamente*. Si no, no sirve.

«Para dedicarme exclusivamente a ellas». En definitiva, cedió avergonzada, al aceptar aquellas responsabilidades había asumido «una carga que ni deseaba, ni encontré razones bastantes para eludir».

—¿Otra vez al baño?

La penúltima noche, discutiendo con Fernando, consiguió deslizar una pequeña frase antes de que pasaran todo a limpio. «Si alguien dice, sin embargo, que en mi cargo trabajé con gusto y con ilusión, no podré desmentirle».

Fundamentó su alegato en testimonios de amistades con buena reputación en el poder nacionalcatólico. Confirmó que eran escasas. Logró reunir media docena de anécdotas, más o menos sacadas de contexto, en las que ella defendía los derechos laborales de una compañera conservadora, protegía de las redadas rojas a un miembro de la Iglesia o salvaba de la cárcel a un empleado fascista. Mientras repasaba aquellos sucesos, protagonizados por ella misma en tercera persona, no fue capaz de discernir los recuerdos de las fabulaciones.

Entre los testimonios a su favor, uno venía firmado y lujosamente sellado por don Juan Moneva, su antiguo mentor en el Estudio de Filología, quien la declaraba *inteligente*, *laboriosa*, de *limpias costumbres* y *abnegada conducta*. María esperaba que estas tres últimas virtudes la redimiesen del primer pecado.

Otro pertenecía a Manel Puente, que acababa de obtener un alto cargo en el área de Obras Públicas. Con la misma convicción con que lo había escuchado defender valores muy distintos, su amigo garantizaba que, al margen de su oficio de bibliotecaria y archivera, ella había vivido *entregada a los afanes de su casa*, sin intervenir en grupos *de matiz político*.

Releyó con una mezcla de alivio e incomodidad sus defensas. Creyó reconocer un destello de ironía en los términos que Manel había empleado. O quizás eso era lo que María necesitaba leer en ellos.

—¿Se puede saber de qué te ríes?

—De nada. Estoy loca.

Fernando no logró involucrarse a fondo en la redacción de su propia defensa, bien porque su mente científica detestaba las ambigüedades, bien porque se intuía condenado de antemano.

—Razonar ante un tribunal parcial anula cualquier razonamiento. Son sólo palabras.

—Exacto. No tenemos otra cosa.

Durante aquellas discusiones nocturnas, que transcurrían entre susurros forzados, María temió haberse empecinado en redondear un texto manifiestamente superior al de la acusación. En sentirse, en suma, más lista que los idiotas que la estaban juzgando. Demasiado tarde para cambiar de estrategia, las dudas helaron su insomnio: ¿y si así saboteaba sus propios intereses, provocando el rechazo de quienes debían mostrarle clemencia?

Cada vez más abatido, Fernando llegó a la conclusión de que no valía la pena defenderse. Pensándolo con frialdad, sus expedientes tendrían ya previstos sus castigos. De ahí que se hubieran esmerado tan poco en las acusaciones.

Si su marido estaba en lo cierto y todo era una farsa para encubrir decisiones tomadas de antemano, si ella se había entregado con rigor a un combate inútil, ¿entonces quién era la idiota?

El invierno parecía una opinión. A medida que avanzaba el frío, mucha gente con la que habían colaborado —incluidos los equipos de la Escuela Cossío y la Institución Libre de Enseñanza— recibía sanciones de diversa gravedad dependiendo de sus antecedentes políticos o, en ocasiones, de insondables contactos con la dictadura. Ella aguardaba con ansiedad el veredicto. Fernando, con resignación.

Ningún otro gobierno había situado a bibliotecas y escuelas en la vanguardia pública, así que resultaba brutalmente lógico que docentes y libros fuesen prisioneros de guerra. «En nada ha sido tan prolífica la monstruosa fecundidad de la República como en maestras», había concluido un ilustre diario. De lo demás se encargó la ley que regulaba la purga de funcionarios: Franco se había apresurado a firmarla antes de dar por terminada la contienda.

Angelina. Consuelo. *Maruxa*. Los Navarro. La lista de represaliados coincidía con su memoria afectiva. Pese a ciertos rumores de exilio, María averiguó que Carmen Conde se había refugiado en el apartamento del esposo de Amanda, un catedrático cercano al Régimen: en la boca del lobo podrían pasar desapercibidas. Sus carnets de biblioteca, que ella misma había firmado por un plazo de dos años, no habían llegado siquiera a expirar. Supo que ahora Carmen escribía con seudónimo.

Tuvo también constancia de sigilosas supervivencias del tejido arrasado. Le alegró que la hija de Menéndez Pidal se atreviera a fundar un colegio inspirado en la Insti, no tan laico y discretamente bautizado Estudio. Pese a haber «pervertido a su marido y a sus hijos», de acuerdo con los expedientes oficiales, la señora Goyri se había sumado al equipo del centro.

Pocas habían tenido esa suerte, en general expulsadas de la enseñanza, cuando no encarceladas o desaparecidas. Recibió un sobre vacío y sin remitente desde Bélgica: reconoció la caligrafía de Teresa Andrés. Le constaba que Navarro Tomás se había instalado en Estados Unidos, mitigando su duelo con la fonología. Machado había muerto del modo más infame en la frontera, acaso su lugar de siempre. De Dámaso Alonso, en cambio, las malas lenguas murmuraban que no corría ningún peligro en España.

La Residencia de Señoritas, ahora en manos de la Sección Femenina de Falange, se llamaba Colegio Mayor Santa Teresa. Ella lo consideró un doble ultraje: convertir aquel lugar casi en un convento y, peor todavía, insinuar que santa Teresa solía portarse bien. ¿Qué habría sido de la señora de Maeztu? ¿Seguiría exiliada en Buenos Aires, otra vez Buenos Aires? En ese caso, no le convenía volver: sólo lejos de su patria podría seguir añorándola. Por muchas simpatías que encontrase en el Régimen, en cuanto la pisara se le haría imposible escribir lo que escribía: «La autoridad representa la ley impuesta. La libertad, la ley que uno se impone».

Por esa misma época, María recibió una postal de Buñuel, de quien llevaba no sabía cuánto sin tener noticias. En el anverso de la tarjeta se veía la estatua de la Libertad, intervenida en tinta negra, con la boca llena de insectos. La letra era minúscula, para leer con lupa.

Le escribía desde Nueva York, donde se pasaba el día entero montando documentales para no se entendía bien qué museo, y estudiando la propaganda nazi para hacer propaganda antinazi. Le contaba que necesitaba dinero, que los rascacielos le daban náuseas y que estaba pensando en irse a México, como tantos amigos. También le confesaba que siempre la había amado y que por favor no le escribiera, porque las cartas lo aburrían muchísimo.

En el día más helado del que dieron noticia los termómetros, el boletín del Estado publicó las sanciones. La suya pretendía sonar misericordiosa. *Postergada* (degradada) a su *puesto original* en el Archivo de Hacienda (o sea, dieciocho niveles por debajo del que ella había alcanzado en el escalafón administrativo) durante un plazo de tres años (pero después tendría que volver a escalar bastantes años más), amén de *inhabilitada* (proscrita) para cargos públicos de relevancia.

Retrocedía así una década y media en su carrera profesional, sin regresar de ningún modo al punto de partida. No sólo le amputaban su pasado. También todo el futuro que entonces resultaba posible.

Si se comparaba con otras compañeras, por supuesto, no podía quejarse. María conocía bien ese chantaje: ella misma se lo hacía sin descanso. ¿Se había comportado mejor en algún sentido, o peor en lo que a su compromiso respectaba? ¿El compromiso se medía en función de la cercanía a un gobierno? ¿Se había implicado menos, o acaso sus batallas habían sido tan profundamente políticas que no se catalogaban como tales?

Para readmitirla en el Archivo, la habían obligado a firmar una declaración jurada sobre sus empleos anteriores. María había perpetrado el más insulso de los autorretratos, atribuyéndose responsabilidades técnicas y evitando dar nombres en la medida de lo posible. Ahora le exigían una nueva declaración, con el fin de especificar si había mostrado su apoyo al glorioso Movimiento Nacional, y cuándo. Con el invierno en las venas, ella precisó que lo había apoyado «desde el primer instante». Y a continuación matizó, como si nada, «de la liberación de la ciudad».

Su hermana se vio forzada a dar más explicaciones. Aparte de sus cargos directivos en las Misiones, la actividad sindical de Mati pesaba en su expediente. En una pirueta escolástica, las comisiones que la juzgaron en Valencia y Madrid emitieron dos resoluciones opuestas: la primera la confirmó en su plaza docente y la segunda la inhabilitó para la docencia. Le tocaba esperar hasta que una tercera comisión se pronunciase a favor de alguna de las otras dos. Mati y Juan, que también había sido represaliado, decidieron entretanto marcharse, dejándola más sola.

El castigo de Fernando tuvo otra contundencia. Acusado de infracciones tan variopintas como pertenencia a agrupación marxista, anticlericalismo declarado (¿y quién podía ser identificado como anticlerical si no lo declaraba alguna vez?), fundación de escuela impía (¿y por qué ella no?) o entrega de sustancias químicas de la facultad a laboratorios del enemigo (un momentito, ¿había estado de verdad involucrado en eso?), su esposo quedaba suspendido hasta que se regularizara su situación. Ese trámite, le advirtieron, podía durar años.

El expediente de su hermano, con cargos por proselitismo radical, propagación de ideas subversivas en el aula, conexiones con la CNT, acciones en el Instituto Obrero y ni se sabía qué más, lo dejaba marcado sin remedio. Proscrito de por vida en la enseñanza pública, Quique debió suplicar en todas partes hasta que fue admitido en un colegio privado de Zaragoza, irónicamente católico. Se sintió agradecido. Y se abstuvo de inscribir en él a su hija Emilia.

La familia entera cayó en un trance de huidas imaginarias. María y Fernando averiguaron cómo zarpar desde Barcelona en caso de exilio. Descartaron Francia por las dificultades de adaptación que Enrique y Fer, ya en edad delicada, podrían tener a causa del idioma. Pensaron en posibles viajes transatlánticos. María mencionó México. Fernando sugirió Argentina.

Pero a ella le daba miedo la otra orilla: tenía la sospecha de que sólo se cruzaba una vez.

Se le habían blanqueado mechones del cabello y enfatizado las líneas de la cara. Su piel le devolvía un tacto áspero. En el espejo se veía literalmente deslucida: sin luz en el cuerpo.

Al otro lado de las paredes de su casa, las costumbres parecían haberse retrotraído a una era anterior. No había habido golpe ni guerra. No había existido nada antes de aquel silencio. Apagones y ahorro. Tabaco barato. Mucho pan y poco chocolate. Un día a día miserable, una retórica triunfal.

María escuchaba los discursos torcidos de eufemismos, todos esos epítetos temblando de carencias. *Pujante, altivo, airoso. Enhiesto, augusto, imperial.* Y, cada dos por tres, *viril.* Su antónimo castizo —*femenino* o incluso *femenil*— significaba pura, atávica, decente. O sea, medio muerta. Tenía la sensación de que nada quería decir lo que estaba diciendo, de que vivía en estado de ficción lingüística. Palabras como *héroe, patria* o *Dios* eran saqueadas a diario. Estaban quemando el léxico. Deforestando la semántica. Palabras elementales como *frío, hambre* o *miedo* perforaban el ruido. Además de los víveres, escaseaba el carbón.

Quizá porque la violencia se le hacía más legible en los detalles, la aterraba la vestimenta que dominaba el centro. Telas gruesas, negras. Faldas interminables. Cuellos cerrados. Mangas obsesivas.

Los Navarro eran de las pocas amistades que les quedaban en la ciudad. Pepe había tenido que superar tres juicios, uno de ellos por masonería (ese fue el único justo, ironizaba), y lo habían expulsado de la educación pública. Se había librado de la cárcel por los pelos. Ahora sobrevivían gracias a los negocios familiares de Maruja.

De vez en cuando, María y Fernando los invitaban a comer a casa. En aquellos reencuentros de matrimonios tristes (con perdón de la redundancia, bromeaba Pepe), compartir recuerdos se volvía incómodo. Por eso tendían a rodear el dolor, dándolo por sentado y refugiándose en la hermandad de los sobreentendidos. Esas elipsis resultaban más gratas que los debates que no siempre podían evitar.

—¡Y encima nos critican! Por lo menos nosotros no huimos como ratas.
—Bueno, bueno.
—¡Como *ra-tas*!
—Pepe, por favor, tengamos la comida en paz.
—Sí, la paz de los sepulcros.
—Salvar la vida no es ninguna cobardía.
—No me vengas con eso. Son los mismos que ahora quieren darnos lecciones desde el extranjero.
—Irse tampoco es fácil.
—¡Y una mierda!
—Hoy hemos hecho flan.
—Me encanta el flan.
—No tenías que haberte molestado.

María entraba constantemente al baño para mojarse la cara. Soltaba llantos cortos, bruscos, troceados a cuchillo. Ni siquiera les prestaba demasiada atención: iba, se deshacía de ellos y volvía al escenario de su vida.

Fernando le hablaba de perfil. Trataba con ella lo imprescindible, pero ni una caricia más allá. Empezó a dormir muy cerca del borde de la cama. Su mandíbula trituraba la noche. Se pasaba las mañanas incrustado en su butaca, y sólo se ponía en pie cuando los niños regresaban de la escuela. Fingía leer: María descubrió que los marcapáginas de sus libros no avanzaban.

Ella intentaba absorber los ritmos de la casa. La acción cotidiana era su fármaco. En vez de esperar a que le volvieran las fuerzas, se aferró a sus ocupaciones para ver si volvían. Se concentraba en las tablas de gastos, esbozaba los cálculos a lápiz y después los fijaba con tinta. Habían retornado los cuadernos de cuentas, la atención a cada céntimo. Aquellas restricciones no eran ninguna novedad para ella. Y, de alguna forma, le parecía útil que sus criaturas desarrollaran ciertas capacidades fundamentales para el día de mañana, y.

Mentira. Mentira cochina. Hipócrita: hubiera preferido malcriarlas. Había trabajado precisamente para que no necesitaran aprender esas cosas. Fracaso. Era un fracaso.

Cuando le pedían comprar algo, María los aplacaba invocando futuros viajes a la capital. Fuera lo que fuese, ya lo buscarían allá. Era curioso todo lo que podía hacerse con un topónimo. Con París se soñaba. A Buenos Aires se huía. Y en Madrid se acumulaban los deseos.

Aprovechó también la austeridad para extender su ley sobre cada objeto, que inventarió, reordenó o vendió con furia. Según Fernando, su principio era la ósmosis: cuantas más vacía estuviese la casa, menos necesidades se crearían dentro. Lo único que siguió amontonando con impunidad fueron libros.

Durante una de sus cribas, regaló la ropa de su bebé perdido. Se arrepintió enseguida.

En el Archivo de Hacienda, entre pasillos idénticos, se imponía metas sin sentido que la mantenían sedada. Alinear la posición de los sellos, revisar los certificados impares, actualizar los legajos terminados en siete.

Extrañaba su oficio bibliotecario, aunque no parecía el momento de retomarlo con las bibliotecas, librerías y editoriales del país arrasadas. La cosecha había ardido en la plaza de Cataluña en Barcelona y la Universidad Central en Madrid. Habían elegido el Día del Libro para ejecutar el ritual: una pedagogía perfecta.

No muy sutilmente plagiado del Tercer Reich, el método se basaba en una Comisión Depuradora de Bibliotecas cuya función consistía en limitar sus intercambios, censurar sus fondos o cerrarlas. Se trataba por tanto de arrancar las páginas que sus colegas y ella habían aportado.

En cuanto se distraía un poco, María levantaba la vista y leía sus propios pensamientos. La rondaba la idea, quizá, cuando pudiera, de ponerse a escribir. Pero qué, cómo, para qué. Y se daba por vencida de antemano.

Ella sabía que en la escuela sabían. Por eso prefirió proteger a sus hijos y que hicieran al menos la primera comunión.

—Vuestra abuela estaría orgullosa.

Aquello había levantado a su esposo de la butaca y le había devuelto el color a las mejillas: otro milagro de la Santa Madre Iglesia.

—¡Siempre con pretextos para meter a Dios en casa!

—Dios es así. Encuentra su camino.

Pese a sus protestas, Fernando no tardó en resignarse a esta medida preventiva. Seguían esperando la resolución de su expediente.

En pie de rebeldía, Enrique se negó y quedó dispensado: su tamaño habría levantado más suspicacias que su ausencia. Fer rozaba el límite de edad y no resultó fácil convencerlo. Como siempre, Carmina pidió que le explicasen el asunto una y otra vez. A Pedrito la idea le encantó. Aprovechó, de paso, para reclamar su bicicleta.

En sus programas de estudio, reproducir las efigies de Isabel la Católica, Felipe II o Don Pelayo figuraba entre las destrezas esenciales. Identificar a Jovellanos, estudiar a la generación del 98 o leer a Machado quedaba tan fuera de su alcance como la mecánica cuántica o las mujeres de ciencia.

Hablar distintas lenguas era casi una provocación, considerando que acababa de prohibirse «el uso innovador y deformante de vocablos extranjeros en marcas, rótulos, frases y escritos». Cierta pluma patriota lo había resumido inmejorablemente en un semanario falangista: el idioma debía mantenerse «vigilante y erecto». Semejante esfuerzo defensivo, pensaba María, terminaba otorgándoles la máxima importancia a las palabras.

Pero sus hijos mayores recordaban otras escuelas. Habían oído hablar del parlamento, la huelga, la oposición y demás extravagancias. Incluso de educación sexual (¡sin pasarse de la raya, claro!) o divorcio (bueno, en eso no hacía falta insistirles justo ahora). Habían visto a mujeres investigadoras y políticas, a milicianas y *vamps*, a chicas conduciendo o trasnochando.

Confiaba en la tozudez de la memoria. ¿Sí? ¿Segura? ¿Hasta qué punto?

La hija de Eli Gottlieb y Manel Puente iba a un colegio alemán. Al comienzo de la guerra la habían enviado a estudiar con sus abuelos en Wandernburgo y, al empezar los bombardeos allá, habían traído a la niña de vuelta a España. Hablaba con naturalidad ambos idiomas y se defendía en un par más: el tipo de amiguitas que hacían falta en casa.

—Ingrid me ha pegado.

—Ay, hijita, ¿otra vez?

Cuando María le confesó que jamás podrían permitirse las matrículas, Eli intercedió por Carmina y Pedrito en el colegio alemán. La dirección les ofreció una buena rebaja a cambio de que Fernando, cuya germanofilia era científicamente inevitable, diera talleres de Física en el centro. Aquello sirvió para que su marido volviese a tomar notas. Lo creyeron un golpe maestro: formarían a sus pequeños en otra cultura, distanciándolos con discreción del marco nacionalcatólico. No calcularon del todo qué implicaba, por esas fechas, un programa de estudios alemán.

Para compensar los adoctrinamientos de su nueva escuela, impusieron el estudio del inglés. Media hora por día durante la merienda, porque si no resultaba imposible retenerlos en sus asientos. Sin imaginar su porvenir en Londres, Fer lideró la resistencia.

María se inscribió en unos cursos del consulado británico. Alegó ante sus superiores del Archivo que lo hacía por puro amor al español, para compararlo y apreciarlo con perspectiva. Lo mejor de esta excusa es que era cierta. Persuadió también a su esposo hablándole del profesor Wordsworth, a quien le atribuyó un ficticio interés por los efectos de las segundas y terceras lenguas en la conciencia humana. La única condición del profesor Wordsworth era no mencionar jamás su experimento, le explicó, para condicionar lo menos posible la observación del fenómeno. Entusiasmado, Fernando se convirtió en fiel alumno de sus clases.

Ella notó que, cuando intentaban comunicarse en inglés, ambos se esmeraban en lo que se decían. En vez de las impertinencias habituales, sus tartamudeos extranjeros buscaban entenderse. Lo que hacía ya tiempo no lograba la alcoba, lo estaban consiguiendo los idiomas. Ese verano volvió a su antigua atracción por el latín.

—A ver, una más antes del postre. *Fero, fers, ferre...*
—Basta, mamá.
—¿No era que no tenemos que hablar con la boca llena?
—La boca siempre está llena de latín, querido. Y cuidadito con la *consecutio temporum*.
—¿La qué?
—Teníamos, Pedrito. No *teníamos* que hablar.

Tampoco sus chistes surtían demasiado efecto. Después de repetirlos, se reía ella sola.

—Así que el niño va y le saca la lengua. La señora le grita: ¡Insolente! Y el niño le contesta: Se equivoca, señora, ¡yo *suelo* hacerlo!

Cuando los aliados desembarcaron en África, el procedimiento de Fernando quedó repentinamente desbloqueado. Su sanción se concretó en un traslado a Murcia, un veto para cargos de responsabilidad y la pérdida temporal de su cátedra, con la prohibición de aspirar a otros puestos durante un par de años.

—En fin, querido, podría ser peor.
—Supongo. Yo qué sé.
—Por lo menos vuelves a dar clase.
—De Física Teórica, no de Física General.
—¿Tanta diferencia hay?
—¡No me lo preguntarás en serio!
—Claro que no, tonto.
—Ah. Ya me parecía.
—¿Pero hay *tanta* diferencia?

El resto de la familia permaneció en Valencia. La distancia forzosa reavivó un poco el letargo, por no decir desmayo, del deseo conyugal. También provocó que se les agolparan las emociones: al cruzar la puerta, Fernando traía y enfrentaba demasiadas expectativas. Cada viernes María lo recibía con alborozo. Cada domingo lo despedía extenuada.

Sus vecinas le preguntaban si no estaba celosa, o como mínimo un pelín inquieta, sabiendo que su marido pasaba buena parte del año en otra ciudad, *solito*. Aquel diminutivo era sin duda la mayor amenaza. María les replicaba que nunca se habían echado tanto de menos, y que ese era el mejor antídoto contra las tentaciones.

—A ti lo que te gusta es tener tiempo para ti.

¿Celos? Sentía algo peor: cada despedida le despertaba un temor incontrolable a que, algún día, él no volviera a casa. Muchas noches se soñaba en Buenos Aires, vagando por avenidas sin fin, con una valija y un antiguo retrato a cuestas.

Esas mismas vecinas le preguntaban a Carmina si no pensaba *sacarse novio*. Lo decían así, como si fuese una muela. Su hija púber trataba de estirar los labios.

—Así me gusta, guapa. Tú sonríe, que eso les encanta.
Las revistas que hojeaban las compañeras de Carmina no se parecían en nada a las que, años atrás, María veía circular por las bibliotecas. Las chicas con pelo corto, ropa bohemia y aire universitario de las portadas habían cedido su lugar a unas señoras prematuras, desesperadamente contentas, disfrazadas de sus propias madres.

Igual que en su infancia, el pináculo de todas las virtudes consistía de nuevo en resultar *casadera*, calificativo más propio de un mueble: funcional, conveniente, plegable. Bastaba con fijarse en las materias que impartían en la Escuela Municipal del Hogar. Costura, Religión, Cocina. Formación Familiar, Corte y Confección, Floricultura. Y una casi metafísica Ciencia Doméstica.

El enemigo de esos saberes era, según dedujo, la popularización de los estudios que se había propagado entre las muchachas de clase trabajadora, oportunamente reorientadas hacia labores más acordes con su útero: liberadas, como leyó en una de aquellas revistas, «del difícil y cansado camino de los libros».

Rascándose el bigote, Fernando barajaba otras hipótesis.

—Es pura lógica. ¿Y si una de esas señoritas estudia más que yo y se gana mi puesto? ¿Y si después son muchas?

Y echaba aliento en sus lentes, volvía a reclinarse y su perfil se confundía con la butaca.

En cuanto los aliados tomaron el control del continente, finalizó el destierro de Fernando, que pudo recuperar su rango académico. Le costó más reponerse del espanto que le causaron las bombas atómicas, que interpretó como una infernal culminación de su propia disciplina.

El brazo en alto ya no era obligatorio en los actos públicos. Con la rendición del Tercer Reich, los laboratorios donde almacenaban las fotografías y filmaciones del noticiero franquista —incluyendo las que habían registrado las hogueras de libros— sufrieron un oportuno incendio. Acababan de inventar el metaexterminio: quemar las quemas.

Después de varios años que se habían arrastrado como un solo invierno, el panorama parecía despejarse. La despensa se llenaba con menos dificultad. Y su hermana acababa de alumbrar a su segunda hija, Laurita. Quiso interpretar estas novedades en clave de buen augurio. Confiaba en que el aislamiento internacional haría caer a la dictadura. Su marido seguía militando en el pesimismo.

—Durará lo que duren nuestros vecinos.

Fernando ocupó una cátedra vacante en Salamanca y volvió a leer artículos de investigación, que era el preludio de sentarse a escribirlos. Ella había ascendido algunas posiciones en el escalafón, lo que le permitía optar a alguna biblioteca de Madrid. Enrique había empezado Medicina, así que María dispuso que continuara formándose en la Universidad de Salamanca, con el noble propósito de hacerle compañía a su padre y la inconfesable misión de mantenerlo vigilado.

Su añorada Madrid se le antojaba ideal para que Fer hiciera Arquitectura y, por supuesto, para los bachilleratos de Carmina y Pedro. ¿Estaba proyectando su propia adolescencia en la de sus hijos? No, para nada. Bueno, un poco. Esa mudanza era su forma de huir tanto de un lugar como de un tiempo.

—En azul, ¡las cajas de novelas en tinta azul!

—Mamá, que así no terminamos nunca.

Le costó despedirse de Valencia. El lugar donde más feliz había sido, el mismo donde había dejado de serlo. La ciudad perfeccionaba sus olvidos. Las casas habían vuelto a levantarse, los boquetes se habían tapado.

El penúltimo día antes de la partida, María salió al patio sosteniendo una regadera para no llamar la atención. Entró de nuevo en casa con los ojos hinchados. Pensó en invitar a Eli a un último brindis, pero se arrepintió. Después se puso el abrigo de su esposo y salió a dar uno de esos paseos que van buscando el rumbo.

Se detuvo a comprar diez peras, diez naranjas, diez ciruelas y cinco manzanas verdes. Exactamente dos, dos, dos y una por cabeza: Fernando tenía clases en Salamanca y Enrique había venido para ayudar con los embalajes. Dio media vuelta y pidió una manzana más: no soportaba la idea de quedarse a una sola unidad de las tres docenas.

De camino a casa, casi sin darse cuenta, se desvió hacia el Archivo de Hacienda. Entonces comprendió el verdadero objetivo de su caminata.

Se acercó al edificio. Lo merodeó un par de veces. Se aseguró de que no hubiera nadie. Anochecía. Soltó las bolsas. Sintió el alivio de liberarse del peso. Se levantó con cuidado la falda. Y orinó deliciosamente sobre uno de los muros.

María orinaba y la noche fluía alrededor de sus zapatos, y la orina fluía y María se vengaba, y la piedra se iba oscureciendo.

En ese instante, las naranjas rodaron hacia ella.

Regresar a Madrid renovó su horizonte, aunque también lo devaluó en comparación con sus recuerdos. Ahora era gris, gris. Sus calles le parecieron más lentas, pobladas de peatones temiendo cruzar mal. Los balcones pasaban mucho tiempo cerrados. Vio escaparates semivacíos con mercancías de otras temporadas. Tabernas demasiado susurrantes. Cafés opacos donde los parroquianos prometían pagar siempre mañana. Ya no había tantos jóvenes, o ella había dejado de serlo. Recordó los versos de Dámaso Alonso, que había vuelto a la poesía después de un largo silencio: *una ciudad de más de un millón de cadáveres...*

Pudo recuperar algunas de sus amistades madrileñas. Idéntica y canosa, Consuelo la recibió como si el tiempo no hubiera pasado, lo cual le pareció perturbador a su modo.

Salían juntas de vez en cuando. María, sin maquillar y con una boina de lana pálida. Su amiga, con guantes raídos y el collar de perlas que había heredado de su madre.

Retomó su relación con Carmen Conde, condicionada en sus inicios por una diferencia de edad que ahora le resultaba insignificante y quizá, siendo franca, también por el recelo entre talentos similares. Dejó sin contestar una carta de Eli. No le llegaron más.

Se le apilaban las horas, ¿por primera vez en cuánto tiempo?, turbadoramente libres, de quietud en la casa y agitación en su cabeza. Fer y Enrique, universitarios. Sus hermanos menores, bachilleres. ¿Qué la pasmaba más? Cada hijo era un reloj de arena. Sus tardes parecían requerir algún tipo de reforestación.

Primero se habían instalado en el pisito de Mati y Juan, que seguían desplazados a la fuerza. Después encontraron una vivienda agradable al sur de Cuatro Caminos. Así que ahora vivían en la calle Don Quijote, 1. Dámaso y Eulalia solían bromear sobre su dirección.

—A ver cuándo te mudas a la segunda parte.

En el cuarto libre acondicionaron el despacho de Fernando, que apenas lo utilizaba los fines de semana, cuando volvía de Salamanca. Jamás se les ocurrió que ella podría necesitarlo.

Cada vez que salía a la calle, el portero la miraba de reojo y anotaba algo. Las vecinas llevaban una amable contabilidad de sus ausencias en misa. Procuró asistir con Carmina algún domingo. Estaba deseando escuchar su pasaje preferido del Jeremías, ese que rezaba: *A ti el Señor no te ha enviado y sin embargo, tomando su nombre, has hecho que este pueblo confiase en la mentira.*

Al final le habían asignado una biblioteca técnica. María lo interpretó como un escarmiento. La ingeniería jugaba su papel en la épica oficial: el país estaba en obras, esa era la obra. Desarrollo industrial e infraestructuras hidráulicas. Motores para el discurso, agua para el olvido.

Dirigir la biblioteca de la Escuela de Ingenieros Industriales no era lo que ella había soñado, pero hacía bastante que sus sueños no se entrometían en sus decisiones. Se sentiría cómoda rodeada de anaqueles. Eso se dijo. Eso quiso creer. Lo que no imaginó es que se trataría de una biblioteca tan escasa de libros como de lectores.

Lo había conseguido: estaba en la capital del desierto.

En la Escuela de Ingenieros se encontró un ambiente de exquisita hostilidad. Nadie se molestó en ofenderla de frente, aunque enseguida oyó que la llamaban *la roja*. Ella puso su mejor cara de pánfila y procuró desmentir esa reputación. Naturalmente, sólo las rojas necesitaban desmentirla.

Las paredes se inclinaban y los techos no parecían rectos, como si se hubieran alterado los puntos de fuga. La arrinconaron en un ínfimo rectángulo al fondo del pasillo. María lo atiborró de plantas y convocó reuniones ahí mismo, provocando que sus colegas tropezaran, hasta que alguien sugirió buscarle otro despacho.

Su siguiente batalla consistió en liberar el catálogo, secuestrado bajo llave o repartido entre las oficinas del profesorado. Según su criterio, todos los libros debían quedar al alcance de cualquier estudiante en cualquier momento. Cuando comunicó su intención, le advirtieron que dejarlos tan expuestos fomentaría los robos. Ella prefirió asumir esas ocasionales raterías, perpetradas por lectores *demasiado* entusiastas, descontándolas de su partida de gastos.

Tampoco pensaba conformarse con la bibliografía técnica. Insistió sin descanso hasta que la autorizaron a habilitar pequeñas secciones de Historia, Lengua y Literatura. Su primera compra fue el *Curso de lingüística general* de Saussure, recién traducido por un amigo hispanoargentino de Lapesa. El libro estaba impreso en Buenos Aires: María solía abrirlo para releer las primeras páginas, y quizá también para acercar la nariz como quien oliese una camisa.

Su inicio le sonaba a una novela de aprendizaje protagonizada por la intrépida lingüística: había nacido gramática, crecido filología y acabado descubriendo el secreto parentesco entre las lenguas. Su aventura consistía en comprenderlas en cada momento, no en dictar cómo deberían ser ni mantenerlas tal cual habían sido.

Pudo encargar ejemplares de jóvenes narradoras que le interesaban, entre ellas Dolores Medio, Carmen Laforet o Ana María Matute, a quienes más tarde se sumaría una tal Martín Gaite. Escribían sobre asuntos de apariencia inofensiva pero profundamente incómodos: tristeza, suciedad y chicas raras. En otras palabras, hablaban de fracaso, pobreza y rebelión. Todo eso que no existía en las noticias.

Su superior, el señor Suanzes, tenía por costumbre saludarla como si sus encuentros obedeciesen a alguna lamentable coincidencia.

—Ah, es usted, señora Moliner.

—Sí, señor Suanzes, hoy también soy yo.

—Su trabajo no está pasando inadvertido.

—Es un honor que lo haya notado.

La presencia más desasosegante era la de su propia secretaria, Rosario Vílchez. Cada vez que María le dirigía la palabra, Rosario se quedaba contemplándola discretamente horrorizada, como a punto de persignarse. Se movía entre los anaqueles con extraño sigilo y todas las mañanas le daba un par de sustos.

—¿Alguna cosa más, doña María?

—¡Uy! No te había visto.

—Pues llevo un rato aquí.

—Nada, nada, gracias.

Y, antes de acabar la frase, Rosario ya no estaba ahí.

Si María se quedaba trabajando fuera de horario, su secretaria permanecía agazapada en su puesto. Ambas se ponían el abrigo al mismo tiempo.

Jamás aludían a sus vidas personales fuera de la biblioteca. Hasta donde podía recordar, Rosario había hecho una sola excepción en aquel hábito. Se lo hizo saber acariciando la cruz que destellaba en su clavícula.

—Ayer vi a su hija. No iba muy abrigada.

Los días se plagiaban entre sí. Al salir del trabajo, María demoraba su regreso sentándose en los parques. Se quedaba mirando la escritura de las ramas. Sentía que estaba a punto de tener una revelación que no llegaba, como esas palabras perdidas en algún pliegue entre la cabeza y la lengua.

A menudo pasaba a saludar a Mati, que había recuperado por fin su puesto en Madrid. Ahora era ella quien buscaba a su hermana menor, que iba dosificando los contactos. Se llevaban mejor que antes: se exigían menos.

—¿Nos vemos mañana, Mati?

—Mañana te digo, María.

Su sobrina Matilde estaba más alta que ella y tendía a encerrarse en su habitación. A Laurita no le quedaba mucho para renegar de los diminutivos.

Algunos viernes, alegando quién sabía qué fatigas, Fernando dormía en Salamanca y no aparecía hasta el sábado a la hora del almuerzo.

—¿Qué tal la semana, querida?

—Bien. Se ha ido.

Enrique había terminado la carrera y planeaba especializarse en Neurología, cada vez más cerca de los misterios del cuerpo humano y más lejos de casa. Fer y Carmina se habían vuelto tan independientes como ella misma les había enseñado. Eso la hacía sentirse inconfesablemente despechada. Cuando Pedro escenificaba pataletas adolescentes, ella las afrontaba con cierta emoción: eran las últimas que le tocaría soportar en la vida.

Se sentía desconcertada por sus propios deseos. Ahora que ya era casi libre, necesitaba convertir ese fin en un medio para otra cosa. Haber cumplido cincuenta tampoco la entusiasmaba demasiado. Aunque no, se repetía, no se trataba tanto de la edad. Lo peor era la melancolía de las energías desaprovechadas.

Justo ahí estaba la cuestión. Su problema era menos el tiempo que la trayectoria que trazaba: estaba viviendo en círculos. Se había convertido en una persona incapaz de la desmesura. Eso, y no sus fuerzas, añoraba de la joven que había sido.

Así que necesitaba algún proyecto lo bastante excesivo como para despertarla. Por ejemplo escribir, escribir lo que fuese. ¿Su tesis inconclusa? Ni siquiera se acordaba de por qué la había empezado. ¿Un ensayo? Ya había intentado algo por el estilo. ¿Quizás una novela? Su oficio no era narrar, por más que en latín ese verbo significara decir palabras, hablar de algo. *Quem tu mihi narras,* ¿de qué me hablas?

Una tarde cualquiera, sola en casa, mientras hojeaba a una joven novelista, se detuvo para hacer una consulta. Abrió el diccionario de la Real Academia, localizó el vocablo, comprobó que ninguna de las definiciones la convencía. Y, casi sin pensarlo, las enmendó a su gusto con un lápiz. Repasó en voz alta el resultado. Asintió satisfecha. Y cerró el sólido volumen.

Volvió a sentarse, pero le fue imposible reanudar la lectura. Se quedó absorta en las sombras de la ventana. Se hizo un silencio denso, efervescente.

Con el lápiz todavía entre los dedos, apretándolo fuerte, se puso en pie de un salto, impulsada por una idea tan disparatada que la hizo reír.

Entonces se sentó frente a la mesa del comedor. Dobló una hoja. Escribió la palabra que había buscado, le pareció que empezaba a brillar, y notó que la mano le temblaba un poco.

La visita, III

María salió al balcón con su regadera. Cada vez que mojaba una flor, le susurraba algo.

Dámaso observaba sus movimientos desde el sofá. Se descubrió la manga para espiar la hora y alzó un poco la voz.

—Fuera has tenido muchísimo apoyo, eso no me lo vas a negar. Campañas en prensa, radio...

—¡A favor y en contra!

—A favor, sobre todo. Y, entre tú y yo, eso ha sido un problema.

Ella sacudió la regadera para extraer las últimas gotas.

—No sé si te sigo.

—Yo diría que sí.

María arrancó varias hojas.

Poniéndose en pie, Dámaso se acercó al balcón. Se fijó en los saltitos de un pájaro al que parecía pesarle la luz.

—Hay compañeros que se han sentido, cómo decirte, presionados por los medios. Decían que ceder era peligroso, porque podíamos perder independencia.

—Y a lo mejor un pelín de misoginia.

—¡Y dale con eso! ¿Ahora la Real Academia Española va a funcionar obedeciendo a la opinión pública? Ese era el razonamiento.

—¿Y tú lo compartías?

—No lo compartía: lo entendía.

María deslizó el panel con brusquedad. Volvió al sofá rápido, por delante de su invitado, y se dejó caer.

—Es tal cual dice Carmen. Sin apoyos, nos dejan fuera por falta de poder. Y si conseguimos apoyos, nos dejan fuera para no obedecer al poder. ¡Es que es perfecto, coño!

—Se me hace raro oírte decir *coño*.

—Está en el diccionario.

—No seas injusta conmigo, María. Vine con la mejor intención.

—Lo sé, lo sé. Y te agradezco que hayas venido.

—Para mí tampoco era cómodo.

—Disculpa. Lo de Fernando me tiene muy nerviosa.

—¿Tan mal está, entonces?

—Digamos que está igual que algunos de tus colegas, cada día más ciego. No pongas esa cara, es broma.

—Ya sabes cómo funciona la Academia.

—Sí, sí. Y quiénes no pueden entrar.

—Nunca hemos prohibido la entrada a las mujeres.

—Claro que no, sólo se ha fomentado el ingreso de hombres.

Dámaso trató de beber de su taza vacía. Se quedó mirando el fondo.

—Los cambios llevan su tiempo. Y serán lo lentos que quieras, pero hemos hecho avances.

—Gertrudis Gómez de Avellaneda. Carolina Coronado. Concepción Arenal. ¡La Pardo Bazán, madre mía! A ver, ¿qué cosita tenían en común?

—Eso es trampa. Podría hacerte otra lista de hombres igual de brillantes que nunca entraron.

—¿Más galletas?

—Si no es molestia.

—¿Tienes hambre? ¿Te preparo algo?

—No hace falta, muchas gracias.

—Claro, ¡porque en lugar de ellos entraron otros hombres!

Dámaso la vio levantarse del sofá y alejarse. Sonó un redoble de latas y un choque de cacharros. No hubo respuesta a su pregunta a media voz.

—¿Todo bien por ahí?

María volvió al rato con una lata de galletas, un platito de queso y un cuenco de aceitunas.

Dámaso se quitó los anteojos y se frotó los párpados hinchados.

—Más no he podido hacer, María.

—Eres el director.

—No acaparo el poder. Lo distribuyo.

—Baja la voz, que te van a tomar por socialista.

—Te lo digo en serio. Votamos limpiamente.

—En algún sitio había que hacerlo, ¿no?

—Antes no eras tan radical.

—Ser vieja es radical.

Dámaso atrajo el cuenco de aceitunas: una de ellas rodó por el mantel.

—Espero que no te enfades conmigo.

—¿Enfadarme, yo?

—Él también era un gran candidato, en eso estaremos de acuerdo.

—Era estupendo. Y no llevaba falda.

—¡Y dale!

—¿Otro café?

—Si es sin enfado, sí.

—Sin enfado y sin azúcar.

Cuando María regresó con la taza llena, se encontró a Dámaso más erguido, con los brazos formando un triángulo con las piernas.

—Pero hemos pensado otra cosa, ¿sabes?

—¿Quiénes?

—Quiénes vamos a ser. Nosotros. Lapesa, Laín y yo.

—Ah. Creí que, como máxima autoridad de la Real Academia, estabas usando el plural mayestático.

—Pues no te cuento nada.

Dámaso guardó todo el silencio que su hiperbólico labio inferior le permitió.

—¿Te interesa saberlo o no?

—¡Que sí, hombre, que sí!

—Muy bien. Hemos pensado en darte el Premio Nieto López, nada menos. ¿Qué te parece?
—Yo qué sé. Tendría que ponerme en situación.
—Figúrate el prestigio.
—El consuelo, querrás decir.
—Ya cambiarás de opinión.
—Tienes algo en el bigote.
—Y están las candidaturas de los próximos años. Es cuestión de paciencia, nada más.
—Ni se te ocurra. Hasta aquí he llegado.
—En fin, no hay por qué decidirlo ahora.
—Lo que quiero ahora es tiempo.
—Hubieras trabajado muy bien con nosotros, María.
—Eso es justo lo que me preocupaba.

1950 - 1972

Enrique venía cada vez menos de visita. Planeaba perfeccionarse en Estados Unidos, y los planes de Enrique solían cumplirse. Fer parecía especialmente sensible a las ausencias de su hermano mayor: siempre había deseado y temido desempeñar sus funciones. Criticaba con vehemencia las dificultades para reunir a la familia. Tanto era su empeño por alojarla bajo el mismo techo, pensaba María, que con razón iba para arquitecto. Se sentía orgullosa de que Carmina hubiera elegido Filología, aunque sabía que en la facultad de Letras los amoríos solían terminar con las estudiantes fuera de casa. Pero lo más inquietante de todo era que su Pedrito, cómo era posible, estaba a punto de entrar en la universidad.

Cuando los cuatro se reencontraron en Madrid, Fer se encargó de informar a Enrique del asunto. Carmina y Pedro prepararon el café: se oyó la caída de una taza, risas, aplausos, el paulatino descenso de las voces, los murmullos confidenciales. María seguía su conversación con la mejilla bien pegada a la puerta del corredor. Estaban hablando de ella, así que tenía perfecto derecho a mantenerse al tanto.

—Completamente absurdo, sí.

—Pues a mí me parece una idea preciosa.

—A ti todo lo absurdo te parece precioso, Carmina.

—Que sepas que me lo tomo como un elogio.

—Déjala, ya cambiará de idea.

—Cuando me dijiste que mamá andaba escribiendo, te juro que me alegré un montón. Pero esto...

—Así, enterito. Palabra por palabra.

—Además, para eso está la Academia, ¿no?
—Por eso mismo. Dice que no está bien y que quiere hacer otro.
—Ya, bueno, ¿y quién es ella...?
—Es mamá.
—Justo ahí está el problema.
—¿Por?
—Porque se va a empeñar en terminarlo.
—No, no, imposible. ¿Has calculado...?
—Perfectamente, Enrique, gracias. ¿Sabes qué es un cálculo de estructuras?
—No te pongas así, no lo decía en ese sentido.
—¿Qué otro sentido hay?
—Acaba de llegar, Fer. Es normal que nos pregunte.
—Si hubiera venido antes, no haría falta.
—¡Otra vez con eso!
—Baja la voz.
—¡Bájala tú!
—No me gustan nada estas peleas.
—No nos peleamos, Pedro. Nos llevamos así.
—Mamá nos va a escuchar.
—Está en el baño.
—Pues tiene el baño lleno de cajas con fichas.
—No podemos dejarla tanto tiempo sola.

A María le pareció que aquel era un excelente momento para interrumpirlos. Fijación de conceptos, lo llamaban.

—Perdón, ¿molesto? Iría siendo hora de cenar.

Al terminar la guerra, en protesta por las represalias contra varios compañeros, Menéndez Pidal había dimitido como director de la Real Academia Española. Las malas lenguas, que en el gremio eran *conditio sine qua non*, murmuraban que había sido destituido o forzado a renunciar. Una vez aplicadas las sanciones, sus colegas volvieron a elegirlo. El Régimen pretendía sustituir a los académicos exiliados, empezando por Navarro Tomás. El maestro sólo aceptó retomar la dirección cuando se aseguró de que esas plazas permanecerían vacantes hasta su regreso o bien hasta su muerte. Esos sillones vacíos, pensaba María, eran todo un manifiesto.

En más de una ocasión le habían contado la historia del falso cuadro de Cervantes que presidía las reuniones, y que Menéndez Pidal se resistía a retirar.

—Déjenmelo ahí, que si quitamos al falso Cervantes, tendremos que poner un Franco auténtico.

Ahora, en circunstancias poco propicias, el maestro trataba de reformar el diccionario. Releyendo el preámbulo, María se fijó en un detalle: ante las reiteradas solicitudes (¿súplicas?) a sus socias hispanohablantes, cada vez más reacias al influjo de la institución, la única en responder de forma pormenorizada había sido la Academia Argentina de Letras. Por eso los usos rioplatenses tenían mayor presencia que los chilenos, colombianos, venezolanos, cubanos o nicaragüenses, por mencionar otros países que habían cooperado. Le llamó la atención la ausencia de México, donde vivía buena parte del exilio, en los agradecimientos oficiales.

Le costaba entender la misteriosa noción de *americanismo*, que la Real Academia aplicaba a cualquier palabra común en cualquier lugar al que no se pudiera llegar en tren desde Madrid. Si se trataba de reflejar el vocabulario de la lengua en su conjunto, no el de España en particular, semejante denominación carecía de sentido. Pero, puestos a hacer distinciones geográficas, considerando su descomunal superioridad demográfica, más lógico habría sido catalogar como *españolismo* todo término ajeno al continente americano.

Por encima de la ortodoxia, ella tenía en mente el habla. El purismo le parecía una contradicción del tamaño de la basílica del Pilar. Conocía demasiadas palabras que la institución había tildado de barbarismos para, tarde o temprano, asimilarlas. Otras quedaban excluidas como meros tecnicismos, cuando ya eran de uso cotidiano: pensaba en *cibernética, entropía, reactor*. O bien, pasando al cine (¿hace cuánto no iba al cine con Fernando?), *gag*, *suspense* y esas cosas que sus hijos nombraban cada dos por tres.

Los aduaneros verbales se escandalizaban de que *control, test* o *récord* viajaran de boca en boca. Lo cómico del asunto, rumiaba María, era que su origen se remontaba al latín. Paladeó una risita mientras anotaba: «Negarse a emplear un recurso ofrecido por esa herencia, solamente porque otro de los herederos se ha anticipado a sacar provecho de él, es puerilidad o reparo de hidalgo picajoso». ¡Ay, la hidalguía española, reluctante a decir *reluctante*, que terminaba desconociendo sus propias raíces!

María apoyó un codo, pensativa, sobre su ejemplar académico, que comenzaba a poblarse de anotaciones, flechas, jeroglíficos. Aquel gigante se había ganado a pulso su predicamento. Pero toda *auctoritas* tenía su *auctor*, y ella se imaginaba un diccionario de autora.

```
         Autoridad. El diccionario oficial atribuía apenas
    un tercio de los casos de autoridad al mérito. "Carác-
    ter o representación de una persona por su empleo,
    mérito o nacimiento". Se agradecía la franqueza.
         En su primera ficha, María suprimió el supuesto de
    la autoridad congénita, que merecía otros nombres. Y
    se permitió deslizar un matiz asambleario. «Atributo
    que tienen otras personas, por razón de su situación,
    de su saber o de alguna cualidad, o por el consenti-
    miento de quienes voluntariamente se someten a ellas».
    Pronunció en voz alta el adverbio.
         En la cuarta acepción, los muy señores académicos
    rendían homenaje a la figura paterna. "Poder que tiene
    una persona sobre otra que le está subordinada, como el
    padre sobre los hijos...". Ella no prescindió del ejem-
    plo, pero lo entretejió con otros que insinuaban una
```

> progresión irónica e incluso un guiño íntimo: «La autoridad del padre, del jefe, del sacerdote, del médico». De la autoridad al amor había un trecho, claro. O, para ser exacta, un océano.

> **Amor.** Para la Academia no pasaba de "afecto" (¿por qué no un sentimiento o una emoción?, ¿qué categorías oprimían los corazones de sus ilustres redactores?) "por el cual busca el ánimo" (¿el ánimo en abstracto, así, solito?) "el bien verdadero" (¿y quién dictaba qué era el bien verdadero?) "o imaginado" (eso del bien imaginario le pareció un hallazgo admirable), "y apetece gozarlo" (y de golpe, por fin, iban al grano).
> María tanteó una definición un pelín más cálida y, por qué no, justa. «Sentimiento experimentado por una persona hacia otra, que se manifiesta en desear su compañía, alegrarse con lo que es bueno para ella y sufrir con lo que es malo». Si estas dos últimas condiciones no se daban, ¿de qué estaban hablando cuando hablaban de amor?
> Las siguientes acepciones canónicas de *amor* le sonaron particularmente arbitrarias. "2. Pasión que atrae un sexo hacia el otro". Además de proscritas, otras formas de amor pasaban entonces a ser indecibles. "3. Blandura, suavidad. *Los padres castigan a los hijos con amor*". Este ejemplo la hizo saltar de su silla. Lo rectificó disociando el amor del castigo. «Suavidad o blandura con que se trata a alguien: *Los padres corrigen con amor*». ¡De nada, hijos míos!

Si una escribía por amor a lo que había leído, y leía más para escribir mejor, y luego releía sus propias palabras. Si una terminaba escribiendo, en suma, lo que necesitaba leer, sólo tenía sentido intentar libros que no existieran.

Anhelaba inventar el diccionario que le hubiera hecho falta, ese que le habría encantado consultar como estudiante, investigadora, bibliotecaria, madre. Trabajaba con sus huecos. Escribía desde ahí.

Algo similar pensaba sobre quienes, con suerte, se detendrían quizás en sus páginas. ¿Estaba dando por sentada su existencia? ¿O emborronaba papeles para que esa comunidad imaginaria fuese posible?

Entre las poquitas certezas que a su edad le iban quedando, una era justo esa: los vínculos entre ética y precisión verbal. Alguna gente escribía, pero todo el mundo hablaba. Hablar era la obra. Nuestra obra. Una radicalmente colectiva, al margen de quién tomase la palabra. Igual que un diccionario.

Mientras preparaba una tarta de manzana para su marido, que pronto llegaría de Salamanca, María pensaba en la cocina de la lengua. Las recetas del bien decir le interesaban menos que paladear lo dicho y deducir sus ingredientes. Encontraba manjares en la calle o en la juventud, esa misma que, desde que el mundo había abierto la boca, jamás hablaba como se debía. Si se hacía caso a este prejuicio, sólo Adán y Eva se habían expresado correctamente.

Aunque el volumen oficial no se declarase normativo, su sabor y su textura decían otra cosa. Estaba rellenito de preceptos. La sacaban de quicio los rodeos y arcaísmos para explicar una palabra. ¿Por qué la lengua debía adoptar un registro impostado cuando se refería a sí misma, como esa gente que se tomaba demasiado en serio o se vestía de manera ridícula los domingos?

Si una consultaba por ejemplo qué significaba *amparar*, la respuesta de la Academia era "favorecer, proteger". Una preguntaba entonces qué significaba *favorecer*. Simple, querida: "ayudar, amparar, socorrer". ¿Y *proteger*, caballeros? Pues nada menos que "amparar, favorecer, defender". ¿Habría suerte con *defender*? No demasiada: "amparar, librar, proteger". Nada nos amparaba, libraba ni protegía de seguir dando vueltas.

La mayoría de hablantes, pensaba María, usaba con sentido común el vocabulario, pero casi nadie era capaz de definirlo. Esa paradoja la fascinaba. ¿Cómo describir sin balbuceos nuestro propio discurso? ¿No balbuceaba ella ahora? ¿Y no tardaba el horno demasiado en calentarse?

Para elegir el molde, valía la pena plantearse de quién era la materia prima. Si tenía sentido que le perteneciera a un comité de especialistas antes que al oído colectivo. ¿Se le estaba quemando la masa? Sin ánimo de ofender a nadie ni de estropear el postre, algunos iban por ahí dando discursos como si fueran dueños del habla.

Dado su gusto por los idiomas, su primera idea se había orientado al español para extranjeros, un poco al estilo de ese *Learner's Dictionary* que le había regalado Fer. Él, que de niño pataleaba contra sus clases de inglés, y que había acabado viviendo en Londres. Pronto María cambió de plan y decidió mirar más cerca. ¿No era ese el ingrediente secreto, la rareza de lo propio?

Se suponía que los diccionarios monolingües se limitaban a analizar un idioma conocido (también se suponía que las tartas de manzana necesitaban más tiempo de horneado, en fin), mientras que los bilingües descifraban un idioma desconocido y ayudaban a expresarse en él. Patrañas. Dar por sabida una lengua la arruinaba. Atendiendo a la vez a nativos y extranjeros se dibujaba un círculo virtuoso: lo intuitivo se formalizaba y lo estudiado se volvía espontáneo.

A lo mejor, divagó extrayendo la bandeja ennegrecida del horno, existían tres tipos de lengua. La materna, que se aprendía con dudas y cuidados. La extranjera, que nombraba otros mundos. Y la paterna, que fijaba las normas.

—¿Y eso para quién es, mamá?

—Era. Para tu padre.

María planeaba enriquecer sus definiciones con una pequeña gramática de andar por casa. Que sí, que sí, eso iba contra las reglas. Los diccionarios debían ser para esto o para lo otro. ¿Pero qué le impedía cocinar el suyo a su manera? Aunque no les envidiara su Academia (*tribunal del lenguaje en esencia y por derecho*, se autoproclamaba con modestia), envidiaba a los franchutes como Paul Robert: fundar una editorial para publicar tu propio glosario le sonaba tan lujoso como abrir una pastelería para que su familia se tragara sus postres.

Monsieur Robert, que de joven tampoco había estudiado Lingüística, organizaba las palabras por asociación. El orden alfabético le importaba menos que las afinidades entre ellas. Esa libertad le recordaba el *Diccionario ideológico* de Julio Casares, cuyas partes María imaginaba mezcladas. Sus mapas semánticos, hilados por el instinto de quien había conversado mucho, la llenaban de ganas de revolver el lenguaje.

Pero don Julio llevaba media vida en la Real Academia, de la que era secretario perpetuo desde el fin de la guerra. Ella sólo tenía unos cuantos amigos de los viejos tiempos. Su voluntad. Y una tarta de manzana carbonizada. *De la idea a la palabra, de la palabra a la idea.* ¿Cómo no estar de acuerdo? Lo que omitía Casares era que, sin palabras, las ideas ni siquiera existían. No precedían realmente a su enunciación: terminaban de hornearse con ella.

—A esto le falta swing, mamá.

Pese a su mala prensa, ella simpatizaba con los neologismos juveniles: le parecían la prueba de que el idioma bailaba. Por eso mismo procuraba aprovechar las fiestas que Carmina y Pedrito organizaban en casa. Antes de que salieran por ahí, María los prefería haciendo ruido cerca.

—Qué generosa es tu madre.

—No te creas. Está tomando notas.

Se proponía incluir montones de extranjerismos de uso corriente. El fanatismo al respecto le recordaba la obcecación por distinguir entre cristianos viejos y el resto. La docta institución aspiraba a conservar «el genio propio de la lengua». ¿En qué consistiría aquella esencia impermeable a las migraciones y transformaciones históricas?

Orden. *Es una orden.* El orden. *¡Orden en la sala!* Las órdenes. Meterse a monja. El antiguo *ordo* nombraba tantas cosas: una línea recta, una columna militar o, sospechosamente, una clase social. Ordenando se imponían jerarquías. Y al reordenar, entonces, se discutía a los jefes. María estaba planteándose romper la organización alfabética estricta (*¡rompan filas!*). Como de niña, necesitaba algún orden que no fuese una mera arbitrariedad.

—Todo orden es arbitrario, querida, porque la realidad está hecha de caos.

Los reparos de su marido la ofendían, aunque a veces ella misma se preguntaba si estaría perdiendo la cabeza, por no decir el tiempo.

Una tarde de verano, de esas que derretían el pensamiento, María esbozó el esquema general de su diccionario. Se obligó a que cupiera en una sola página, para comprobar hasta qué punto lo visualizaba y comprendía. Tras unos cuantos intentos fallidos, se quedó contemplando el último diagrama. Vio caer en el centro una gota de sudor. Aquel proyecto, para el que había calculado un año o dos de trabajo, podría ramificarse hasta el infinito.

—Cada vez que intento algo, se me va de las manos.

No estaba segura de si era una virtud o una condena.

Biquini. Las definiciones la intrigaban tanto como las omisiones. Esos silencios también mostraban el cuerpo del habla, desnudando sus costumbres y pudores. Terminaba el verano y el léxico seguía refrescándose. María se acordó del modelito que Carmina soñaba con lucir en la playa, imitando a las divas francesas. Le pareció natural incorporarlo a sus fichas. Cierto que los biquinis estaban prohibidos en casi todo el país, pero ¿iba el vocabulario a depender de la legislación costera?

Acometió con tacto su descripción de la prenda. «Traje de baño femenino reducido a dos pequeñas piezas que cubren los senos y la unión de las piernas con el

> cuerpo». Nadie podría negarle el decoro: esa *unión de las piernas con el cuerpo* la hubiera aprobado el arcángel san Gabriel. En fin, ahí dejaba ese neologismo para su hija y sus sobrinas. Que ella no pensara ponerse uno ni loca era otra cuestión.

> **Bloquear.** Ciertas palabras desfilaban tapaditas o incompletas. Después de estudiar las acepciones oficiales de aquel verbo, María agregó una más, extrañamente ausente. «Detener o interceptar algo para que no llegue al sitio donde va dirigido; por ejemplo, una pelota o una emisión de radio». Confiaba en que su ejemplo deportivo disimulase el otro.

En la quietud de la noche. Con el oído alerta. Cuando sólo algún motor o alguna voz perdida sobresaltaba la calle Don Quijote. Entonces se encendía la lámpara de vidrio y hierro, claridad y paciencia, y el espejo absorbía las sombras del comedor. La mesa redonda igual que un foco. Las sillas disponibles como interlocutoras. El diccionario abierto en un atril. El alfabeto creciendo en sus lentes gruesos. Sus canas apretadas en un moño. La camisa abrochada hasta el último botón. El fajo de fichas bien alineadas, la pluma en paralelo. Su máquina de escribir o, más bien, de reescribir. El lápiz poniendo a prueba la resistencia del papel: tachando, tachando. Y las manos de María. Sus manchas, sus callos, sus razones.

Doblaba los papeles con el sello de la Escuela de Ingenieros, los economizaba transformándolos. Dos fichas por hoja, un vocablo por ficha. Desgastaba su lápiz en los borradores de cada definición. Si quedaba conforme, transcribía la entrada en su Olivetti Pluma 22. Terminaba de hacer las últimas correcciones, sobre el texto mecanografiado, con la maltrecha Montblanc de su padre.

Completaban sus herramientas varios manuales de gramática y, por supuesto, sus diccionarios de cabecera. El de la Real Academia, el de Casares y más adelante, en cuanto Dámaso le regaló un ejemplar recién impreso, el etimológico de Corominas. La norma. Sus horizontes. Sus orígenes.

Limpia, fija y da esplendor. Solía repetirse en voz baja, masticándolo, el lema académico.

No tenía ningún interés en hacer limpieza, prefería detenerse en las huellas que las palabras dejaban a su paso. Se sentía cómoda con un lápiz, con sus trazos provisionales, cambiantes, sin fijar. Y desconfiaba de las pretensiones del esplendor. Siendo precisa, para ella la lengua era esplendente: reflejaba la luz, la lucidez de quien la hablaba.

Se levantaba a eso de las cinco para repasar las nuevas fichas antes de irse al trabajo. Así la mañana se impregnaba de sus obsesiones. Los fines de semana, al dejar el dormitorio, le llegaba el susurro quejumbroso de su marido.

—¡Sales huyendo de la cama!

—Tampoco es que tú vengas a meterte corriendo.

Mientras hervía el agua regaba lentamente, como separándolas en sílabas, las plantas del balcón. Se encorvaba frente a ellas para leer sus hojas. En sus sentidos medio adormilados se mezclaban el café molido y la tierra de las macetas, el pensar y el florecer.

A medida que la familia despertaba, las cosas de María iban siendo retiradas de la mesa para el desayuno. Sus hijos le tomaban el pelo.

—¿Me pasas la jarra de gramática?

—¿Quedan más rebanadas de léxico?

—Mmm, ¡recién pasadas a máquina!

Cuando volvía de la biblioteca, almorzaba con sueño y la mente en otra parte. Cada bocado era una frase, una definición por digerir. Se permitía media hora de siesta. Le costaba recordar los sueños. Más que imágenes concretas, le quedaban jirones de lenguaje. Se despabilaba leyendo noticias o escuchando la radio, a la pesca de expresiones actuales. A veces revisaba las notas que había tomado al vuelo: giros, subrayados, comentarios ajenos. Otras veces fingía repasar sus plantas, se asomaba al balcón y afinaba la oreja, absorbiendo las voces que ascendían. Entrecerraba los ojos para gozar de aquella posición ideal, ni en la calle ni en casa, ni fuera ni dentro del sonido del mundo.

Después de la cena, y quizá también de una copita de vino, volvía a ponerse manos a la obra. En la quietud de la noche. Bajo la lámpara de vidrio y hierro. Las canas apretadas en un moño y la camisa abrochada hasta el último botón. Robándole horas al sueño. Bueno, no, su sensación contradecía la frase hecha: para ella eran horas recuperadas, que sólo parecían existir si las dedicaba a eso. Anotó en una ficha la locución *robar horas al sueño*. Esas fichas que nunca se acababan.

Tampoco se acababan sus dolores cervicales. El léxico producía algún campo magnético, sólo así se explicaba semejante manera de inclinarse sobre su diccionario. Cuando se daba cuenta, corregía la postura y volvía a olvidarse.

Agotado el presunto plazo de dos años, viendo que aquello se prolongaba de manera indefinida, Fer le hizo el mejor regalo: un tablero de patas articuladas, expresamente diseñado para su aventura desplegable.

—¿Todavía despierta, querida?

—No, mi vida, soy sonámbula.

Al principio, María sintió que su marido subestimaba su proyecto o lo juzgaba insensato. Hasta que Carmina le reveló que su padre llevaba la cuenta exacta de los fajos de fichas, y mantenía informado a su hermano mayor de los progresos que iba haciendo.

—¿Y por qué no me lo ha dicho?

—Porque dice que entonces tardarías más.

Trabajar en el comedor tenía sus inconvenientes, andaba siempre como de paso y se sentía un obstáculo para el resto de la familia. Pero la mesa grande estaba ahí. Al carecer de un espacio propio, fue apropiándose de los márgenes de la casa, conquistando sus recovecos.

La idea del aislamiento se le antojaba tan tentadora como aséptica. ¿No eran los ruidos parte de la escucha? Una radio apagada era perfecta y estéril. Por eso ella prefería mantener el balcón entreabierto: así se ventilaba su atención. Imaginaba las voces oscilando, al modo de un dial, hasta alcanzar alguna sintonía. Cada vez que alguien irrumpía a su alrededor, el oído se renovaba. No, no envidiaba el despacho inmóvil de su esposo. Bah. Claro que lo envidiaba.

Su revancha se materializó en un despliegue sigiloso, como el de las hormigas que espiaba de niña. Centímetro a centímetro, sus cajas fueron tomando los armarios, estantes, mesitas, alacenas, fueron multiplicándose detrás de las puertas y debajo de las camas. Su hogar se convirtió en una selva de vocablos. La noche que Fernando se topó con un fajo de fichas dentro del botiquín, presentó formalmente su protesta.

—El baño o yo, querida.

—¿Me dejas pensarlo?

De manera progresiva, y no sabía hasta qué punto deliberada, fue renunciando a la vida social para entregarse a su diccionario. ¿Estaba haciendo un sacrificio, como le reprochaba Consuelo? ¿O, en el fondo, siempre había deseado hacer algo así y no había encontrado una buena razón?

—A ver cuándo comemos juntas, María, que nunca nos vemos.

—Sí, sí, pronto.

—¿Y qué es pronto?

—Un adverbio de tiempo.

Pasaba sus días hablando sola con el pelo revuelto. Salía a la calle con lo primero que encontraba limpio. Se distraía mientras le hablaban. Al mirarse al espejo, María se preguntaba si estaría tan ojerosa porque no se cuidaba, o si se había descuidado porque ya no se veía como antes.

La gente de su entorno solía lamentarse de tal o cual achaque, exagerando sus energías anteriores. Ella no se identificaba con esas insufribles idealizaciones de la juventud. Puede que antes tuviera más resistencia, pero ahora sabía concentrarse mejor: rato que se sentaba, rato que le rendía. Aprovechaba el tiempo porque ya no le sobraba.

Pero había algo más que apenas comentaba con sus amigas, quizá porque ni a ellas ni a María les parecía digno de mención. Además de la propia fuerza, contaba con otra. Venía de un pueblecito de Burgos. Era ancha de espalda y veloz de manos. Se llamaba Benedicta.

Benedicta Brizuela entró en su casa cuando los niños se hicieron mayores y la familia redujo el personal de servicio, que cambiaba con cierta frecuencia. Ocupando de algún modo el lugar que habían dejado sus criaturas (y no porque así pudiera pagarle menos, insistía María), la propia Benedicta era menor de edad cuando empezó a trabajar con ella.

—Mejor, así te enseño.

En cuanto la muchacha respondió a su anuncio en el diario, María observó que estaba muy bien alfabetizada. No necesitaba que le repitieran ninguna indicación, torcía el gesto si le hablaban en tono condescendiente e interpretaba a la perfección sus notitas.

—Benedicta, guapa, ¿sabes que tienes el nombre *per-fec-to* para un trabajillo extra que quiero proponerte?

Además de encargarse de las tareas domésticas, no tardó en verse ordenando las montañas de fichas y, una vez demostrada su pericia con ellas, pasándolas a limpio.

En sus escasas horas libres, Benedicta decidió inscribirse en una academia de corte y confección cerca de la glorieta de Cuatro Caminos. Iba los martes y jueves por las tardes. María le pagó la matrícula. Jamás le sugirió que estudiara otra cosa.

Bueno, ¿y el ocio qué? ¿O para una lexicógrafa todo era trabajo, *nec-otium*? Una tarde fue a ver *Bienvenido,*

Mister Marshall al cine Callao. Se preguntó si su esposo y ella se reían por las mismas razones que otra gente del público. Muy de vez en cuando acompañaba a alguna amiga al cine Europa. En la penumbra de la sala, María tomaba notas sobre los diálogos en una libretita. Temía que, con el pretexto de la gloriosa escuela nacional de doblajes —que aplastaba las voces originales con grandilocuentes locuciones radiofónicas—, se le hicieran dos servicios al Régimen: fomentar el monolingüismo y facilitar la censura. Entrecerrando los ojos, muy atenta a los labios de los personajes, ella trataba de adivinar las palabras mudas.

Carmen y Amanda estaban empeñadísimas en llevarla a bailar. María terminó aceptando. Confirmó que los únicos pies que dominaba eran los de la métrica. Otras veces salía a dar una vuelta con sus sobrinas por el Mercado de Maravillas. Las tenía adiestradas, a cambio de unos cucuruchos de pipas, en darles conversación a los comerciantes cuya terminología le interesaba. Sacaba su libretita del bolso bastante más que el monedero.

Algún que otro domingo soleado, si conseguía reunir a sus hijos, merendaban sobre un mantel a cuadros en la Dehesa de la Villa. La ciudad aún no era antónimo del campo.

¿Y Fernando? ¿Y las noches? ¿Y esos sábados en que se quedaban solitos?

—Reviso un par de fichas y ya estoy, querido.

—Me voy a descansar, mi vida, ¡tengo un dolor de espalda!

```
    Coito. No podía negarse que venía del latín,
aunque se remontara bien allende Roma. Procedente
del noble coitus-coitūs, participio del optimista
coire: unirse, hacer alianza, ir a la vez.
    El problema del coito, o de las oraciones que
lo involucraban, recaía en sus agentes y objetos.
Respecto a la acción misma, la Real Academia se
mostraba menos rotunda de lo que ella había imagi-
nado. "Ayuntamiento carnal del hombre con la mu-
```

jer". *Ayuntamiento* no destacaba precisamente por sus connotaciones libidinales, ni *carnal* por su nitidez descriptiva. ¿Quiénes podían llevarlo a cabo? ¿Un hombre, a toda costa, con una mujer? ¿Jamás con un segundo señor, por aventurar otras hipótesis?
María se fijó en el vocablo *sodomía*, que tampoco derrochaba ciencia anatómica. "De Sodoma, donde se practicaba todo género de vicios torpes". ¿En qué consistiría la torpeza de esos vicios, a diferencia de otros más hábiles? "Concúbito", profería el diccionario, "entre personas de un mismo sexo". Por fin aquel enigma empezaba a visualizarse un poquitín. Recurrió presta a *concúbito*. "Ayuntamiento, quinta acepción". Retrocedió paciente a la quinta acepción de *ayuntamiento*. "Cópula carnal". ¿Y la cópula, qué sería la cópula? Se remitió a la C para instruirse. "Acción de copularse". Maravillada, consultó de inmediato el verbo *copular*, cuya segunda acepción declaraba: "Unirse o juntarse carnalmente". Para qué seguir.
Tanteó y tachó varias veces su definición de *sodomía*. Le costaba dar con una fórmula que no la expusiera demasiado ante la censura. Cambió de estrategia y optó por reescribir la oficial. Sustituyó el hilarante *concúbito* por «relación libidinosa», expresión que tampoco la satisfizo. Suprimió la condena moral, puntualizando su carácter de leyenda. «De Sodoma, por los vicios atribuidos a los naturales de esta ciudad». Al releerlo en voz alta, puso el énfasis en el participio.
Revisó por asociación la entrada académica correspondiente a *sexo*. Con bastantes dudas, mantuvo la ridícula distinción entre los sexos *débil* y *fuerte*, porque así seguía diciéndose en ciertos ámbitos. A cambio, consideró edificante incluir una lista de infinitivos vinculados a tan insigne sustantivo. «Abusar, estuprar, forzar, pervertir, prostituir, raptar, violar».

Superado su desaliento inicial, la alevosía con que la ignoraban en la Escuela de Ingenieros resultó una bendición. María llegaba puntualísima, saludaba en voz baja, resolvía las gestiones urgentes. Y, en cuanto podía, se encerraba en su despacho con un montón de fichas que no eran de la biblioteca.

Se preguntaba hasta qué punto seguían vigilándola, si es que de verdad la habían vigilado. Quizá la estrategia de sus superiores se pareciera más bien a un aislamiento preventivo. En ese caso no se trataba de lo que ella hiciera allí, sino de impedir que hiciese cualquier otra cosa en cualquier otro sitio.

Últimamente le daba por pensar que la realidad era más simple. ¿Estaría exagerando el peligro para no asumir la irrelevancia en la que había caído? Tenía la impresión de que sus movimientos no le importaban a nadie. Salvo a la indetectable Rosario Vílchez.

—Con permiso.
—Madre mía, ¡qué susto!
—Disculpe. Con permiso.
—Pasa, Rosario, pasa.
—Venía a que me firme esto.
—Claro, siéntate.
—Estoy bien así, doña María, gracias.
—Mira que eres estoica.
—Si usted lo dice.
—En fin, ¿qué me traes?
—Una solicitud de compra.
—Ah, sí. A ver, ¿están todos los títulos?
—Ni idea, doña María.
—Oye. Me gustaría hacerte una pregunta.
—A la orden.
—No es una orden, Rosario, es una curiosidad. ¿A ti te gustan los libros?
—Mis funciones son otras.
—Ya sé, ¿pero te gustan?
—Más que gusto, lo que me falta es tiempo.
—Pues, cuanto más leas, más tiempo irás teniendo.
—Lo tendré en cuenta.
—Me alegra, Rosario.
—Por lo menos a usted le funciona.
—¿El qué?

—Eso de ganar tiempo leyendo.
—¿Estás insinuando algo, querida?
—Yo no hago insinuaciones, doña María, sólo registro. Esa sí es mi función.
—Ajá. Entiendo. ¿Se te ofrece algo más?
—No, si a usted tampoco. Me espera el señor Suanzes.
—Corre, querida, corre.

No le constaba que su secretaria la hubiese delatado. Silenciosa, telépata, Rosario se limitaba a hacerla pensar en las consecuencias de todo lo que sabía. A menudo se detenía en mitad del pasillo, se santiguaba fugazmente y aceleraba el paso.

> **Cuidar.** Estaba convencida de que los cuidados podían, y hasta debían, ser compatibles con los trabajos del intelecto. Incluso de que su combinación era la única forma de hacerles justicia a ambos. En efecto, *cuidar* encarnaba la admirable evolución de *cogitare*. Su raíz demostraba que, lejos de distinguirse del raciocinio, los cuidados provenían de él: eran lo más inteligente que se podía hacer. El pensamiento había ido mudando su piel abstracta, atravesando fases de preocupación y dolor, hasta llegar al afecto. *Cogitare, coitare, cuitar, cuidar*. Qué obra sutil habían completado la semántica y la fonética.
>
> En pleno pico de adrenalina verbal, María buscó *cuidar* en el volumen académico. "1. Poner diligencia, atención y solicitud en la ejecución de una cosa". Diligencia, solicitud. Igual que un trámite. Ejecución. Así de expeditivo. Como un fusilamiento. La siguiente acepción tampoco derrochaba calidez. "2. Asistir, guardar, conservar". Ni una gota de emoción. Eso sí, ¡ante todo conservar!
>
> En una nueva ficha, empezó honrando la etimología del verbo. «Pensar o discurrir». Después recuperó el afecto. «Atender a que una cosa esté bien o no sufra daño». La Academia aludía vagamente a la acción de cuidar enfermos o casas. Pero, oh padres sintácticos, sus ejemplos omitían a quienes realizaban esas acciones. Le pareció oportuno aportar un ejemplo corriente. *La mujer que cuida a los niños*. Y recurrir a ciertos conocimientos personales. *Está con*

> cuidado, improvisó, *porque hace mucho que no recibe carta de su hijo.* También: *El cuidado de la casa me lleva poco tiempo.* Y remató: *Los niños están al cuidado de la abuela.*
> Se volvió hacia la cómoda y espió la hilera de retratos familiares. Si cuidar descendía de pensar, su padre no había pensado tanto. *Cogito ergo sum.* Cuidamos, por lo tanto existimos.

> **Culpa.** El concepto que tenía el diccionario oficial —y se requería gran ingenio para lograrlo— le sonó exculpatorio. "Falta más o menos grave, cometida a sabiendas y voluntariamente". Bastaba entonces la carencia de intención para quedar impune: si no te dabas cuenta de lo que habías hecho, quedabas libre de toda culpa. De ahí la conveniencia de evitar la introspección. Era mano de santo.
> María echaba de menos dos factores: la conciencia personal y la sospechosa naturaleza de la involuntariedad. «Con respecto al autor de un delito o falta», redactó, «circunstancia de haberlo cometido que le hace responsable ante la justicia, ante los demás o ante su conciencia». La mayoría de nuestras injusticias, de hecho, sólo constaba ante ese tribunal interior. Respecto a lo segundo, sembró un matiz: «La causa puede ser no sólo involuntaria, sino también inconsciente». A partir de ahí, como decía el refrán marinero, que cada palo aguantara su vela. Aunque a ella le daba miedo navegar, y no era culpa suya, claro.

—Digan lo que digan, no me siento culpable. Yo también he sufrido por todo lo que pasó.

Dámaso Alonso solía hacer esa clase de afirmaciones mirando algún punto lejano. Pero no continuaba con su argumentación, y se tocaba el bigote como para adherirlo. A María la intrigaban sus estados de ánimo, en apariencia desvinculados de su vida diaria.

Dámaso había enseñado en Oxford, Stanford y otros *ford* por el estilo. Su poesía gozaba de un merecido reconocimiento. Dirigía una colección de lingüística en Gredos, ese oasis editorial. Había reemplazado nada menos que a Menéndez Pidal en su cátedra de Filología. Era miembro destacado de la Real Academia. Y vivía con Eulalia Galvarriato, una de las escritoras que más la habían impresionado. Parecía un hombre de oscura buena suerte.

Ejercía una especie de alcoholismo retrospectivo. Su habla morosa arrastraba un cansancio cercano a la tristeza. ¿Provendría de otros tiempos felices? ¿O de esa orfandad precoz que apenas mencionaba? Sus ojos relampagueaban al contar anécdotas sobre Lorca y sus amigos perdidos. Sus gestos se aceleraban, su voz subía un par de tonos y una tenue sonrisa le encendía el bigote. Cuando volvía en sí, un poco avergonzado, agachaba la cabeza y se aclaraba la garganta para callar mejor.

Dámaso opinaba y no opinaba sobre política. Estaba de acuerdo con ciertas ideas en las que, según él, ya no tenía sentido insistir. Todo el mundo creía saber qué pensaba, aunque nadie podía demostrarlo. Algunos elogiaban su discreción. Otros criticaban su tibieza. Estos últimos no parecían haber leído *Hijos de la ira*.

Igual que los honores de Dámaso indignaban a sus colegas represaliados, el mero hecho de que ella siguiese trabajando en el país generaba suspicacias entre sus afectos del exilio. Aquella había sido la otra victoria del Régimen: convertir al enemigo en un manojo de dolientes que desconfiaban entre sí.

María llevaba casi cinco años garabateando fichas cuando Dámaso y Lapesa, flamante miembro de la Real Academia, descubrieron en qué andaba metida. Sus dos amigos se mostraron sorprendidos por no haberse enterado antes. ¿Había sido excesivamente reservada con ellos? ¿O no solían preguntarle demasiado?

Con el pretexto de traerle unos libros, Dámaso y Lapesa se presentaron muertos de curiosidad en su casa. Mientras el primero procuraba disimular por cortesía, el segundo ni siquiera esperó a que se enfriara el café.

—Bueno, entonces, ¿y ese diccionario?

Al cabo de un rato, el comedor se inundó de papeles y exclamaciones. Benedicta iba y venía entre las pilas que se acumulaban alrededor de la mesa.

—Pero qué barbaridad, no me lo puedo creer.

—¿Te parece increíble que lo haya hecho yo?

—Lo que no entiendo es cómo haces.

—Nada del otro mundo: escribo una palabra y me quedo mirándola hasta que empieza a brillar.

Batallando con su miopía, Lapesa formuló un par de objeciones de carácter histórico, se interesó por la estructura y le alabó el estilo de las definiciones.

—Esto está vivo, ¡es caudal vivo!

Mientras tanto, frunciendo su ceño editor, Dámaso hacía cálculos.

—¿Y cuántas palabras tienes, más o menos?

Como era habitual, Dámaso no dijo casi nada porque ya lo tenía casi todo pensado. Al día siguiente volvió con media docena de cajas de zapatos y un ovillo de hilo grueso. Le pidió permiso a María para llevarse una muestra de sus fichas. Y, sin hacerle la menor alabanza, convocó una reunión urgente del consejo editorial de Gredos.

Asistieron cinco hombres que adoraban tener razón. El lingüista y traductor Valentín García Yebra, el profesor y helenista Julio Calonge, el bibliotecario Hipólito Escolar, el editor José Oliveira, el propio Dámaso Alonso. Y media docena de cajas de zapatos.

La discusión fue tan acalorada que sólo dos corbatas —los relatos posteriores discreparían sobre cuáles— se mantuvieron en sus cuellos. ¿Un diccionario alternativo? ¿De una mujer? ¿De oscuro pasado político? ¿Enmendándole la plana a la mismísima Real Academia? El proyecto rozaba lo delirante. Dámaso se limitó a pronunciar un sucinto pronóstico.

—Si no publicamos esto, nos arrepentiremos como de tantas cosas.

Para cuando Oliveira expuso los altos costos, las complicaciones técnicas y los riesgos públicos de imprimir semejante mamotreto, Calonge y Escolar ya parecían medio convencidos.

—Justo ahí está la gracia.

—Y fundar la editorial, ¿no era suicida, Pepe?

El consejo de Gredos siguió deliberando durante meses, siglos. El informe presentado por Dámaso y García Yebra (quien, contra todo pronóstico, celebró el tono crítico del material) alcanzó una extensión ilegible. La decisión no llegaba nunca. Para pasmo de María, al final le ofrecieron un contrato y un anticipo estimable. ¿Era un caso de audacia? ¿O aquellos señores se olían un negocio que ni ella misma veía claro?

María se encargó personalmente de la negociación, eludiendo cualquier ayuda de su esposo (¡un poco de asesoramiento, por lo menos!, ¿estás segura, querida?) o de su hijo Fer, cuyo temperamento combativo se lucía en las disputas legales. No tenía nada que perder. Y estaba acostumbrada a las causas perdidas. Le pidió a Eulalia los contratos de sus libros, los estudió con detenimiento y exigió a la editorial mejores condiciones.

—Disculpe, eso es imposible.

—Mi diccionario también.

Sabía que le quedaba por delante un trabajo desmesurado; pero aquel compromiso formal la obligaba a terminar algo que se le estaba volviendo interminable. Tras la firma del contrato, María sumó efectivos a la causa. Carmina trasnochaba algunas noches (¿y después se encontraba con el muchacho ese?) para organizar las fichas por familias léxicas. Fernando le echaba una mano con las entradas científicas. A fuerza de repasar conceptos juntos, ella sintió que volvían a acercarse. Sus sobrinas se convirtieron en sus asesoras de *slang* juvenil.

Para alivio de Benedicta, contrató también a una colaboradora fija que venía por las tardes. Hija de refugiados españoles en la Unión Soviética, Rosa malvivía enseñando ruso, oficio no exactamente popular en la Madrid franquista. Le daba clases particulares a su sobrina Matilde, que soñaba con leer algún día a los clásicos rusos sin esas adaptaciones de las versiones francesas que perpetraban las editoriales patrias.

Rosa hizo buenas migas con Mati, hasta que abandonó la pensión en la que dormitaba y se instaló en su casa. Se pasaba el día yendo de una hermana a la otra, lo que propició que ambas estuviesen más al tanto que nunca de sus vidas. Los informes de Rosa eran de una precisión infalible, como si dispusiera de un minuto antes de caer en combate.

—Rosita, cielo, ¿podrías traer esto revisado para el lunes?

—Mejor domingo, *tovarich*.

Prusiana en las entregas (¡eslava!, protestaba ella), su nueva colaboradora empezó a revisar traducciones para Gredos. Dámaso se quedó maravillado con su idioma ni del todo nativo ni extranjero.

—Esa mujer es un personaje de novela.

—¿Y quién no?

Su amistad con Dámaso se estrechó en ambos sentidos: se volvió más cotidiana y se redujo al trabajo. María tenía a veces la sensación de que él desconfiaba de su destreza técnica. No resultaba fácil aceptar consejos de alguien como Dámaso y mantener la independencia de criterio. Por lo general, ella le consultaba minucias filológicas. Él recibía con agrado estas pequeñas dudas, que relajaban su control sobre otros aspectos esenciales.

Tras la publicación del *Diccionario crítico etimológico* de Joan Corominas, María decidió incorporarlo como fuente de referencia para el suyo. A Dámaso y sus colegas de la editorial les preocupaba que lo citara demasiado.

—¿Y si así se vende menos?

—¿Y si así se vende más, caballeros?

Aparte de sus virtudes lingüísticas, ella conocía la historia del padre de don Joan, diputado catalán en las Cortes republicanas y muerto en el exilio en Buenos Aires. Le constaban sus esfuerzos por conciliar los vocabularios de ambas orillas, su encendida defensa de la lengua catalana y también el veto que le había impuesto el Régimen. Hacerse eco de su trabajo era un modo de darle la bienvenida.

Entre escobas, planchas y trapos, si le quedaba algún rato, Benedicta salía a llevar unas páginas al despacho de Dámaso o a recoger las ya revisadas. Muy de vez en cuando, ella se percataba del agotamiento de su empleada y le recetaba un *carpe diem*.

—Tómate el día libre, muchacha. ¡Disfruta de la vida!
—No tengo presupuesto para eso, doña María.

Disfrutar. Le sorprendió no encontrar ejemplos académicos del verbo hedonista por excelencia. En otras palabras, el diccionario oficial no incluía ningún disfrute práctico.

María se permitió algunas intimidades. En su definición del placer, recordó sus veranos en la costa. *Los niños disfrutan en la playa.* En el sentido de trato favorable, optó por un sarcasmo privado. *Disfruta del favor del jefe.* Y, en tanto aprovechamiento de un bien, recurrió a su envidia por las infancias acomodadas. *Disfruta de las rentas de una casa de su padre.* ¿Quién podía creerse que los diccionarios no eran un género autobiográfico?

Escribir. Si verbos como *rodar* no le quedaban redonditos, vaya y pase. Pero no podía escribir mal sobre *escribir*.

"Representar las palabras o las ideas con letras u otros signos trazados en papel u otra superficie, por medio de pluma y tinta o de otro instrumento adecuado a este fin, o por medio de la mecanografía". Nada menos que cinco disyuntivas en una sola oración, por no hablar de esos tres *otros* o del lío con las preposiciones. Aquel farragoso fraseo carecía de la menor belleza, que para ella formaba parte de la acción descrita, y sus vacilaciones revelaban una enternecedora vulnerabilidad: a los muy señores académicos también les temblaba el pulso cuando se trataba de escribir.

Horas más tarde, María se masajeó las articulaciones rígidas, los callos en las yemas, y se quedó mirando el lápiz con el que prefería trabajar cuando aún no estaba segura. Ese afán artesano y su precariedad se parecían a su idea del lenguaje. Las frases borradas le hervían en los párpados. Entonces creyó dar con la fórmula que buscaba. Renunció a la exhaustividad en favor de una síntesis radical y una imagen concreta. «Representar sonidos o expresiones con signos dibujados». Eso fue todo. La escritura era también una aventura gráfica.

Releyendo la frase que acababa de anotar, descubrió que estaba formada por un endecasílabo y un heptasílabo. Lo tomó como un regalo del ritmo y no la tocó más. Sólo añadió dos ejemplos de uso transitivo e intransitivo. *No sabe escribir.* Porque nadie sabía. *No sabe escribir su nombre.* Porque ese había sido el país de su madre y el suyo.

Español. A propósito del idioma, la Real Academia aprovechaba para presumir de antiguas colonias. "4. Lengua española, originada principalmente en Castilla, y hablada también en casi todas las repúblicas americanas, en Filipinas y en muchas comunidades judías de Oriente y del norte de África". La vana enumeración la desconcertó. ¿Acaso nadie podía hablar el idioma de Cervantes en otros sitios jamás conquistados por la corona española?

María prescindió de los despliegues navales. Para bien y para mal, significara lo que significase, ella sin duda lo era: española en el sentido más desamparado del término.

Su patria era más bien esa pequeña tribu que la llamaba abuela, madre, tía, hermana, amiga. Un círculo dibujado por sus seres queridos y por gente que no estaba. El lugar de Mati y Quique. El de Angelina y *Maruxa*. El de Carmen y Amanda. El de Dámaso y Lorca. El de María Zambrano, que había sido consejera de la Infancia Evacuada, y de Juana Capdevielle, a la que no habían dejado parir. El de sus hijos crecidos. El de su madre muerta.

Como era un país que enterraba mal, todo lo que moría en España resucitaba tarde o temprano. Junto con Isabel García Lorca, sus amigas Pilar Lapesa y Consuelo acababan de refundar la Asociación de Mujeres Universitarias, intercalando por si acaso en sus siglas una patriota *E*. La Asociación *Española* de Mujeres Universitarias había tenido antes otros nombres, igual que los sinónimos encuentran su camino.

María se unió al grupo, aunque apenas asistía a las reuniones: su diccionario la reclamaba, la dispensaba y (¿por qué no?) la protegía. Carmina y su sobrina Emilia se pusieron impertinentes.

—Tía, no faltes tanto.
—No es una escuela, querida.
—¿Nos ayudas con la correspondencia?
—Es que voy atrasada con las fichas.
—Mamá, tengo una frase para tu diccionario: *¡nadar y guardar la ropa!*

Quien más la preocupaba era Quique. María no estaba segura de si había envejecido de golpe o si sólo ahora aceptaba su edad. Su hermano mayor, que encogía en Zaragoza. Atrapado en un colegio que detestaba, llegando como podía a fin de mes. Rodeado de penumbra y ceniceros. Masticando silencio en el sofá. Perfeccionando los ceros que expulsaba por la boca. Evitando con cualquier excusa las comidas familiares e incluso las discusiones políticas. Esto último, según Emilia, era lo más inquietante de todo.

Aparte de las visitas de su hija, que le besaba la calva, abría las ventanas y vaciaba los ceniceros, sus únicos momentos de animación eran sus clases particulares de Matemática. Recibía a adolescentes de clase trabajadora, invariablemente más altos que él, atormentados por la reválida para el Bachiller Elemental. No les cobraba un céntimo. Quique trazaba cifras y signos veloces, mientras les hablaba con esa voz de asma que le daba un eco trascendente.

—¿Está claro?

Y, en cuanto aquellos muchachos asentían muy serios, él les repetía otra vez su explicación.

Desde que su esposa había caído enferma, María y Mati conversaban a menudo sobre la situación de Quique. Le ofrecían ayudas que él rechazaba, entre toses, con el orgullo de siempre.

—Pero si somos hermanos.

—¡De sangre, no de clase!

Las cosas marchaban mejor para Mati. Después de soportar una excedencia de tres cursos sin derecho a salario, había sido admitida como investigadora en el Consejo Superior de Investigaciones Científicas, donde convivían disidentes discretos y delatores profesionales. También había logrado recuperar su puesto de profesora de Geografía e Historia. A su marido, sin embargo, seguían sin concederle plaza en la capital: peregrinaba de una vacante a otra, intentando acercarse a la familia.

Convencida de que cualquier manual era una forma de sumisión, Mati redactaba sus propios contenidos. En vez de exigir listas de ciudades, climas o accidentes geográficos en los exámenes, les preguntaba a sus estudiantes por sus casas. ¿A qué hora daba el sol en las ventanas de sus cuartos? ¿Qué orientación tenían? ¿Hacia dónde podrían viajar en esa dirección? María leía con estupor las meticulosas investigaciones de su hermana sobre militares en Bolivia o cronistas del Río de la Plata. Mati se documentaba fervorosamente para aquellos artículos, como si, en algún archivo remoto, su padre todavía las aguardara.

No podía quejarse del destino de sus hijos. Enrique vivía entregado a su vocación, tan lejos como a salvo de su tierra. Fer había empezado con buen pie (qué curiosa esa frase en singular: los hablantes cojeaban) su profesión de arquitecto. Carmina trabajaba de maestra, llenándola de orgullo materno y también de nostalgia. Pedrito, por su parte, acababa de obtener su título de ingeniero industrial. Y de salir de la comisaría.

Lo habían arrestado por reparto de panfletos y participación en contubernios socialistas. A pesar de su angustia, María no pudo evitar un amago de carcajada frente al término *contubernio*. Considerando los antecedentes de su esposo, acudió sola a la cita con el juez, caballero de impecable fascismo y perfecta prosodia.

—Eso es todo, señora. Puede retirarse.
—Muy agradecida, su señoría.
—Y que su hijo se ande con cuidado.
—Muy honrada por su consejo, señoría.
—Vaya con Dios.
—Una cosilla más, señoría, con su venia.
—Diga, diga.
—¿Sabe de dónde viene la palabra *cuidado*?

Pensaba en sus nietas: las mayores estaban empezando a hablar. Imaginó una extraña sincronía entre el balbuceo de esas criaturas y el deletreo de su diccionario. ¡Abuela ya! Aquel prodigio cronológico ponía a rodar de nuevo los roles. El tiempo que no había dedicado a sus hijos iba a parar a sus nietos, jugaba con unos a través de los otros.

—Abuela, me aburro.

La patria de sus nietos. Esa que ojalá aprendieran a nombrar sin dolor, a boca llena. La que ella no vería.

> **Exilio.** En latín, exiliarse significaba *saltar afuera*. Antes de que te empujaran. Aquí la Real Academia Española se mostraba repentinamente sucinta. *Exilio* remitía a *destierro*, y eso era todo. Ni una palabra más. En el docto diccionario, siempre tan abundante en derivaciones, el vocablo *exiliado* ni siquiera existía.
> María se armó de valor y desplegó una serie completa contra aquella omisión. Fue incluyendo, una por una, las variantes *exiliado, exiliada; exilado,*

exilada; exiliar, exiliarse; exilar, exilarse. Después se permitió especificar: «En especial, el impuesto a la persona de que se trata por las circunstancias de su país y, más particularmente, por las persecuciones políticas».
Insistió, ya que estaba, en el diptongo. «Desde la terminación de la última guerra civil española», puntualizó, «eran corrientes las formas *exilado, exilar, exilarse*». De hecho, aparecían a menudo en las cartas que recibía desde México, Francia o Argentina. «Tampoco sería de extrañar que siguiesen coexistiendo», concluyó, «sobre todo en Hispanoamérica y entre las personas para las que esta palabra está cargada de significado afectivo».
Gracias a las confidencias de sus amigos Dámaso y Lapesa, ella sabía que en la institución se planteaban reconocer por fin las formas derivadas de *exilio*. Le pareció justo señalar que esa decisión llegaba tarde no sólo con respecto a la evidente realidad, sino también al uso cotidiano del idioma en ambas orillas. Quienes recomendaban no politizar la lengua solían hacer justo lo contrario, avalando silencios y promoviendo olvidos. Si nombrar con propiedad constituía una actividad sospechosa, entonces la lexicografía se merecía pasar enterita a la clandestinidad.

Flaquear. Había noches de un desaliento proporcional a su ambición. Y no dormía porque no encontraba soluciones, y no encontraba soluciones porque no dormía.
Un jueves de madrugada, consumida por sus esfuerzos y por las perspectivas de un proyecto que en lugar de avanzar se le volvía inabarcable, María se desahogó en una entrada secundaria. No le importó sonar reiterativa: así era la impotencia, una reiteración insoportable de sí misma. «Mostrar debilidad. Estar a punto de fallar la resistencia física o moral de alguien: *Me flaquean las fuerzas. Flaquea su voluntad*. Mostrar falta de energía, entereza o valor. Ver: *Abatirse, Aflojar... Caer, Ceder, Cejar... Debilitarse, Decaer, Desanimarse... Rajarse, Recular, Rendirse...*».

Era invierno. Su cabello se había vuelto frágil e irradiaba un resplandor gris. No pensaba teñírselo ni loca.

—¿Para qué voy a andar perdiendo tiempo en una peluquería?

—Tú nunca has ido a la peluquería, mamá.

Le dio la espalda a Carmina y se leyó en el espejo. La frente se le había llenado de renglones. ¿Y si se dejaba un poco de flequillo? ¿Dónde estaban sus pómulos?

María arrugó el ceño para apreciar mejor los detalles. Lo primero que vio fue, precisamente, su ceño arrugado. Ya se lo decían desde niña, que no lo frunciera tanto. La hacía parecer más vieja. O más sabia. Bah: vieja.

—Abuela, ¿me lees un cuento?

—¿Y si me lo lees tú?

—Es que me da pereza.

—A ver, tesoro, dime otra palabra que quiera decir *pereza* y te lo leo.

—Déjala tranquila, mamá, es una niña.

Más vieja.

No era sólo un problema de tiempo, también de espacios. La ciudad y las casas estaban transformándose. Pero, igual que su cara frente al espejo, hacía falta mirarlas con atención. En las tiendas ya no se preguntaba qué quedaba: ahora se elegía. Resonaba en el aire una música estridente, herejías anglófonas toleradas por la dictadura, y hormigueaba el turismo. Deseos extranjeros que traducían los propios.

Las cartillas de racionamiento habían desaparecido y, con ellas, toda una economía lingüística, cierto pudor para nombrar los alimentos. La jerga del consumo venía a discutir la gramática del ahorro y los campos semánticos del sacrificio: la juventud se había hartado. Para sus propios hijos —en especial Pedrito y Carmina, que apenas tenían recuerdos en primera persona— la guerra empezaba a sonar lejana y molesta, como una corriente fría filtrándose por una ventana que ya iba siendo hora de cerrar.

En la casa de la calle Don Quijote las puertas no se movían. A María le daba gusto, y una pizca de escalofrío, que todo siguiera exactamente donde lo había dejado. Sólo quedaban rastros de Pedrito, que andaba haciendo planes para irse. Salvo los regresos de Fernando los fines de semana, estaba acostumbrándose a vivir en su cabeza, con el runrún del lenguaje. Aquella soledad temida y deseada, ¿tendría algo que ver con la felicidad?

> **Felicidad.** Había palabras en las que nadie confiaba. El recelo que despertaban no era menor que la dificultad para definirlas. En su opinión, los conceptos referidos a las emociones solían subestimarse o, peor todavía, sobreentenderse. María releyó la descripción académica de *felicidad*, que en cualquier otra fuente habría sido acusada de materialismo. "Estado de ánimo que se complace en la posesión de un bien".
> Al tantear su propia fórmula, comprobó que el asunto se las traía. Pensó en sus experiencias y en las de su gente. Trató de identificar algún patrón común. «Situación del ser para quien las circunstancias de su vida son tales como las desea». Cuestión de expectativas, más que de realidades.
> Pero ¿y si consistía justo en lo opuesto, en aceptar que la vida jamás era como se deseaba? ¿No estaban las circunstancias condenadas a lo efímero, igual que los ánimos felices? Qué dolor de cabeza. Por no hablar de la cintura. Agregó por si acaso: «Estado de ánimo circunstancial...».
> Y la felicidad se le siguió escapando.

Si felicidad era mucho decir, su primera alegría de posguerra tuvo la forma de una casita blanca.

Exprimiendo los ahorros familiares, habían logrado comprar una pequeña finca en la tierra natal de Fernando. María se quedó prendada del paisaje y, en particular, de un rincón en el jardín.

—¿Qué te parece, querida?

—Esa mesita de ahí es mía.

En aquel remanso de piedras solares, terrenos colorados y verdes reflexivos se sentían a salvo. ¿De qué? De demasiadas cosas. También consideraron los factores estratégicos: un refugio cerca del mar era el mejor reclamo para atraer a la familia, cada vez más dispersa.

Pasaban cada verano, sin falta, en La Pobla. Sus muros blancos devolvían la luz del mediodía y refrescaban el interior. Los árboles hacían abanicos por las tardes. La brisa transportaba un travieso aroma a higos. Estaban a suficiente distancia de la costa como para darse buenos paseos y mantenerse al margen del barullo turístico.

Echando unas colchonetas en el comedor y apretujando un poco a los niños —que lo festejaban ruidosamente— cabía su tribu, la de Mati y, cuando lograban arrancarlo de su guarida, incluso la de Quique. En ese caso tres o cuatro primos debían dormir en la cochera, privilegio por el que se peleaban.

El sabor de las frutas de La Pobla era distinto: provenían del huerto que fueron cultivando con la ayuda de un grupo de labriegos locales. María y Fernando las recogían con devoción en sus cestas de mimbre, rodeados de esas vocecillas que les endulzaban la temporada.

—Están podridas, abuela.

—Puaj. Qué asco.

—Tienen bichos.

—Hace mucho calor.

—Me ha picado algo.

—¿Y no podemos ir a comer a la ciudad?

Les habían vendido la casa sin mobiliario, lo cual le permitió a María ejercer su forma preferida de orden: el vacío. Mantuvo un estricto control sobre cada cachivache que entraba. Sólo en materia vegetal relajaba su código espartano. En sus primeros viajes a Tarragona, acumuló montones de macetas y herramientas de jardinería. A Fernando le tocó transportar las más pesadas.

—Si quieres una selva, nos vamos a Costa Rica.

Los veranos en La Pobla parecían suceder en otro tiempo, en una especie de paréntesis que les devolvía, por unas semanas, la posibilidad de reescribir la realidad. Según María, eso tenía efectos estimulantes en su diccionario.

Eso y, bueno, que iban con Benedicta. Siempre tan dispuesta en vacaciones. A cambio de una modesta paga extra, claro. Sólo faltaría.

Con los años, La Pobla se convirtió en el único punto donde confluía su prole. Enrique y compañía llegaban desde Washington y, más tarde, Quebec. Antes de emigrar a Londres, Fer compartía transporte con Carmina, hasta que su hermana se mudó a Ginebra. Pedrito viajaba desde San Sebastián, después Barcelona... María se moría de ganas de que llegasen y, a la vez, sentía un oscuro alivio cuando se marchaban y la dejaban con su diccionario.

Se levantaba más ansiosa que la luz.

—¿Ya? ¿En serio?

Se levantaba más ansiosa que la luz, rodeaba la silueta adormecida de Fernando, salía al jardín y comprobaba que las palabras estaban bien despiertas. Aseguraba con piedras sus papelitos. Se ponía a mecanografiar entre pájaros, que piaban sílabas como locos, hasta la hora del almuerzo. Esbozaba una siesta, pasaba su mente a limpio y volvía a sentarse hasta el atardecer. Entonces se revolcaba por ahí con los enanos, si sus huesos se lo permitían.

El incansable ejército de criaturas pululaba alrededor de su mesita. Una sobrina brincaba dando aullidos. Y ella tecleaba. Otra le lanzaba una pelota a la cabeza. Y ella tecleaba. Un nieto venía a esconderse entre sus pies. Y ella tecleaba. Otro se echaba a llorar porque la pelota era suya. Y ella tecleaba. De vez en cuando alzaba la vista, asentía ante algún comentario que apenas había oído y seguía tecleando.

Para María, *vacaciones* significaba trabajo voluntario. Regresaba a Madrid sin haberse probado el traje de baño.

Aprovechaba el contexto para abordar entradas como *pez*, *planta* o *mar*, con tiempo para el estudio de sus referentes.

Ella no era la única que respiraba en La Pobla: ahí reaparecía la versión risueña de su marido, y María se daba cuenta de cuánto la había extrañado. Fernando se decidió a comprar un piano de segunda mano, con el que entretenía al niñerío recordando viejas melodías. Había dejado de tocarlo poco después de casarse.

Cuando el griterío ahogaba la concentración, Fernando sacaba las bicicletas, organizaba una excursión a la playa y anunciaba misteriosos experimentos con baldes.

—¡Vamos, exploradores, vamos! Dejemos trabajar un ratito a la abuela.

—El mar da miedo, abuelo.

—Pues entonces vaciamos el mar y nos quedamos con la arena. ¡En marcha!

A semejanza de los baldes, aquellas muestras de generosidad contenían sus impurezas: Fernando hacía todo lo posible para que ella acabara, que ya iba siendo hora de prestarle un poquito de atención. María tenía la impresión de que sus fichas la invocaban como un coro desquiciado, de que cada palabra resonaba al unísono. Ni siquiera el silencio le daba tregua, era el medio en que flotaban las próximas frases, otra hoja en blanco.

—Dios mío. Creo que necesito ayuda.

—Me alegra que lo digas. No tiene nada de malo pedir ayuda cuando la necesitamos, querida. Conozco a excelentes profesionales que te...

—¿Pero qué dices, hombre? ¡Me refiero al diccionario! Estaba pensando en escribirle a Rosa.

—Coñac, voy a ver si queda coñac.

Al final acabaron localizando a Rosa. María la invitó a pasar unos días de sol en familia, si no tenía otros compromisos. Su colaboradora, que la conocía bien, prefirió ir al grano y mencionó un monto por página. Acordaron que trabajaría por las mañanas y que después sería una huésped más de la casa.

—Voy para allá, *tovarich*.

Desde aquel año, Rosa se sumó a los veranos en La Pobla. Madrugaba mucho y hablaba poco. Su eficacia sólo resultaba comparable a su apetito. Cuando aflojaba el calor, bajaba a la playa con su hermana y perfeccionaba el ruso de su sobrina Matilde. Se retiraba en cuanto terminaba la cena. Más de una noche, María creyó escucharla sollozar al fondo. A la mañana siguiente, solía declarar que no había dormido bien y había aprovechado para adelantar trabajo.

María volvía de sus vacaciones extenuada y satisfecha. Plusvalía de agosto, la llamaba. Viendo que el diccionario parecía resistirse a cualquier forma de cierre, enroló también a su sobrina Laurita y a sus nietas mayores. Por cada diez fichas que copiaran con buena letra, ella les regalaba una moneda. Con la condición de que no se lo contasen a papá ni a mamá, claro.

—Así nos gusta, chicas, ¡ayudando a la abuela!

—Eso, eso.

Izquierdo, -a. ¿Tenía que ver con la movilidad lateral? Tenía. ¿Era una mano? Era. ¿Algo más? No gran cosa: según la Academia, en cuanto a preferencias políticas, "la más exaltada y radical de ellas, y que guarda menos respeto a las tradiciones del país". ¿De qué país? ¡De todos, todos!

María redactó su versión y, en una de las últimas acepciones, introdujo un cauteloso matiz. «Sector político de ideas más progresivas». En fin. Poco a poco.

Libre. Una ráfaga de belleza en el diccionario oficial la despeinó de entusiasmo. "Que tiene facultad para obrar o no obrar". ¡La libertad de *no* hacer! Lo que leyó más abajo la defraudó. "4. Licencioso, insubordinado". "6. Disoluto, torpe, deshonesto". Tampoco faltaban las insinuaciones disuasorias ("Estado del que no está preso"), ni las advertencias para la descarriada juventud (*A los jóvenes les pierde la libertad*).

María aprovechó para deslizar en su ficha otros simpáticos ejemplos. *Estuvo en la cárcel, pero ya está libre. Los pájaros viven libres*. Confiaba en que el lirismo del segundo le diera un aire casual al primero. Como nunca estaba de más insistir, improvisó un par de nuevas acepciones. «Se aplica a la persona, nación, etcétera, que no está bajo el dominio de otra o sujeta a obediencia de otra. *Un país libre*». ¿Quedaba claro? Bueno, por las dudas: «Se aplica a los países donde sus ciudadanos disfrutan los derechos que en los países no totalitarios les conceden las leyes». Redondeó su parte con un ejemplito antónimo: *Esclava de su casa*.

Cotejando ediciones, María descubrió que la definición de *libertinaje* llevaba intacta desde los tiempos de la Inquisición. "Desenfreno en las obras o en las palabras". ¿Pecar de palabra? ¿Libertinaje verbal? Su viejo amigo Buñuel habría contestado que por supuesto.

—Nunca mejor dicho, eso es todo. Muchas gracias.

Cuando Fernando terminó de pronunciar estas palabras, que no sólo clausuraban sus lecciones en la cátedra de Ciencias, sino más de cuatro décadas de vida académica, el silencio quedó como adherido al techo. Era una mañana fría de octubre que oscurecía prematuramente. Tratando de sonreír, María recordó la primera conferencia que le había escuchado a su futuro novio, en una edad y un contexto tan lejanos que le parecieron una ficción.

Fernando plegó sus lentes y recogió sus cosas con aparente normalidad, quizá con excesiva lentitud. No daba la impresión de estar muy conmovido. O, igual que esos sistemas de vasos comunicantes que solía dibujar para sus nietos, le había transferido su reacción a ella. La miró a los ojos un momento, parpadeando, y bajó del estrado para recibir las felicitaciones.

Había asistido a su despedida un puñado de colegas; el Magnífico y Superlativísimo rector de la Universidad de Salamanca, entre otras autoridades que María no supo reconocer; y un número inusual de estudiantes, cuyos aplausos fueron los primeros en retumbar.

También habían venido Eulalia y Dámaso, que andaba preparando una conferencia que daría allí mismo. Le confesó a María que planeaba una panorámica de los aniversarios de Góngora. Eso implicaba confrontar el centenario de su muerte —que el propio Sito había celebrado junto a Lorca y compañía en el ya inimaginable año 27— con el de su nacimiento, que estaba conmemorándose treinta y cinco años después. Ella no pudo dejar de interpretarlo como una oblicua denuncia. Eso era tan Dámaso: huía de la política para tropezar con ella.

Superada la retahíla de saludos, su marido se le acercó sosteniendo una mueca que iba de la satisfacción al desconcierto. Ella lo besó en los labios y sintió el latido de su bigote. Su última lección había versado sobre los límites del conocimiento. Ahora esos límites, pensó María, se pondrían íntimamente a prueba.

Según le repetían sus colegas palmeando su encorvado traje, Fernando ya era libre. «Que tiene facultad para obrar o no obrar». No necesitaría enfrentarse cada mañana a un rebaño de blablá, ni padecer esas burocracias que, siendo sinceros, se habían vuelto insufribles. ¿Sí o no? ¿Eh? ¡Qué envidia les daba! Por fin disfrutaría de su tiempo y su familia. Afortunado él. *Esclavo de su casa.* ¡Quién pudiera! Con todas sus palmadas en la espalda.

—¿Alguien tiene un cigarro?
—Pero si tú no fumas.
—Nunca es tarde, querida.

Después de jubilarse, Fernando se dio el capricho de comprarse un piano nuevo, que acomodó frente al espejo del comedor. Lo tocaba con entusiasmo y extrañeza, vigilando su reflejo.

María se alegraba de tenerlo ahí, roncando a su lado, desordenando la ropa, hablándole. Todos. Los. Días. Debía confesar que había perdido la costumbre. Lo sintió como el regreso de un invasor amado.

Fernando decidió escribir un libro de divulgación, o mencionó varias veces el deseo de hacerlo. Entraba a su despacho, merodeaba entre sus papeles, se sentaba un rato frente a la mesa y volvía a salir. Presumía de su tiempo libre y no sabía muy bien qué hacer con él. Se instaló en una especie de bienestar perplejo.

—¿Sabes qué? El tiempo libre empieza cuando ya no te queda tiempo.

Él había imaginado una vejez viajera, social, repleta de actividades. En vez de compartir esas salidas, al volver del trabajo ella se recluía en su obsesión sin fondo. Su esposo empezó a transmitirle algo más que comprensión.

—El año que viene iremos, el año que viene iremos, ¡el año que viene estaremos bajo tierra!

María no estaba segura de cómo responder a los arranques de cólera de Fernando, que se alternaban con la valiosa ayuda que le prestaba en las revisiones o ejerciendo de filtro ante cualquier compromiso que pudiese distraerla. Algunas amistades cuestionaban su aislamiento. Cruzarse de brazos en una oficina hasta el anochecer se consideraba respetable, pero trabajar seriamente en casa merecía toda clase de suspicacias.

Cumplida ya una década de fatigas, a medida que se asomaba al final de aquella locura, más demandante se ponía la editorial, más ansiosa ella y más irritable su marido. ¿Le estarían afectando también a él los altibajos del proceso? ¿O le dolía verla entregada con pasión a su proyecto, mientras Fernando apenas lograba sentarse a escribir?

Por suerte, su antiguo carácter socarrón resurgía de pronto, tan reconocible como la marca de los lentes en su nariz.

—Como me muera sin verlo terminado, te juro que te mato, tesoro.

Matrimonio. La Academia parecía convencida de que se trataba de una unión "concertada de por vida". Ella no estimaba imprescindible la cadena perpetua. Recordando la incomodidad de su esposo frente al cura, se limitó a apuntar que la unión quedaba «legalizada con las ceremonias y formalidades religiosas o civiles establecidas».

Mujer. Para la Academia, "la que ha llegado a la edad de la pubertad". Este criterio de apariencia biológica no se aplicaba igual al sexo masculino, que tenía derecho a otro tiempo de maduración hasta alcanzar la condición de *hombre*: "el que ha llegado a la edad viril o adulta". Pensó que semejante asimetría entre adultos y púberes resumía ciertos hábitos ancestrales, por no decir muchos matrimonios. Anotó en una ficha su versión de *mujer*. «A diferencia de *niña*, persona hembra adulta».

¡Qué manantial de proverbios que ya nadie decía! María se quedó admirada por la buena memoria de la institución. El diccionario rebosaba de saber popular, convenientemente glosado para garantizar su pedagogía.

"*A la mujer casada, el marido le basta*. Refrán que da a entender que la mujer buena no debe complacer sino a su marido". (La mala mujer nunca entendía). "*A la mujer loca, más le agrada el pandero que la toca*. Refrán que censura en la mujer el afán inmoderado de divertirse". (Nada como las diversiones moderadas). "*Con la mujer y el dinero no te burles, compañero*. Refrán que enseña el recato y cuidado que se debe tener con el uno y con la otra". (¡Ojito con lo que se guarda en casa bajo llave!). "*La mujer algarera, nunca hace larga tela*. Refrán que advierte que la mujer que habla mucho, trabaja poco". (Si no era mucho hablar, ¿qué hacían esas comas entre sujeto y predicado?). "*La mujer honrada, la pierna quebrada y en casa*. Refrán que aconseja el recato y recogimiento que deben observar las mujeres". (Honradez, amor y traumatología). "*La mujer y la tela, no la cates a la candela*. Refrán que enseña la precaución con que uno ha de escoger estas cosas para no quedar engañado". (Escoger. Cosas). "*La mujer y la pera, la que calla es buena*. Refrán que alaba el silencio en las mujeres". (Y el milagro de las peras parlantes). "*La mujer y la*

> *sardina, de rostros en la ceniza*. Refrán que recomienda a las mujeres las ocupaciones domésticas propias de ellas". (Y a las sardinas, fregar los platos donde serán ingeridas). "*Yendo las mujeres al hilandero, van al mentidero*. Refrán que advierte que cuando se reúnen muchas mujeres, suelen hablar mucho y con ligereza". (Hasta ahí podíamos llegar: ligeras y, para colmo, ¡muchas!).
>
> María detectó una omisión sorprendente en aquel minucioso catálogo, si es que sus redactores habían ido alguna vez al cine. Se complació en remediar este pequeño olvido. «*Mujer fatal*. Mujer coqueta que se divierte enamorando y haciendo padecer a los hombres».
>
> En vez de la supervivencia material, a las putas académicas las movía la lujuria, de la que por supuesto carecían sus clientes. Así, *ramera* venía a ser "mujer que hace ganancia de su cuerpo, entregada vilmente al vicio de la lascivia". María se inclinó sobre la mesa. Prefirió describirlas antes que juzgarlas. «Mujer que hace profesión de entregar su cuerpo por dinero».
>
> Contempló sus tachaduras y garabatos. Rozó el teclado tibio de su máquina. Decidió cerrar la entrada con un breve panorama fraseológico. «*Mujer de mala nota*. Prostituta. *Mujer de mala vida*. Prostituta. *Mujer perdida*. Prostituta. *Mujer pública*. Prostituta. *Mujer de vida alegre*. Que se comporta irregularmente en sus relaciones. Ver: *Escaldada; Furcia; Mujer libre, licenciosa, mala, mundana, viciosa; Pécora; Prójima; Suripanta; Tuna*. Prostituta».
>
> A punto estuvo de certificar este último vocablo como sinónimo de *mujer*, pero contuvo su entusiasmo.

Procuraba aprovechar cualquier momento para ganar una palabra. Una tarde, bien pasado el horario de salida en la mansa biblioteca de la Escuela de Ingenieros, con las fichas desparramadas por todo su despacho, la interrumpió el teléfono. Al descolgar, María se topó con un tonito que conocía de sobra.

—Ay, querido, no sé si me dará tiempo. Aquí nos tienen con los informes anuales. Una cosa pesadísima. No, no puedo negarme. ¿Qué te piensas que es esto, un sindicato? Ya. Tienes razón. Pero voy atrasadísima, qué quieres.

Por eso. Entiendo. Sí, sí, mejor empieza tú. Yo qué sé, algo habrá en la nevera. Y si termino antes, te llamo y...

Al alzar la vista, María descubrió la silueta sibilante de Rosario Vílchez, que llevaba ahí, enmarcada en la puerta, desde quién sabía cuándo. Se despidió de Fernando y colgó. Rosario torció la boca sin llegar a sonreír.

—Disculpe, doña María. Como era tan tarde, creí que se había ido.

—Dudo que pueda irme sin que te enteres, querida.

—Yo también lo dudaba.

María clavó sus ojos cansados en los de Rosario. Su secretaria le devolvió una mirada poderosamente plana.

—¿Puedo ayudarte en algo?

—Eso mismo iba a preguntarle.

María salió huyendo. Decidió, ya que estaba, darle una sorpresa a su marido. Le diría que había pensado mucho en sus palabras y lo echaba tanto de menos que había abandonado sus obligaciones.

A la tarde siguiente, mientras se dirigía al lavabo, empezó a sonar un teléfono. María supuso que se trataba del suyo: a esas horas, ella era la única que seguía trabajando allí. Resopló. La llamada insistía. Renunció a atenderla. Vio a Rosario cruzando el pasillo como si patinase. Le pareció que sus piernas eran más musculosas de lo que recordaba. Su peinado flotaba igual que una medusa.

La vio meterse en *su* despacho, invadiéndolo con la mayor naturalidad, y la oyó descolgar el teléfono. Como ya no podía impedir la intrusión, María optó por espiar a su espía.

Por sus primeras respuestas, sospechó que hablaba con Fernando. Lo confirmó en cuanto Rosario empezó a susurrar con una dulzura desconocida. No parecía dispuesta a decirle que lo llamarían lo antes posible ni a tomar nota de ningún mensaje. Evidentemente, su secretaria tenía otros planes.

María se acercó con sigilo y se detuvo a un paso de la puerta.

Escuchó estupefacta cómo Rosario le mentía a Fernando, asegurándole que, por orden del señor Suanzes, la señora Moliner se había quedado revisando unos documentos urgentes. De hecho, ella acababa de mecanografiarlos. Todas las tareas, le explicó, se habían demorado bastante debido a las reuniones de final de curso.

—Le agradecemos su comprensión, señor.

Ni ella misma habría sabido engañar mejor a su esposo.

Cuando colgó el teléfono, Rosario se volvió hacia ella, la miró con desdén y se retiró sin hacer comentarios.

A la mañana siguiente, María dejó sobre el escritorio de Rosario un pastelito casero que su secretaria no se molestó en probar.

Orfandad. A veces recordaba, o creía recordar, la voz de su padre. Honda, algo asmática, hablándole al oído. Insistiéndole en estudiar mucho, en la recompensa de algún pastelito si sacaba buenas notas.

¿No era un consuelo que un sentimiento tuviese nombre? Una palabra precisa no se limitaba a definir la emoción: ayudaba a sentirla. "Estado en que quedan los hijos por la muerte de sus padres", leyó en su diccionario de referencia, "o sólo del padre". Quienes perdían sólo a su madre, ¿en qué estado quedaban, si podía saberse? María desenvainó la pluma de su progenitor y estrenó la ficha de *huérfano*, ahora referida «a quien se le ha muerto el padre, la madre o ambos».

Padre. Hizo algunos ajustes y tecleó la nueva versión. (Alguien se removió a lo lejos. Una tos atravesó el corredor). Le pareció razonable postergar un poquitín el sentido religioso del término, "primera persona de la Santísima Trinidad", antes en un lugar preferente. (Crujieron los goznes, sonó el agua del baño). Deslizó una minúscula maldad a lápiz. «Hombre o cualquier otro animal macho, respecto de sus hijos». (Unos pasos desnudos pisaron el silencio). Sonrojándose, borró *otro*.

No dejó de advertir que, en los registros académicos, faltaba el *padre ausente*. Era la forma más perfecta de abandono: irse incluso del léxico. Arañó unas líneas enfurecidas. Las releyó. Las tachó y dejó el hueco. Ese hueco.

La descripción canónica de *padrazo* sugería la necesidad de los castigos: "padre muy indulgente con sus hijos". María sintió que su marido se merecía un reconocimiento y enmendó el adjetivo. «Padre muy cariñoso...». (Los muelles de la cama resonaron y volvieron los ronquidos).

Bueno, ¿y la madre? Le pesaban los párpados. La primera acepción oficial no resultaba lo que se dice conmovedora: "Hembra que ha parido". La definición de *parir* excluía además la posibilidad de la cesárea, circunstancia habitual en un parto. En las doce siguientes acepciones de *madre*, María no encontró ni rastro de afectos o crianzas. Tampoco de mujeres nombradas como tales. Presumiendo que su diccionario lo leerían más personas que vacas, reformuló el concepto, de modo que abarcase adopciones o pérdidas. «Mujer que tiene o ha tenido hijos». Junto a *padre de familia*, aportó *madre de familia*. (Hubo un hiato en los ronquidos, los muelles protestaron, ella se quedó quieta).

La docta institución identificaba la maternidad con la Biblia. "Tiene uso principalmente hablando de la Santísima Virgen. *La maternidad no destruyó en María la virginidad*". Consideró edificante aclarar en qué consistía una *casa de maternidad*. «Nombre de algunos establecimientos destinados a la asistencia médica a mujeres embarazadas, parturientas y lactantes». Dos de esos tres estados faltaban en el vocabulario de la Academia, donde se paría por arte de magia.

Los goznes crujieron. La nariz de Fernando asomó, iluminada.

—¿Todavía despierta?

En la mesa del comedor: encima y debajo. En cada hueco libre de la cocina. En estantes, armarios y cajones. En el baño, nunca muy lejos del retrete por razones estratégicas. En los apoyabrazos del sofá. En cajas, por qué no, a los pies de las puertas: les servían de freno. En cualquier parte, en todas, María almacenaba fichas. A menudo ni siquiera recordaba haberlas dejado ahí. Su aparente reproducción espontánea le parecía un misterio. Descubrió más de una entre las sábanas, como si ella misma las hubiese parido en camisón.

Los últimos esfuerzos frente a su hormiguero verbal le estaban resultando particularmente desesperantes. Ya conocía esa sensación de que, al acelerar, su meta se alejaba y los agujeros se expandían. Su perfeccionismo no dependía de los resultados, sino de una mirada agónica sobre el propio camino.

Pero, en el caso de aquel mastodonte, lo peor eran las consecuencias retroactivas de su crecimiento: modificar una parte o introducir cualquier mejora implicaba revisar un número insensato de fichas de la A a la Z, desde el principio hasta lo que no tenía fin. Su marido intentaba animarla hablándole de progresiones geométricas, series de rendimiento decreciente y tendencia convergente.

—Tus matemáticas dicen una cosa y mis huesos, otra.

Incapaz de autoengañarse con los cálculos, Fernando pronosticaba cuántos cientos de horas de suplicio les quedaban. Controlaba regularmente el volumen de fichas. Y se detenía, poniendo cara de indiferencia, a ojear las más recientes.

Fiel a su costumbre de entreoír los diálogos ajenos a través de las puertas, María comprobó que su marido tampoco había interrumpido sus informes.

—Te lo juro, ¡tu madre ha vuelto a la A! Si seguimos así, yo me largo a La Pobla.

Igual que Eulalia o Carmen necesitaban averiguar el título de sus libros antes de escribirlos, a ella le resultaba impensable terminar uno sin dedicatoria. Barajó la posibilidad de nombrar a cada miembro de su familia, a modo de broma, en orden alfabético. Fernando la hizo cambiar de idea.

—No hace falta que pongas mi nombre, querida. No quiero ningún protagonismo.

O bien, pensó María, lamentaba no haberlo tenido.

Así que la dedicatoria estaba decidida: *A mi marido y a nuestros hijos les dedico esta obra terminada en restitución de la atención que por ella les he robado*. La prefería así, sin comas, como una exhalación final.

Una noche, de puro impaciente, se le escapó la frase mientras cenaba con Fernando. Al otro día, ya no quedaba nadie sin opinión al respecto. Carmina le dijo que esa dedicatoria era injusta con ella misma. Fer se pronunció con su habitual vehemencia.

—¿Pero de qué atención hablas? ¡Si teníamos como veinte años cuando empezaste!

—Y qué pasa, ¿que a los veinte no necesitas madre? Echando aliento en los lentes, su esposo discrepaba.

—Pues a mí, qué quieres que te diga, no me parece tan mal.

En realidad, ella había estado presente: su diccionario era una casa dentro de la casa. En su interior circulaba un sentido familiar, comunitario de las palabras. Y las palabras que compartían raíces funcionaban igual que las personas con recuerdos y experiencias comunes. Por eso planeaba agruparlas así, afinando la inercia del orden alfabético. Sólo le quedaba convencer a Dámaso y su comité de expertos.

La lengua como cuerpo en mutación, el vocabulario como un órgano vital. María había sacrificado su primer título, *Diccionario orgánico y de uso del español*, y se había conformado con una versión abreviada. Si no, según Eulalia, se pasaría el resto de su vida aclarando lo de *orgánico*. Después de todo, *Diccionario de uso del español* no sonaba mal.

Andaba ya tomando notas para el preámbulo. Sus propósitos eran fáciles de resumir y, mucho se temía, endiabladamente difíciles de cumplir. Por un lado, deseaba unificar las novedades que había ido encontrando en diferentes diccionarios, muchos de ellos extranjeros. Que el sentido común de los hablantes, y no las ortodoxias de los especialistas, guiara la estructura del suyo.

Por otro lado, aspiraba a introducir una serie de innovaciones. La fundamental, claro, revisar, simplificar y actualizar las definiciones de todas las palabras. Ejem, ni más ni menos. Una aventura de traducción interna. Con sus incontables ejemplos prácticos, que a menudo le llevaban más tiempo que las propias definiciones, esperaba despejar dudas de gramática, contexto o construcción de frases. Descifrar el idioma y emitirlo de vuelta.

María recordó a su madre joven, con la cabeza gacha, bordando letras en la esquina de un mantel. Además del mantel, se trataba de compartir sus secretos artesanales. Por eso, en la entrada correspondiente a *bordar*, había rescatado los utensilios, técnicas y labores asociadas. El taller del verbo. Los callos de su madre.

En cuestiones fonéticas, se encomendaba a su añorado Navarro Tomás. Supuso que eso tendría su precio, como siempre que se invocaban ideas del exilio. Para asuntos gramaticales, sus referentes eran Lenz (gracias a Mati había conocido su teoría sobre el influjo del mapuche en el castellano chileno, que Dámaso consideraba aberrante) y Gili Gaya, cuyas investigaciones sobre el habla infantil la tenían enamorada.

«Me veo a mí mismo como un aspirante perpetuo a maestro de escuela», había confesado Gili Gaya al ingresar en la Real Academia. Allí había reivindicado la escucha atenta de la infancia, y se había atrevido a confirmar: «todos sabemos que las niñas, por lo general, aprenden a hablar antes y mejor». Ahora sólo faltaba que a esas niñas las dejaran hacer lingüística en paz.

En fin, calma, ya tendría ocasión de mencionarlo en ese dichoso preámbulo que...

—¿Y esa cara, querida? Te veo despistada.

—Pensaba en ti, mi vida. ¿Más pollo?

Ascendente. Una estructura ascendente, eso, formada por cadenas de palabras unidas a su base. Una especie de cometa verbal. Ese artefacto volaría, entre nubes de conceptos, hasta un cielo semántico donde cabría un solo sustantivo, *cosa*, y un solo verbo, *ser*. ¿Creía en Dios gracias al lenguaje o a pesar de él? Deliraba. Ascendente. Tenedor. Ahí arriba costaba respirar.

—¿Estás bien? Bebe un poco de agua.

—Nada, nada, una tos tonta.

Estaba también el peligro opuesto, claro. María había anotado esa expresión, *peligro del descenso*, a modo de advertencia para ella misma sobre lo que vendría después. No podía dejar de pensar en las caídas, esos bajones vitales de los que siempre huía aferrándose a algo que la desbordara y, por tanto, la ocupase por completo. Un globo demasiado inflado. Ascendiendo, ascendiendo hasta pincharse. Tenedor. Así se sostenía la estructura íntima de su diccionario, como ella la llamaba, la manera secreta en que toda escritura...

—En fin, querida, voy a echarme una siesta. Si te parece bien, puedes soltar ese vaso vacío.

Cuando el sueño la vencía ahí mismo por las noches, y el lápiz se le iba resbalando entre los dedos, la asaltaban imágenes irradiadas por su diccionario. Inmensos conos léxicos, órbitas de sentidos, olas de subrayados, redes colmadas de fonemas, panales de acepciones, abanicos de tela de araña, esqueletos de alfiler, manteles encuadernados, puntos al viento, ropa tendida entre paréntesis, signos de exclamación clavándose en la mesa, un pinchazo en la mano, otra mano familiar sacudiéndole un hombro, sus ojos en la lámpara de vidrio, la luz en la pupila, su mejilla pegada a los papeles, babeando un hilo claro sobre la última palabra.

```
     Patria. Pocas palabras inspiraban tanta palabre-
ría. Bastaba decir patria y, ¡milagro!, todo era fer-
vor. Sólo que cada cual entendía algo distinto. Sentir-
se extranjera, pensó María, tenía que ver con dudar del
habla: cuanta más atención le prestaba a su idioma, más
forastera se volvía. Pero esa distancia también formaba
parte de su identidad.
     Leyó con deleite la descripción de la Academia.
"Nación propia nuestra" (¿y ese posesivo, ese plural?),
"con la suma de cosas materiales e inmateriales, pasa-
das, presentes y futuras que cautivan la amorosa adhe-
sión de los patriotas". Hasta los patriotas futuros
nacían convencidos.
     Se propuso bajar los decibelios. «Con relación a
los naturales de una nación, esta nación con todas las
relaciones afectivas que implica». Más abajo, en el ca-
```

tálogo de términos asociados, protestó discretamente. «*Chovinismo, Patriotería, Xenofobia... Confinar, Deportar, Desterrar, Exiliarse... Ostracismo, Proscribir...*».

Poesía. A veces sospechaba que el diccionario oficial ocultaba bromas para quienes quisieran descubrirlas. No se le ocurría otro motivo para la definición de *poesía*, que perpetraba un meritorio sabotaje contra su propio objeto. "Expresión artística de la belleza por medio de la palabra sujeta a la medida y cadencia, de que resulta el verso". Sintaxis de vanguardia.

Costaba también creer que la quinta acepción, con su guirnalda de arbitrariedades, fuese otra cosa que una parodia. "Fuerza de invención, fogoso arrebato, sorprendente originalidad y osadía, exquisita sensibilidad, elevación o gracia, riqueza y novedad de expresión, encanto indefinible...".

Consumió unas cuantas noches tanteando alternativas. Buscaba una formulación lo más precisa posible, sin desmerecer su extrema pluralidad. «Género literario exquisito; por la materia, que es el aspecto bello o emotivo de las cosas; por la forma de expresión, basada en imágenes extraídas de relaciones descubiertas por la imaginación; y por el lenguaje sugestivo y musical, generalmente sometido a la disciplina del verso».

Se restregó los ojos. Tuvo la extraña sensación de estar soñando y, a la vez, muy atenta.

Estudiar cualquier cosa la devolvía al asombro infantil. O quizá nunca había salido de su infancia. Las escuelas fallaban menos por sus cuestionables contenidos que por la creencia de que la formación podía concluir. Lo había comprobado gracias a la docencia y, en los últimos años, a la abuelez o abuelidad (vocablos cuya inexistencia oficial la indignaba). Lo que aprendía su nieterío nada tenía que ver con lo que a ella le habían enseñado. Este desconocimiento permanente, que era punto de partida y de llegada, le recordaba a la poesía.

Sí, sí, pero el maldito preámbulo no le estaba quedando lo que se dice poético. ¿Se le había ido la mano? En un intento poco sutil de simplificar el tono, cambió *preámbulo* por *presentación*. ¡Qué vergüenza daba a veces escribir!

Para ser franca, tampoco le quedaba otro remedio. Aparte de una introducción al diccionario, María necesitaba callar bocas de antemano. Defenderse de todo lo que le reprocharían que no era. Doctora en Lingüística, autoridad, académica: hombre. Dámaso quiso tranquilizarla.

—Nadie va a decir eso.

Ella se preguntó si Dámaso tenía el don de pensar más allá de los prejuicios, o si no era del todo consciente de ellos.

Desconfiar de lo evidente le parecía un buen comienzo. Por eso María incluyó, desde la primera página, un pequeño cuestionamiento del más incuestionable de los dogmas. «La ordenación alfabética de las palabras», anotó, «disuelve la agrupación lógica de los conceptos». El criterio tradicional prometía una ilusión de orden que generaba otros desórdenes: no alcanzaba a organizar la realidad fuera del teclado. Las letras sueltas eran manchas, sombras, nada. ¿Qué entendimiento iba a extraerse de la mera secuencia automática de veintisiete garabatos?

Alguien podría replicarle que justo ahí, en su neutralidad, residía el sentido de esa convención, porque ninguna letra era prioritaria o superior a las demás. Pero, hecho el orden, pensó, hechas las clases. El plan A resultaba siempre preferible al plan B. Las películas de serie B no solían gozar del máximo prestigio. Si el *abecé* se consideraba indispensable en cualquier materia, el *equisigriegazeta* ni siquiera existía.

—María, ¿de verdad no vas a acostarte?

—Sí, enseguida.

—Pues yo, si no te importa, voy a sentarme aquí a desayunar.

Lo ideal, entonces, era tener en cuenta los orígenes. Ella no pretendía atiborrar su diccionario de etimologías, sólo incorporar las que sirvieran «para agrupar las familias de una misma raíz cuyos miembros se hallan dispersos». Sin un recuerdo de su pertenencia, la ordenación mecánica provocaba diásporas en las palabras, desvinculando partes de su identidad. Le parecía absurdo definir el verbo *amar* antes que el sustantivo *amor*.

¿Así que renunciaba al sistema tradicional? Para nada. Quería completarlo. «En este diccionario todo puede ser buscado alfabéticamente», aclaró por si acaso en el preámbulo, reconociendo los méritos de aquel «maravilloso instrumento». A lo mejor algún día, fantaseó mordiendo el lápiz, aparecerían otras herramientas más veloces o eficaces. Mientras tanto...

—Queda pan, leche y fruta. No hace falta que te comas los lápices, querida.

Incluso dentro del abecedario quedaba trabajo por hacer. María había diluido la *ch* y la *ll* en sus respectivas letras de referencia, *c* y *l*. Se basaba en su experiencia como bibliotecaria y en las ventajas de alinearse con los diccionarios extranjeros. Curiosamente, la Academia había aplicado este criterio hasta el siglo diecinueve, demostrando una inaudita capacidad para rectificar sus propios aciertos.

¿Quién no se había arrepentido de un buen paso? Hablar implicaba desdecirse. El léxico, pensó, era una liebre que huía de la lengua. Por eso se proponía orientar al hablante desde la palabra conocida «al modo de decir que desconoce o no acude a su mente en el momento preciso».

Para atrapar liebres, claro, no podía una permitirse rémoras. «Respetando con rigurosa fidelidad el fondo de las definiciones de la Real Academia Española», prosiguió cautelosa, «estas están por primera vez absolutamente refundidas» (pero, si estaban *absolutamente refundidas*, ¿cómo iban a mantener una *rigurosa fidelidad*?) «y vertidas a una forma más actual, más concisa, despojada de retoricismo» (cuidadito, María) «y, en suma, más ágil» (que es lo que hacía falta para perseguir liebres).

Se sintió pudorosa y audaz, atrapada entre antónimos. ¿Se había quedado corta? Bueno, un poco. «Esta reconstrucción desde la base» (adiós, fidelidad) «ha exigido la elaboración de un equipo completo de fórmulas y normas de definición» (¡allá vamos!) «para, también por primera vez, suprimir radicalmente círculos viciosos y tautologías».

Ahora la liebre era ella y corría sin mirar atrás. «En un principio se pensó tomar las definiciones del diccionario oficial de la Real Academia Española, como han hecho hasta ahora todos los diccionarios españoles, haciendo sólo algunos retoques». ¿Iba a lanzarse de cuerpo entero? Que sí, que sí.

En realidad, se había atrevido con una «reconstrucción total del diccionario». Y se le impuso «como un imperativo de honestidad intelectual» (¿sería capaz de mantener esa frase?) «aprovechar la elaboración de una vestidura totalmente nueva para que, en la estructura íntima oculta en ella, ninguna desviación emborronara su carácter». Vestiduras. Intimidades ocultas. Carácter. Estaba, por supuesto, hablando de sí misma.

María aceleró. La falta de sueño la predisponía a la temeridad. Porque todos esos puñeteros sinónimos, hablando ya de día, frente a la luz de la ventana, la sacaban de quicio. «Era necesario eliminar el procedimiento cómodo de explicar una palabra por otra que se supone equivalente». ¿En qué cabeza cabía que un diccionario eludiese su responsabilidad principal y se conformara con pasarle la pelota al vocablo siguiente? «Sumas de palabras que resultan reiteraciones ociosas y toscas, o bien aumentan la imprecisión de las explicaciones que quieren dar».

—No llegues tarde al trabajo, querida. Salgo a comprar el periódico.

Mejor se preparaba un buen café y se daba una ducha. A ver, ¿para qué demonios iba a querer un idioma veinte verbos iguales? Acomodar, agrupar, catalogar, clasificar, colocar, coordinar, diferenciar, disponer, distinguir, distribuir, dividir, enumerar, etiquetar, jerarquizar, numerar, ordenar, organizar, reagrupar, repartir, sistematizar. ¿No parecía más razonable suponer que ninguno significaba lo mismo? *Colocar* era mucho menos específico que *catalogar*. *Agrupar* representaba una acción anterior a *etiquetar* y, en el fondo, opuesta a *dividir*.

«He aquí», redactó, «un caso tomado del diccionario de la Real Academia Española. *Conculcar = infringir. Infringir = quebrantar. Quebrantar = traspasar, violar*». Nada menos que violar. «*Traspasar = transgredir. Violar = infringir o quebrantar*». María rozó la taza de café con los labios. «*Transgredir = quebrantar...*». ¡Ay! «El círculo se ha cerrado y quedan sin explicación todas las palabras que lo componen». Quemaba. La lengua.

Quienes achicharraban el sentido de las palabras, en fin, eran los mismos que repetían hasta el hartazgo la fórmula *acción y efecto de*, dando por hecho que un acto equivalía a su consecuencia. El lanzamiento de un dardo consistía sin duda en la acción de lanzarlo, pero ¿acaso era su efecto? Estaban lejos de dar en la diana.

Se trataba, tecleó María, de promover un «alumbramiento de modos de decir». Aprender una lengua, pensó, era como gestarla en tu interior. Y hablarla a diario, como criarla: un esfuerzo de por vida condenado a los errores. ¿Por qué la tentaban tanto las tareas imposibles? ¿Qué tenían de absurdamente necesario?

Las palabras nacían, se reproducían y morían. Tenían sus amantes, jueces y enemigos. ¿Notarían la ironía con que había elegido cada ejemplo? Y, ya que estaba, ¿cuántos se detendrían en la coincidencia de la fecha al pie de su preámbulo, *Madrid, abril de 1966*, trigésimo quinto aniversario de la proclamación de la República?

```
     Política. Ah, no, no era tan pánfila como para dela-
tarse en este tipo de entradas. La censura rara vez
leía entre líneas, así que ella se había acostumbrado a
simular consensos en terrenos obvios y sembrar discre-
pancias en sus alrededores. Recordó lo que un día le
había dicho Carmen revolviendo su taza de té.
```

—Por supuesto que aquí tenemos pluralidad. Sólo que está prohibida.

María dejó *política* prácticamente intacta y, un poco más abajo, intervino en otra entrada menos visible. «Politicastro (el diccionario de la Real Academia no incluye forma femenina). Despectivo de *político*». Rastreó algunos vocablos sin vínculos directos con el tema, esparciendo cosillas aquí y allá. En *inclinación* se permitió un lujo: *Tiene inclinaciones liberales*. No tardó en comprobar que, a lo largo de los siglos, otros habían utilizado artimañas similares. Acerca de *raíz*, por ejemplo, se instruía al hablante: *A raíz de la conquista de Granada*...

En medio de aquel campo de minas semánticas, se preguntó qué hacer con los términos cuya simple mención nombraba un conflicto, un significado en disputa.

República. El diccionario oficial lograba que el sistema republicano sonase igual de autoritario que la monarquía. O que cualquier dictadura cercana. "Forma de gobierno representativo" (hasta ahí bien) "en que el poder reside en el pueblo" (o muy bien), "personificado este por un jefe supremo" (¿como un dios o un caudillo?) "llamado presidente" (¡ese personaje exótico!).

María intercaló un par de nimiedades democráticas. «Forma de gobierno en que el poder supremo» (supremo el poder, no su representante) «es ejercido por un magistrado llamado presidente de la república» (dudó y se encogió de hombros), «elegido por los ciudadanos».

Guiada por recuerdos que sucedían en Valencia y otros lugares lejanos como su juventud, tuvo la curiosidad de consultar *falange*. La Academia disertaba apaciblemente sobre Grecia y Alejandro Magno. Antes de mirar para otro lado, agregaba: "2. Cualquier cuerpo de tropas numeroso". Cualquiera y, faltaría más, ¡ninguno en particular! Buscó una ficha en blanco. «Agrupación fundada por José Antonio Primo de Rivera con un ideario basado en el fascismo italiano» (una pizca de contexto nunca venía mal, ¿no?), «la cual dio el tono político» (y paladeó la ambigüedad de *tono*) «al levantamiento militar con que se inició la última guerra civil española...».

Las teclas callaron. María se sintió espiada. Entonces, sacudiendo la cabeza, remató: «... y sigue siendo el soporte del actual régimen español».

> **Rojo, -a.** ¿Qué daño iban hacer los colores bonitos? Empezó por la gama de los cálidos. "6. En política, radical", sentenciaba la Academia. «En la última guerra civil española», replicó ella, «llamaban así a los partidarios de la república» (en minúsculas, como que molestaba menos); «y así siguen llamando a los adversarios del actual régimen».
> Y esa jarra de agua, ¿cuándo se había vaciado?

La fecha de entrega se acercaba cada vez más. O, mejor dicho, no dejaba de aplazarse. Ella intentaba concluir desesperadamente, pero su manuscrito se negaba, escupiendo errores en pasajes que ya había corregido o inventando problemas que antes no existían.

¿Cuánto llevaba con el monstruo? ¿Década y pico? Dámaso le pedía tranquilidad y la ponía nerviosa. Recién llegada para el último empujón, Carmina no daba abasto con las revisiones. Mati se encargaba de los datos geográficos e históricos. Hasta Rosa rezongaba de agotamiento.

En pleno ataque de inseguridad, María incrustó en el preámbulo una posdata que parecía una disculpa. «He aquí una confesión: la autora siente la necesidad de declarar que, conscientemente, no ha descuidado nada» (sólo hubiera faltado, ¡equivocarse a propósito!); «que, incluso en detalles nimios en los cuales se podría haber cortado por lo sano» (eso era justo lo que ella necesitaba), «ha dedicado a resolver la dificultad que estos presentaban un esfuerzo y un tiempo desproporcionados con su interés» (¡ay, Virgen de Paniza, no digas bobadas, tacha eso!), «por obediencia al imperativo irresistible de la escrupulosidad».

—¿Anís, mamá? ¿Tú?
—A lo tuyo, Carmina.

Cuanto más entusiasmo le transmitían sus editores, más objeciones le ponían. Algunas le resultaban útiles y muchas otras contradecían sus intenciones. Le reprochaban la carencia de fuentes documentadas en sus ejemplos, cuando justo de eso se trataba: de pensarlos como hablante, desde la escucha de la lengua viva, y no sólo a partir de figuras canónicas o antiguas autoridades.

A punto de incumplir un nuevo plazo, la presionaron para que aceptase la colaboración de un par de especialistas. Con su astucia habitual, en vez de imponerle a alguno de sus barbudos colegas, Dámaso le presentó a Marijose y Amalita.

Marijose había enseñado Lingüística en Salamanca, investigado no se sabía cuántas cosas en el seminario blablá y nadaba en conocimientos dialectales. Era también discípula de Navarro Tomás, exdoctoranda del propio Dámaso, compinche de Lapesa y esposa de Zamora Vicente, lexicógrafo de la Academia. Para colmo, había sido finalista del premio que había ganado su admirada Martín Gaite. Vetada por la censura, la novela de Marijose contaba la historia de una enfermera en la retaguardia republicana, desactivando así cualquier otro recelo que María podría haber tenido.

—Oye, Sito, ¿y por qué no le das un sillón en la Academia?
—Muy graciosa.

Para redondear la maniobra, Amalita resultó ser una reputada bibliotecaria.

—¿No le parece que, para ser un diccionario, hay cierto exceso de información?
—Vamos a llevarnos bien, señora.

Una mañana, María salió temprano del trabajo. Apostada tras su máquina, Rosario Vílchez la saludó con la cabeza y corrió a ponerse el abrigo. Se había citado con Eulalia en una cafetería. Necesitaba su consejo. Su oficio de traductora la convertía en una interlocutora ideal: escuchaba cada palabra con la atención y suspicacia que merecía.

Hasta donde María recordaba, entre la novela y el guion cinematográfico de Eulalia habían transcurrido bastantes años. Claro que no era poco el tiempo que dedicaba a los libros de su marido, mecanografiando primorosamente sus manuscritos o, por qué no mencionarlo, terminándolos si el calendario apretaba. Intimidada por las continuas intervenciones de Dámaso, María deseaba saber cómo hacía su amiga. Eulalia le echó un chorrito de coñac al café y le guiñó un ojo.

—Dile que sí, y luego haces lo que te dé la gana.

Al salir a la calle, le pareció reconocer las piernas de Rosario alejándose.

Los viajes a la oficina de Gredos se sucedían al ritmo de las páginas. María confirmó que la editorial funcionaba igual que una familia, no tanto porque sus miembros se quisieran, sino porque sus jerarquías estaban plagadas de contradicciones y nadie sabía muy bien cómo salía adelante.

Dámaso, que dirigía la colección principal, era y no era un jefe. Su autoridad intelectual se hallaba en las antípodas de su liderazgo práctico, que recaía en otras personas que lo reverenciaban sin hacerle demasiado caso.

El editor de referencia, Julio Calonge, tenía cejas de prócer y barriga de tribuno. Sonreía con facilidad, aunque de golpe se quedaba muy serio. Su despacho estaba sitiado por torres de libros al borde del derrumbe. Don Julio la recibía abriendo los brazos mientras recitaba algún proverbio latino. María asentía con incomodidad, sin atreverse a pedirle que se lo repitiera.

Heredera del puesto de su padre, palpándose el collar como si leyera en braille, Isabel Calonge solía decirle algo alarmantemente certero.

—¡Usted piensa en fichas!

En efecto, más que *hacer* fichas, ella sentía que aquellos pequeños rectángulos moldeaban sus razonamientos. Ya no escribía el diccionario: se había convertido en él.

—Es el síndrome bibliotecario. ¿Con azúcar?

Eso le comentaba Hipólito Escolar, el socio más dicharachero de la editorial, con quien compartía oficio.

Cuando se quedaban a solas y llovía el café, evocaban los viejos tiempos.

—Queríamos libros en todas partes, no sólo en las grandes ciudades y los barrios bien.

—¡La guardia civil, que venga la guardia civil!

—Las bibliotecas de este país no tienen suerte.

—Y sus bibliotecarias, ni te cuento.

El resto del equipo estaba encabezado por el flaco Agustín, experto en tipografías clásicas y en las desventuradas biografías de sus inventores.

—¿Sabías que Garamond tuvo muy poco éxito y se murió en la ruina? Eso es lo que te pasa cuando te dedicas a los libros.

Entre otras responsabilidades, el flaco Agustín se reservaba el instante crucial. Era él quien tragaría saliva (una saliva con sabor a polvo, tinta, vino), miraría al techo sucio que coronaba las máquinas y, suspirando con una mezcla de alivio y pavor, daría la orden.

—Imprímase.

María se hizo amiga del veterano corrector don Segundo, a quien le temblaban por igual el pulso y la voz. Solía ponerse nervioso con cada pequeña modificación. Ella lo trataba con especial tacto, alternando rigor y humor. Había aprendido que esa era la única forma de trabajar con alguien.

Don Segundo despachaba a menudo con Pedrito, que acudía en su nombre a las reuniones cuando ella no podía asistir. En cuanto salía de la editorial, su hijo le enviaba por correo a la calle Don Quijote las notas que había tomado.

—¿Y por qué no me las traes a casa, y así nos vemos?

—Porque si sé que después nos vemos, no anoto nada.

Cuando don Segundo cayó enfermo lo reemplazó su asistente Carolina, que fumaba y cazaba erratas a toda velocidad. En la oficina la llamaban la rubia, menos por su melena que por su tabaco: su cabeza humeante iba dejando un recuerdo de locomotora por los pasillos. Tenía un aire cómico y a la vez desdichado, combinación que María identificaba con el mundo editorial. En cuanto la veía llegar con su enésima pila de papeles corregidos, Carolina se levantaba de su escritorio.

—Voy a llorar un minuto al baño, doña María, y enseguida estoy con usted.

Alberto, el linotipista a cargo de las pruebas de imprenta, y su compañero Pablo, jefe de cajistas, se convirtieron en aliados fundamentales. Ella se los ganó con diversos obsequios para sus criaturas, que por edad podían ser sus nietos, y tartas de manzana.

Pablo tenía los dedos oscuros, impregnados de restos de escritura. Hablaba moviéndolos lentamente. A María le encantaba recorrer con él la imprenta.

—Fíjese en eso.

Y parecía que la trayectoria que señalaba su dedo se teñía de sombra.

Pablo y Alberto vivían sobresaltados por las revisiones de María, que desencadenaban repentinas crisis en el taller. No era infrecuente que tuvieran que deshacer algún cambio introducido con anterioridad, o añadir algo que ya había sido eliminado. Su compromiso le inspiraba gratitud y culpa, dos rodillos que trabajaban juntos.

—Ay, Alberto, ¡no sé cómo pagárselo!

—Si deja de traernos tartas secas, está todo perdonado.

Las semanas finales fueron un carrusel de urgencias. Cuanto menos tiempo quedaba, más se detenía ella en pormenores que los demás encontraban prescindibles. María se sentía víctima de un malentendido: su presunta paciencia nacía de la ansiedad. Necesitaba tanto rematar aquello, cerrarlo para siempre, que estaba dispuesta a demorarse todo lo que hiciera falta.

Sus sobrinas también parecían dispuestas a lo que hiciera falta con tal de asistir a ese concierto, el de los melenudos en la plaza de toros. Siendo sincera, los muchachos no cantaban nada mal, pero no iba a reconocerlo delante de sus sobrinas. Pensó en pagarle la entrada a la mayor a cambio de su ayuda con las últimas fichas, pero estaban carísimas, y decían que habría más policías que jóvenes.

Por esas fechas, en el peor momento, como si hubiera mundo fuera del diccionario, Benedicta tuvo la ocurrencia de casarse. La abandonaba por un muchacho que a saber quién, a saber cómo, a saber de dónde. Su hermana se burlaba de sus quejas.

—¡Y justo ahora, que estamos terminando!

—Hace más de diez años que estás terminando, María.

Asistió a la boda en la iglesia de los Ángeles. Lloró un poco en la parte de la marcha nupcial. Felicitó a la novia y al muchacho ese, que le dijo que había oído hablar muchísimo de ella, sin especificar si bueno o malo. Les deseó esto y lo otro. Les dio dinero para su luna de miel. Se despidió de Benedicta con un abrazo largo. Y, desde ese mismo día, le retiró la palabra.

Yugo. La docta institución sonaba ambigua. "Ley o dominio superior que sujeta y obliga a obedecer". ¿Por qué la ley debía identificarse con un yugo? ¿Qué clase de dominio podía considerarse *superior*?

María empezó despejando el terreno de la legalidad. «Dominio despótico» (más clarito, ¿a que sí?) «ejercido por alguien sobre las personas, los países, etcétera» (celebró aquel *etcétera* que lo insinuaba todo sin declarar nada). Después agregó otra definición que mantenía la imagen de la atadura, pero invirtiendo el punto de vista. «Sujeción, obligación o dependencia que pesa sobre alguien y le resulta penosa». ¿Qué problema había en decir que un yugo era un problema?

Concluyó con un modesto ejemplo. «*Sacudirse el yugo*. Liberarse de una dependencia despótica». Sintió que se había quitado un peso léxico de encima.

Caminaba deslizándose. Sin rozar casi el suelo. Sus pasos se fundían con la luz. Los callos y juanetes seguían ahí, claro.

No. Podía. Creerlo.

Tras entregar, ¡por fin!, el manuscrito completo de su *Diccionario de uso del español,* María se concedió unas vacaciones-vacaciones. Así las llamaron, regodeándose en la redundancia.

Su equipaje reventaba de abrigos y regalos. En Ginebra los esperaba Carmina con sus tres radiantes churumbeles. Después volarían a Quebec para reencontrarse con Enrique, las dos niñas que habían conocido en La Pobla y dos nuevos mozalbetes llamados Michael y Peter. ¿Cómo se transformaba una familia cuando cambiaba el idioma de sus nombres?

Fernando estaba eufórico. María, pensativa: era su primer viaje transatlántico, después de una vida entera imaginando la otra orilla. Durante el vuelo a Canadá, vigilando los renglones de las nubes, se dijo que ya era hora de asomarse al sur del continente, ese que la convocaba y atemorizaba desde niña. Decidió hacerlo sin falta en la siguiente ocasión, que jamás llegaría.

En el asiento de al lado, su esposo no paraba de hablarle de los artículos sobre neurología que había estado estudiando para charlar con su hijo. Cada vez que pasaba una azafata, Fernando le tendía su copa con una sonrisita que ella no veía hacía tiempo.

—La mente, ¡siempre la mente!

—Mira quién habla.

—La lengua también está hecha de emociones.

—¿Y de dónde te crees que salen las emociones?

Pero María no logró despegar su propia mente de las pruebas de imprenta que acababa de entregar, y terminó cayendo en otras vacaciones atareadas. A causa de este oxímoron se dio cuenta, horror, de que había olvidado incluir *oxímoron.* Hizo llamadas. Escribió cartas. Y mecanografió unas largas *Instrucciones para la corrección de pruebas* que envió por triplicado a Carolina, Marijose y Amalita.

Se extendió en toda clase de indicaciones sobre la forma de las entradas, el orden de los ejemplos, la acentuación de términos grecolatinos o los nombres científicos de las plantas, para lo cual resultaba absolutamente indispensable que, por favor, fueran con Mati a su casa y consultaran un manual francés de botánica en el corredor, a mano izquierda, en el tercer estante empezando por abajo.

Les suplicó también verificar que hubiera una flechita en los verbos transitivos. Y mejor que eliminasen el cuerpo de letra intermedio entre los vocablos comunes y en desuso, iba a ser mucho lío. No hacía falta insistir, aunque insistía por si acaso, en la conveniencia de manejar varias copias. ¿De qué se quejaban, si podía saberse?

De vuelta en Madrid, Isabel Calonge le confió un diálogo que había oído en el taller.

—No tengo palabras para explicarte lo harto que estoy del diccionario.

—Qué gracioso.

—¿El qué?

—Da igual, da igual.

Al verla llegar con un fajo de tachaduras frescas, Carolina retorció su cigarrillo, que parecía siempre el mismo.

—Doña María, no podemos seguir así.

—¿Así cómo?

—Sin dormir.

—¡Un esfuerzo más y ya estamos!

—Eso nos dijo hace seis meses.

—Cómo vuela el tiempo, ¿verdad, bonita?

Para espanto del flaco Agustín, Fer había diseñado la cubierta con tipografías de aire pop. Pedrito la ayudaba a lidiar con sus editores (más bien los ayudo a lidiar contigo, bromeaba él, o no tanto). Carmina era su mayor aliada, y Fernando, su confidente. No se había interpuesto, que era incalculablemente más de lo que podía decirse de otros maridos.

Antes de entrar en imprenta, la editorial echó en falta el prólogo de alguna figura indiscutible: un gran nombre: un hombre. Pensaron en el célebre filólogo Eugenio Coseriu, cuyas obras venían traduciéndose en Gredos. Rumano, alemán y no por eso menos uruguayo, se rumoreaba que Coseriu era capaz de expresarse en casi cualquier lengua sin acento extranjero, o con un acento sólo posible en alguien muchas veces extranjero.

Dámaso inició las gestiones y, entretanto, María buscó sus libros para simular que los conocía. «La esencia del lenguaje se da hablando con otros», leyó, «está íntimamente ligada a lo que los interlocutores tienen en común». ¿Y qué mejor que un diccionario basado en la oralidad para celebrar ese patrimonio compartido? «Si las lenguas se consideran productos estáticos», subrayó complacida, «no se entienden los cambios lingüísticos. Por eso se interpretan como algo exterior a las propias lenguas».

Su taza de café se volcó sobre el libro. María se levantó a buscar un trapito para secarlo.

«Todo acto de habla es un acto creador», reanudó entusiasmada, «de ahí la necesidad de acudir a los contextos». Y de ahí la necesidad, aplaudió ella, de un catálogo de contextos y usos. ¡Qué encanto, Coseriu!

O qué antipático. El tal Coseriu se negó a prologarla, alegando falta de tiempo. María se preguntó si lo hubiera tenido para otros colegas con más bigote.

Fantaseó con proponérselo a Menéndez Pidal. La disuadieron: excepto para presidir alguna reunión de la Academia, ya apenas se levantaba de la cama, y en su caso la escasez de tiempo resultaba literal. Le envió de todas formas, por pura cortesía, las pruebas del primer tomo.

El anciano se las devolvió por correo, señalándole tres o cuatro erratas en tinta roja. Nadie más las había detectado. Ella le escribió una nota agradeciéndole el honor de su respuesta. Añadió en la posdata: *Es usted siempre el primero que LLEGA a la montaña.*

Y el cosquilleo de rabia la rejuveneció.

> **Zurrar.** "Figurado y familiar", especificaba la Academia, asumiendo las peores connotaciones de lo familiar: "castigar a uno, especialmente con azotes o golpes".
> Para un verbo concebido desde la perspectiva de quien propina los golpes, castigar *a alguien* habría sido la formulación más natural. Pero no; ahí se hablaba de recibirlos *uno*. ¿Cuánta confesión íntima cabía en un pronombre? ¿Qué vínculos existían entre la educación violenta y la ortodoxia lingüística? María suprimió la noción de castigo, junto con sus pretensiones aleccionadoras. «Dar golpes repetidos a alguien para hacerle daño». Aquel daño no merecía ser más que un fin en sí mismo.
> En su última nota sobre *zurrar*, admitió su angustia como creadora de esa bestia que le había comido década y media de vida. «Hacer a alguien objeto de críticas muy duras, en especial si es públicamente». Imaginó todas sus palabras impresas, encuadernadas, expuestas. Se preguntó qué pensaría la gente.
> Qué tontería, ¿acaso el juicio ajeno le importaba tanto? Claro que no. Sí. Para nada. Por supuesto.

Era una caja. Grande. Un poco más de lo que había previsto. Ahí cabía todo. Nada: era una caja.

Se la habían traído hacía un rato. Pero, en vez de abalanzarse sobre ella, María se quedó mirándola paralizada.

—¿No vas a abrirla?

—¿No vas a dejarme en paz?

—Si te da miedo, querida, lo hago yo.

—Ni se te ocurra.

—Entonces aquí tienes la tijera.

Y se escuchó el desgarro de las cintas, el crujido del cartón, el forcejeo con la caja.

No más feliz que incrédula, María sostuvo un ejemplar del primer tomo: pesaba medio niño.

Contempló las franjas de la cubierta, su juego de contrastes: caracteres oscuros sobre un fondo claro, caracteres claros sobre un fondo oscuro. Un blanco y negro esencial. Como tinta en papel. Como el color de España.

Retiró la camisa y desnudó al monstruo.

Acarició su lomo áspero, indagando en las letras plateadas con la yema de los dedos. Empezó por arriba, por la autora, y sólo así, qué tonta, cómo no lo había notado antes, descubrió que su nombre y apellido formaban un heptasílabo.

Descendió por el título, dispuesto de tal modo que permitía distintas lecturas. *DICCIONARIO DE USO DEL ESPAÑOL*. Diccionario de uso. Uso del español. Diccionario: uso español. Yo, diccionario.

Se deslizó hasta la *A-G*, que destellaba en el centro del lomo. Volvió a sentir, igual que de niña, la belleza sintética de cada letra, los mundos que contenía su dibujo.

Su dedo se detuvo en el logotipo de la editorial, esa cabrita icónica balando al cielo, en estado de iluminación o de protesta, la rumiante montesa del idioma, la cabra loca del pensamiento, que intentaba trepar por todas partes.

María estimaba que, una vez publicado el segundo volumen, su diccionario entero albergaría unas ochenta mil entradas. Ochenta. Mil. En apenas unos meses, cuando se publicara la *H-Z* de sus entrañas, su extensión duplicaría la del diccionario de la Real Academia. Qué risa. Qué vértigo.

Lo abrió por cualquier página y empezó a leer, a leerse la lengua.

Detectó inmediatamente una argumentación discutible, un par de frases que no la convencían, algunos adjetivos innecesarios. Sufrió. Gozó.

Y ahora, ¿ahora qué?

Poco a poco sus temores (*¡zurrar, zurrar!*) se fueron disipando gracias a la repercusión del mamotreto en librerías, medios y universidades. Oliveira, Escolar y Calonge no cabían en sí de satisfacción, es decir, ventas. Dámaso y García Yebra se mostraban tan orgullosos del diccionario que parecían haberlo escrito ellos.

A ese ritmo, según la editorial, la aparición de la segunda mitad coincidiría con la reimpresión de la primera, completando un inicio redondo. Así de boquiabierta estaba ella. Y nerviosa. Y.

—¿Qué te pasa? Nos vamos a La Pobla, ¿sí o no?

Se le hacía raro tener medio léxico en el limbo. Esa espera también era un consuelo. Cuando la revisión, impresión y distribución del segundo tomo estuvieran listas, llegaría el ansiado, incomprensible final de todo aquello.

María se preguntaba si debería haberse tomado unos mesecitos más para desarrollar esto o lo otro, pulir no sabía muy bien qué: para aferrarse a su obra, que consistía en estar haciéndola. ¿Su diccionario *terminado*? Imposible. No podía acabarse la arena del desierto.

Se acordó entonces de Luis, que estaba ganando montones de premios por una película que sucedía precisamente en el desierto y no había podido estrenarse en España. Carmen le había contado que trataba de un asceta que se pasaba años inmóvil, a lo suyo, resistiendo cualquier tentación. Más o menos como tú, se había burlado su amiga. En la película de Buñuel también había cabras, aunque no la de Gredos. Como invocado por las asociaciones, María recibió enseguida un telegrama suyo desde México.

QUÉ COMEN LOS DICCIONARIOS? STOP TU CARA PÁLIDA EN EL PERIÓDICO STOP UN RAMITO DE HORMIGAS FULL STOP

En efecto, un conocido diario había publicado una página entera sobre ella, con una foto horrible en la que sólo se veían sus ojeras y arrugas. Trató de imaginarse la cara actual de Buñuelo. Tenía una ventaja: nunca había sido gran cosa.

A la mañana siguiente, al cruzarse en la Escuela de Ingenieros, el señor Suanzes la felicitó a su manera.

—Ah, señora Moliner. Me alegra que nuestra humilde institución no la haya distraído demasiado.

Incluso Benedicta Brizuela la llamó para contarle lo contenta que se había puesto al leer la noticia. María la atendió simulando indiferencia. Respondió con sequedad. Mandó saludos para su esposo, que no recordaba ni cómo se llamaba. Les deseó muy buen blablá. Y colgó.

—¿Quién era, querida?

—Nadie.

En los medios de comunicación, y también entre sus lectores, había comenzado a propagarse una costumbre que la tenía perpleja: su nombre había sustituido al del diccionario. Ya no era *de uso*, ni *de español*, ni nada. Lo llamaban simplemente *el María Moliner*. Vaya por Dios, ¿para eso se había devanado los sesos con el título? No estaba segura de si eso humanizaba su libro o la convertía a ella en una especie de mujer diccionario.

Ya que había alumbrado un Moliner, María bromeó en una conferencia con que aquel mamotreto era su sexto hijo. No reparó en su lapsus hasta que Carmina se lo mencionó mientras salían juntas a la calle. Caminaron entre árboles que perdían las hojas.

—¿Cómo que sexto?

—Tengo algo que contarte, hija.

La salud de don Segundo le dio una tregua y pudo asumir la revisión del segundo volumen. En la oficina corrieron toda clase de chistes, no siempre pésimos, sobre la fatalidad de su destino. A punto de entrar en imprenta, María lo agasajó con unas botellas de vino. Y, ya que estaba, con una pequeña lista de modificaciones de última hora.

Fue a entregarle una copia a Carolina. Ella dio un respingo y su cigarrillo cayó de punta sobre los papeles. Dándole dos besos, María miró el boquete chamuscado.

—¿Es una sugerencia?

El invierno fue despejándose y su bestia de dos cuerpos cobró forma definitiva. Pese a su escepticismo, las reimpresiones iban viento en popa. De vez en cuando, con una mezcla de pudor y gratitud, sorprendía a alguien comprándolo en una librería. Sus tomos podían llevarse debajo de cada brazo, como dos hogazas, o uno encima del otro, igual que ladrillos para una construcción.

Ella seguía de cerca las ventas: ya no tenía edad para hacerse la desinteresada. Tampoco se le caían los anillos por avisar a la editorial sobre la falta de existencias aquí o allá. Lo material formaba parte de la idea de uso que ella misma predicaba. De hecho, le recordaba los inventarios que hacía en las bibliotecas populares.

Sus editores la informaron sobre el público que estaban encontrando. Aparte de universidades y bibliotecas, que no paraban de encargar ejemplares, el *Diccionario de*, bueno, el Moliner, llegaba a cuatro grupos fundamentales. Estudiantes de diversos niveles. Docentes, periodistas, gente de letras. Familias trabajadoras, lo cual la emocionaba especialmente. Y, por supuesto, mujeres.

Por evidente que ahora le resultase, esto último no lo había previsto. Muchas lectoras parecían haber adoptado su diccionario como algo más que un libro de consulta: para ellas tenía cierto carácter de manifiesto cotidiano, de rebelión secreta. Quizás era una forma de recuperar, palabra por palabra, todo el lenguaje que les habían quitado.

Más allá de sus diferencias, conjeturó María, esas mujeres se reencontraban en el acto de ver a otra mujer nombrando la realidad. Ahí coincidían las veteranas de la República y las jóvenes hartas de las barreras de la dictadura. Imaginó a una multitud de señoras de su edad, muchas de ellas olvidadas o silenciadas, junto a una legión de estudiantes que, sin el peso de la posguerra, ansiaba alzar la voz. Se trataba, digamos, de sus nietas y ella. Esas chicas que entraban en las facultades con electricidad en la piel, panfletos en el bolso y faldas cortas ya no estaban dispuestas a reproducir los sacrificios de las generaciones anteriores. Ni, por lo que ella escuchaba, reproducirse a secas.

María confirmó sus sospechas cuando una vecina, cargando bolsas del mercado en un brazo y a su criatura en el otro, le susurró una frase al oído.

—Ya lo tenemos en casa.

Observó que eran las madres quienes solían recomendar el diccionario e introducirlo en sus hogares, una suerte de militancia familiar: pregúntale a la abuela Moliner. No ocurría igual con el de la Real Academia, claro. ¿Sería por eso que la mayoría de académicos había reaccionado con un vigilante silencio?

Esgrimiendo un rigor que no siempre aplicaban a su propia institución, algunos de ellos le habían reprochado que oscilara entre la norma y el uso coloquial. ¿Y por qué iban a ser criterios excluyentes? Ella había intentado un diccionario para entender y hacerse entender.

Otros insignes especialistas habían criticado su sistema intuitivo, el mismo que agradecían quienes jugaban con la lengua: le daba gusto cuando alguien decía que su mamotreto le había sido útil para escribir. De jovencita había fantaseado con dedicarse a la literatura. Qué mayor recompensa que andar revoloteando entre las escrituras ajenas.

«Una obra lexicográfica radicalmente novedosa», había opinado un tal Smith, experto de Cambridge que trabajaba en el que pronto sería su celebérrimo *Collins*. «Es, de lejos, el mejor diccionario que conozco», arriesgaba la reseña, más entusiasta que las de sus propios compatriotas.

Las ventas, quién iba a suponerlo, marchaban de maravilla en Japón, donde el Centro Watanabe de Lenguas Modernas lo había adoptado como referencia para sus estudiantes de español. Eso la devolvió de algún modo a la raíz de su proyecto: la prodigiosa extranjería de prestar atención a la lengua materna.

Aprovechando el éxito del *Diccionario de uso*, la editorial organizó una presentación navideña en la que intervino un grupo de varones ilustres y por último ella, con las manos entrelazadas en el regazo. Había dudado tanto de qué color vestir que terminó eligiendo un abrigo oscuro.

En la sede de Gredos se había apiñado una pequeña muchedumbre para escucharla y, de paso, probar una o dos copitas de ese vino que prometía la convocatoria. Al fondo de la sala habían instalado un micrófono. Alguien repiqueteó en el cabezal, el sonido se acopló y se hizo un silencio.

El director del Instituto Nacional del Libro tartamudeó unas palabras breves, y por lo tanto sabias.

Julio Calonge se recreó en una florida descripción de la obra, abusando del latín sin sacarse las manos de los bolsillos.

Hipólito Escolar osó recordar la labor de María en Valencia y citó las ideas de Machado, para incomodidad o regocijo de según quiénes. A su lado, el capitoste de la Dirección General de Archivos y Bibliotecas tosió enfáticamente.

El poeta Gerardo Diego confesó no saber muy bien cuál era su papel allí y, arqueando sus cejas hiperbólicas, recitó unas estrofas de Lope.

Acelerando sus parpadeos, Dámaso habló de ella con un cariño que la tomó desprevenida. Elogió su inteligencia y paciencia, quizá no en ese orden. Exageró afirmando que en las letras hispánicas habría un antes y un después de su obra. A continuación pasó a detallar toda la ayuda que él le había prestado.

Al final le dejaron el micrófono a ella. Sintió el cabezal tibio y con algo de corriente. Titubeó un poco. Agradeció a cada una de las personas que habían colaborado, muchas de las cuales se hallaban presentes. Intentó explicar la naturaleza orgánica de su diccionario. Recordó las advertencias de Eulalia sobre el título y reprimió una risa nerviosa. Las cabezas giraron hacia la zona donde esperaba el vino. Le dio vergüenza ponerse pesada y omitió buena parte de lo que tenía pensado. Justo cuando empezaba a notarse tranquila, concluyó.

—Es un honor verme rodeada de gente mayor que yo en conocimientos y prestigio, aunque me temo que no en edad.

Los aplausos sonaron sinceros y sedientos.

María vio más público en los brindis que en los discursos. Le presentaron a personajes que la saludaban con una familiaridad desconcertante. Estrechó la mano del poeta Luis Rosales, que cargaba con la cruz de no haber podido salvar a Lorca en su propia casa. Tuvo la impresión de que ese desvelo le achicaba los ojos. Resonaron en su memoria unos versos de aquel hombre de compungida corpulencia. «Tú, la España de siempre, la vencida del mar, la pobre y la infinita, la que buscaba tierras donde dar sepultura...».

Alguien le tocó un hombro. Era el locuaz Adán Lainez, de la Academia Argentina de Letras, organizadora del último Congreso de la Lengua. Lo había convocado Dámaso, su huésped de honor en Buenos Aires: esas invitaciones eran de ida y vuelta, igual que los aviones. Su acento le despertó un temblor infantil.

—*¡Peeero!* Señora Moliner, mucho gusto. La felicito. De veras. Entre usted y yo, nos parece un alivio que haya otro diccionario. Si por ahí necesita que le demos una mano, por favor escríbame nomás. Me causó gracia lo que dijo de la norma castiza. ¡Qué plato!

María tomó nota mental del uso de *plato*, que la dejó ligeramente confundida.

García Yebra se abrió paso hacia ella entre exclamaciones. Le contó que, cuando debatían en las comidas, su mujer solía levantarse de la mesa para abrir su diccionario.

—Me alegra que resulte digestivo.

Reconoció el abrigo largo y el peinado prieto de Carmen, que le hablaba a una joven al oído. No había venido con su esposo, que seguía enfermo, ni con Amanda. Le dio no sé qué interrumpirla. Giró desorientada, hasta que Eulalia la rescató. Cuchichearon un momento. Se burlaron un poquito de este, de aquel y de la otra. Dámaso se les unió con una copa en cada mano: ambas para él. Eulalia alzó la suya y les guiñó un ojo.

—Os ha quedado todo muy orgánico.

Del brazo de Pilar, Lapesa se acercó con los cristales empañados. Entonces le dijo algo cuya intención, en aquel momento, María no supo interpretar.

—Ya eres de las nuestras.

Y, más miope que nunca, abrazó a Pedrito llamándolo Fer. Su hermano había hecho lo imposible por llegar desde Londres, pero su vuelo seguía demorado por mal tiempo. Enrique la había llamado para desearle suerte y comunicarle que, por compromisos de trabajo, tampoco viajaría a España para las fiestas.

Mati le tomó la cara con ambas manos, la miró a los ojos y, lagrimeando, le dedicó una mueca pícara, celosa, feliz. Carmina se le colgó del cuello y dijo cosas que le dieron pudor. Mentira: le encantaron. Hasta estuvo tentada de pedirle que se las repitiera.

Reservó su abrazo más largo para Fernando, que la besó con menos recato del habitual. Iba repeinadísimo y se había puesto una corbata nueva.

—No me provoques, mi vida, que escribo una enciclopedia.

Rieron. Llenaron sus copas. Se prometieron viajes.

Al rato, alguien vino a buscarla por una llamada. ¿Para ella, seguro? Sí, seguro. ¿Y no podían esperar un poco? Parecía que no: decían que era urgente. María acudió refunfuñando. Le señalaron el teléfono de uno de los despachos. Levantó el auricular y se tapó la otra oreja con dos dedos.

—¿Diga? ¿Quién? ¿Qué?

Su sobrina Emilia le hablaba a media voz desde Zaragoza. El ruido ambiente fue amortiguándose hasta desaparecer, como absorbido por un desagüe.

Y, de golpe, ya no había palabras.

Propenso a las bronquitis, inundado de humo, Quique contrajo una gripe aguda que desencadenó una insuficiencia cardíaca. Tras enviudar, se había mudado a una angosta pensión de la que sólo salía para dar clase o comprar el tabaco más barato. María y él apenas se habían visto en el último par de años. Ahora las discrepancias que habían tenido le parecían más culpa suya que de su hermano.

—¡De sangre, no de clase!

María acudió al entierro con una especie de zumbido interior. Había tomado el primer tren y, en cuanto cerraba los ojos, la asaltaban imágenes que le impedían dormirse.

Mientras deambulaba por el cementerio, con la cara helada y los párpados hinchados, pensó en lo diferente que se le hacía despedir a un igual, romper el espejo. Ahora la realidad giraba rápido. Sintió que aquello era una pesadilla, y de inmediato corrigió su sensación: lo que parecía un sueño, un trivial espejismo, era la celebración de anoche.

Tambaleándose del brazo de Emilia, leyó la magra corona que, más que acompañar, desamparaba al cortejo. El mareo crecía, su cabeza se ausentaba. Trató de evitar un desmayo concentrándose en la raíz griega de *efímera*, *efeméride*. Que dura un solo día. Como esas flores. Como cualquier fiesta.

María tomó enseguida el tren de regreso, pero nunca volvió de esa mañana.

Avasallándola con su afecto, Carmen le insistía para que fuese a Televisión Española. Su amiga había intercedido por ella, y no era la primera vez, antes de consultárselo.

—Te lo agradezco. No estoy de ánimo.

—Por eso mismo, estas cosillas animan. Algo tendrás que hacer para salir del pozo.

—Sí, esperar a que se seque.

—Pero también hay baldes.

—No te gusta perder ni a las metáforas.

En efecto, las metáforas de Carmen Conde salían victoriosas: acababa de ganar el Premio Nacional. Ninguna otra poeta lo había conseguido antes que ella. María la había invitado a brindar en casa, aunque el festejo tendía a funeral.

—¿Abro otra botella?

—Si no queda más remedio.

El corcho hizo un sonido de escotilla. Algo se liberó en el ambiente, como un viento encerrado.

—Tú sabes cuántos años me llevó. Y cuando al fin lo termino, no puedo disfrutarlo.

—Claro que puedes, María.

—Así, tan de golpe. Tenía que habérmelo imaginado.

—¿Y de qué hubiera servido?

—De mucho, Carmen, ¡de mucho! Habría ido a verlo. Habríamos hablado.

Su amiga le llenó la copa.

—¿Y Fernando? ¿Mejora?

—Baja la voz, que de la vista anda fatal, pero oye todo.

—Hace rato que se acostó.

—Últimamente tarda en dormirse.

—¿Y ese glaucoma no puede operarse?

—Con riesgos. Nos da miedo. El problema es que, tal como está ahora, el pobre no ve nada con un ojo. Le cuesta salir a la calle.

—Irá bien.

—¿Y si no?

Su amiga no contestó. Y volvió a llenarle la copa.

—Bueno, Carmen, ¡bravo por ese premio!

—En fin, había otras mejores.

—No te hagas la modesta, que te conozco.

—Deja que ensaye un poco para las entrevistas.

—Ojalá se me dieran igual de bien que a ti.

—Ay, pues el otro día me divertí como loca con un periodista de Murcia.

—Cuenta, cuenta.

—Le dije que los pájaros no cantan para que los oigan. Y me quedé tan ancha.
—¿Y qué pasó?
—¡Que pusieron la frase en un recuadro!
María le hizo un gesto para que la ayudara con el resto de la botella.
—Oye, ¿cómo era ese libro subidito de tono que le escribiste a Amanda?
—¿Cuál? ¿*Ansia*?
—No, el otro.
—Ah. *Mujer sin Edén*.
—Pues eso. Salud.
—Ya era hora, María, ¡salud!

Desde que su diccionario andaba suelto, se le multiplicaban los dolores de cabeza. Figurados y literales: una corriente rara por el cráneo, unos pinchazos ahí. Las misiones cumplidas, pensó, se parecían un poco a la muerte.

Ella atribuía esas migrañas al luto por su hermano y a la vista de su marido, dos formas de oscuridad que la atormentaban. Cuando trabajaba día y noche, apenas notaba el cansancio. Y, ahora que sólo pasaba unas horitas en la biblioteca, no le quedaban fuerzas. ¿Se le daba mejor intentarlo que lograrlo? ¿Sería la costumbre de perder?

María contempló sus dos tomos gordos. De vez en cuando los abría con disimulo, garabateaba en los márgenes y los cerraba rápido. Había acumulado un montón de enmiendas casi sin proponérselo.

Sí, ya era hora de reaccionar, como le reclamaba Carmen. Tenía que corregir el maldito Moliner, su otra ella. Si la lengua jamás se detenía, ¿cómo iba a quedarse quieta?

Su comunicación se había vuelto extraña. La gente la interceptaba con toda clase de consultas. No se le acercaban para decirle algo: le hablaban para hablarle de la lengua. A su vez, María había perdido cualquier naturalidad en la escucha, atendía a minúsculos giros o desviaciones verbales que nada tenían que ver con la conversación.

Aparte de las felicitaciones que recibía, a menudo le escribían para señalarle errores. Que si había omitido *sinestesia* (¿a quién se le ocurría verificar esas cosas?). Que si *exégeta* no llevaba tilde (¿cómo que no, exégetas?). Que si su definición de *día* daba a entender que el Sol giraba alrededor de la Tierra (vale, vale, perdón por la licencia: ¿entonces quedaba prohibido decir que el sol *salía* por la mañana?).

Claro que se arrepentía de algunas decisiones. Por ejemplo, de no haber indicado el género de cada sustantivo, dato tan útil para hablantes extranjeros. También le preocupaban las palabrotas. ¿Se había equivocado, como le reprochaba Carmina, al dejar fuera insultos, groserías y demás lindezas?

—Mamá, no seas pacata.

¿Pacata ella, que era muy capaz de exclamar *coño* cuando la ocasión lo merecía?

—Ay, mamá, por favor.

Temía que le sobrasen los nombres propios (Aquiles, Ariadna), más adecuados para una enciclopedia. Pero ¿y si alguien buscaba el *hilo de Ariadna*? Ahí estaba el *talón de Aquiles* del asunto.

Le faltaban, lo admitía, bastantes expresiones comunes al otro lado del charco. Quería arreglarlo cuanto antes: se encomendó a la literatura latinoamericana que ella misma, y todo el mundo a su alrededor, leía últimamente. En eso su hermana le llevaba una vida de ventaja.

Recordó la carta que le habían remitido desde Colombia. Un buen señor llamado Guillermo le manifestaba su perplejidad al leer que el amarillo era, según ella, el color del limón. «En mi país, estimada señora», le comunicaba don Guillermo, «los limones son verdes, como es lógico».

Para colmo, ni siquiera había respetado sus propios criterios. La exasperaba tropezar con vocablos que debieron agruparse en una misma entrada: *hijo-hidalgo, hombre-homicidio*. Estaba decidida a resolver cada desliz, cada incongruencia de su diccionario. Fantaseaba con una edición revisada, con ponerse de nuevo manos a la obra.

Desde La Pobla, donde se fingía de vacaciones, María pidió a la editorial varias copias del primer tomo. Las quería sin encuadernar, especificó. Tenía un plan. Y una buena tijera.

Cortar, encolar, pegar. Tijera, engrudo, dedos manchados.

A eso dedicó el verano, cuando no ayudaba a Fernando con sus necesidades diarias o paseaban lentamente, agarrándose como podían.

Rodeada de retazos de lenguaje, cada vez más encorvada, iba formando un rompecabezas de términos truncos, frases con remiendos.

Fernando andaba enfurecido con el proyecto de corrección. Había asumido su entrega al diccionario durante quince largos años y hasta había colaborado con ella. Ahora estaba mayor, inactivo y con un ojo eclipsado, esperando esa inminente operación que lo aterraba. Su única exigencia era que compartiesen todo el tiempo posible, más allá de los cuidados que ella le prodigaba.

—Soy tu marido, no tu paciente.

Qué decirle. Tenía razón. Entonces María hizo lo de siempre: se sintió culpable y siguió trabajando.

Cuando su nieta Helena se quedaba dormida, Pedrito y su esposa pasaban a limpio los collages alfabéticos. Tarea en el fondo baldía porque, ni bien le entregaban el resultado, ella se apresuraba a llenarlo de anotaciones y parches.

El equipo de la editorial diseñó unas pruebas de la nueva letra A. El linotipista había logrado escurrir el bulto, y dejó en su lugar a un desprevenido muchacho que no tardó en perder su sonrisa servicial.

—¡Ánimo, muchacho! Ya casi tenemos la B.

En busca de otros horizontes urbanísticos o políticos, si es que ambos podían distinguirse, Fer se había instalado con su familia en un suburbio del oeste londinense. Investigaba el derecho a la luz natural y la libertad de movimientos en las zonas comunes. Socializar el espacio, lo llamaba. Ella era la primera en comprender las razones de su emigración, y también en sufrir sus consecuencias. Se sentía demasiado vieja para los afectos a distancia: ahora sólo creía en lo que estaba a mano, ahí, al borde del cuerpo.

Cuando su hijo venía a pasar unos días con ella, a modo de regalo o de disculpa, le traía alguna rareza del mercado de Portobello. Así llegó a sus manos el *Thesaurus of English Words and Phrases*, un prodigio del siglo diecinueve en el que María reconoció a un bisabuelo de su diccionario.

—No te habrá costado muy caro.

—Tranquila, mamá. Sólo tuve que quitarles el pan a tus nietos.

—¡Es una maravilla!

—Y allí ni siquiera hay academia.

—Muy astuto de su parte.

Despedirse de Fer la dejaba de mal ánimo. Por suerte, Carmina había regresado al país. Su hija parecía convencida de que a Franco le quedaba muy poco. Después de treinta años suponiendo lo mismo, a María le costaba compartir sus expectativas. Ya no se trataba del líder, sino del lenguaje que dejaba.

Disfrutaba debatiendo con su hija. Sacaban a Fernando de paseo, dibujaban monigotes con la pequeña Genoveva o regaban los geranios del balcón.

—Mamá, tengo otra palabra.

—Vaya por Dios, ¿hay más?

—*Fitofilia.*

Se jubiló sin pena y con alivio de su puesto en la Escuela de Ingenieros. Le entregaron un plato conmemorativo y un diploma carente de tildes.

El señor Suanzes tuvo la gentileza de faltar a la ceremonia. Durante el anodino brindis que alguien hizo en su honor, Rosario se quedó mirándole las arrugas de la frente. María acababa de cumplir setenta. Los juanetes la estaban matando.

Jubilada sí, gracias. Retirada, ni hablar. El tiempo libre había crecido sólo para reagruparse. Su marido y su diccionario la requerían a todas horas. Para no venirse abajo, necesitaba que la necesitasen.

Su gramática íntima fue mutando. Los verbos de movimiento se volvieron urgentes: necesitaba *salir* de casa, *ir* adonde fuera, *llevar* algo a algún sitio. Cualquier cosa con tal de no quedarse ahí, paralizada. Hasta donde tenía estudiado, jubilarse provenía de *iubilare*, dar gritos de alegría. Ningún júbilo había en lo que le decía su cuerpo. Su columna combada. Su cintura tiesa. Sus manos venosas. Sus dedos deformes.

Escribiendo, escribiendo.

Aparte de los mareos, que iban y venían al capricho del aire, le habían diagnosticado anemia. Empezó a comer más: se sintió peor. Caminaba con inseguridad, dudaba de sus huesos. Era como si se hubiese acostumbrado a aguantar la respiración para sostener el esqueleto del diccionario y, al exhalar los años retenidos, todas sus fragilidades se hubieran liberado de golpe.

Operaron por fin a Fernando de ese glaucoma que le empañaba la vida y la rodeaba de halos. Confirmando los peores temores de su marido, que ella se había empeñado en discutirle, la cirugía afectó al ojo sano sin mitigar el mal del ojo enfermo. Ahora apenas veía con ninguno de los dos.

Los médicos habían insistido en que las secuelas quirúrgicas irían remitiendo poco a poco. Pero pasaba el tiempo y el problema no mejoraba. Al caer el sol, Fernando sufría breves alucinaciones: le parecía contemplar el mundo con insólita nitidez, hasta que comprendía que estaba recordándolo.

Si le mencionaban a Homero o alguna estupidez por el estilo, él agitaba las manos como espantando moscas.

—La ceguera sólo es poética para los que ven.

La llegada a la luna resultó incluso más extraña en casa. Pese a su familiaridad con un acontecimiento cuyas complejidades comprendía como pocos espectadores, Fernando tuvo que limitarse a escuchar la transmisión. El sonido era pésimo, con un zumbido que enturbiaba la descripción de los movimientos del astronauta. «Levanta los brazos como un niño recién nacido para tocar a la madre», se extasió el locutor. Ese fue uno de los últimos golpes de humor que ella le recordaría.

—Si no lo veo, no lo creo.

A veces su esposo le gritaba sin motivo. Otras arrojaba con fuerza algún objeto al suelo, con la excusa de que estaba buscándolo a tientas. Después agachaba la cabeza y se encerraba en sí mismo.

—Soy más una molestia que otra cosa.

Entre las paredes flotaba la angustia, que significaba *angostamiento* y le quitaba el aire. También la culpa, claro. Ella le había prometido tantas veces que más adelante, en cuanto el diccionario, cuando se jubilaran, que entonces sí que sí.

Fernando se volvió obsesivamente auditivo. Monitoreaba las conversaciones, lo desvelaban ruidos insignificantes, ladeaba la cabeza y se quedaba en guardia, defendiendo un territorio de límites difusos. Al menor trajín de papeles se ponía nervioso y le preguntaba a María qué estaba haciendo. Alternaba silencios turbios con monólogos atolondrados. Obligado a explicar todo igual que un diccionario, se jugaba la vida en el nombre de las cosas.

Fernando les pedía a las visitas que se asomaran a la ventana para contarle lo que veían. Desprevenidos ante el examen, sus invitados improvisaban unas descripciones imprecisas. Cuando volvían a quedarse a solas, su marido le comunicaba su veredicto.

—No saben ni lo que ven.

Algunos ratos, cierto, les deparaban discretas recompensas. Ahora disfrutaban de los contornos del sexo, de todo lo que antaño hubiera conducido a él. Al fondo de sus pérdidas, Fernando había ganado hondura táctil, paciencia en la caricia: leía la piel. María aprovechó para adiestrar a su esposo en separarle el dedo gordo de los pies. Sus juanetes festejaban la maniobra.

Esas sensualidades domésticas le interesaban mucho más que la obsesión por la juventud, la fotogenia o eso que llamaban *glamour*, cuyo insospechado origen etimológico era *gramática*. Para nombrar la mayoría de sensaciones físicas que le importaban, ella se sentía al borde de la laguna verbal. Como si las palabras huyeran de su cuerpo.

—Por favor, no dejes de rascarme la espalda.

—Por favor, no vuelvas al diccionario.

Gracias al rendimiento del Moliner, decidieron mudarse a una zona más verde: con algún espejismo de futuro. Mientras exploraban los alrededores de la Dehesa de la Villa, María contempló los pinares, los almendros, las copas que amortiguaban el cielo. Y sintió que sus ojos elegían antes que ella.

—Quiero que vivamos aquí.

—Morirnos, dirás.

—¿Vas a seguir así de encantador?

—A ver, descríbeme los árboles.

—Son justo como te los imaginas.

Se desplazaron al borde noroeste de Madrid, con su luz estudiosa, atraídos por una periferia que se parecía a su edad. Les alegró encontrar un apartamento vecino al de Carmina, en una urbanización de ladrillos con jardín comunitario. Así fue como dejaron la calle Don Quijote, donde habían pasado más tiempo que en ningún otro lugar, por el número 3 de la calle Moguer. Carmen les hizo una visita antes que nadie: combatía el duelo por su marido con una actividad atolondrada.

—¿Sabías que a Zenobia le pusieron una calle en Moguer? Por lo que aguantó a Juan Ramón, tendría que haber sido una avenida.

Lo peor fue mudar sus libros. Los clasificó empleando minuciosos códigos que sólo ella podía descifrar. Antes de embalar las cajas, se aventuró a cribar su biblioteca. Había pasado semanas reconsiderando preferencias y releyendo viejas dedicatorias de amistades perdidas. Pertenecer a esa corriente de olvido la hizo sentirse extrañamente ligera.

En su nueva vivienda le quedó demasiado espacio libre. María confiaba en que su nieterío le pondría remedio a aquel abrumador exceso de posibilidades. Girando la cabeza en todas direcciones, Fernando la escuchaba ir y venir.

—¿Vas a ordenar los huecos, también?

En el amplio balcón dispuso una hilera de macetas que dialogaba con la arboleda de la calle. Se movía de las plantas al diccionario, del léxico a la tierra. Necesitaba cuidar lo que crecía.

Tuvo, por primera vez, despacho propio.

Una mañana nubosa sonó el teléfono. Agachada hasta donde podía, sosteniendo su regadera de lata, María aguzó el oído. Fernando seguía metido en el baño. Suspiró, soltó la regadera y se le hizo un charquito en el suelo. Dudó si buscar un trapo o atender la llamada. Acudió con fastidio, sin perder de vista sus geranios.

Entonces se enteró de la noticia: Sito era el nuevo director de la Real Academia Española.

A lo lejos, se oyó la catarata de la cisterna.

Sondeando a sus compañeros con disimulo, conspirando un poquito sin llamar la atención, Lapesa andaba empecinado en aquella ocurrencia. Al principio, María no estaba segura de si su amigo hablaba en serio, ni de si semejante cosa resultaba posible.

Hasta que vino a verla escoltado por Laín Entralgo, que se presentó como aragonés de bien. No hicieron falta muchos más circunloquios. Cuando le propusieron postularse a la plaza vacante por la muerte de un colega, María hizo una sola pregunta.

—¿Dámaso está de acuerdo?

—Sí, sin decirlo. Ya sabes cómo es.

La idea, claro, implicaba romper esa norma no escrita que, a lo largo de dos siglos y medio, había imperado en la Real Academia.

—Precisamente, María: no escrita.

—Esas son las peores.

La informaron sobre la competencia, palabrita que los académicos pronunciaban con veneración. Le mencionaron al consonante poeta José García Nieto y al espléndido lingüista Emilio Alarcos, que podía presumir de gramáticas estructurales, vanguardias fonológicas, sintaxis funcionales y otras intimidaciones. Pero ella tenía grandes posibilidades, le aseguraron, gracias a la creciente influencia y popularidad del Moliner.

María les prometió pensarlo. Lapesa, que la conocía incómodamente bien, lo tomó como un sí.

Se despidió de sus aliados con cierto malestar. ¿A qué venían tantos remilgos? ¿Su temor al rechazo era mayor que su deseo? Supuso que un hipotético ingreso en la Academia le robaría tiempo para cuidar a su esposo y, a la vez, la consolaría un poco de ese trance. ¿Se sentía con fuerzas para cumplir en ambos frentes, sin desatender la revisión del diccionario? Qué difícil distinguir lo providencial de lo inoportuno.

Fernando reaccionó con más serenidad de lo que ella esperaba.

—No nos sale descansar, ¿a que no?

Y, estirando a tientas los brazos, la besó en el centro de la frente.

María salió al balcón y se quedó absorta en los árboles, asimilando la euforia. Respiró lento y hondo. Se prometió afrontar lo que vendría sin expectativas ni ansiedad. A sus años, por supuesto, estas vanidades tenían la importancia que tenían.
Después se abalanzó sobre el teléfono.
Llamó a sus hijos, a su hermana y a media docena de amigas. Declaró, en cada caso, que era la primera llamada que hacía. Trató de sonar todo lo indiferente que pudo. Carmen terminó tirándole de la lengua.
—¿Y qué sillón te tocaría?
—El B, creo.
—B de broma.
—O de búsqueda.
—De burla.
—O de belleza.
—De bochorno.
—Basta, Carmen.
—Bueno.
—Boba.

El protocolo académico, si eso no era una redundancia, le exigía escribir una carta a cada miembro rogando su atención, su venia, su voto. Entre el proselitismo y el absurdo, estaba oficialmente obligada a elogiar sus propios méritos.
María resolvió adoptar un tono de exagerada humildad. Confiaba en que fuese el que los muy señores académicos esperaban de una intrusa como ella. Al presentarse, omitió gran parte de su trayectoria profesional. Aquel silencio obedecía a otra estrategia a la que estaba acostumbrada: le servía para ocultar sus cargos y sus actos durante la República, que con toda probabilidad la perjudicarían.
Admirado (¿seguro?, ¿para tanto?, ¿quizá mejor *ilustre*?, no, no, podría sonar irónico, ¿y qué tal *distinguido*?,

peor, empresarial, en fin: admiremos) *amigo* (¿en serio?, ¡por favor!), *señor* (soso, soso), *caballero* (sólo le faltaba el abanico), ¿entonces qué?

Ya lo tenía. *Mi admirado colega.* Bien por ese pronombre posesivo.

Mi admirado colega: unos buenos amigos (cuidadín con delatarse), *unos generosos amigos* (eso, eso, que sonara inmerecido) *han presentado mi candidatura para un puesto en la Academia, acto al que he prestado mi agradecimiento y aceptación emocionados...*

En estos casos, la emoción era imprescindible.

... A usted y pedirle (¿un favor?, ¿un milagro?, ¿un besito en la mejilla?) *su benevolencia* (ahí, María, ahí) *para tal atrevimiento por mi parte.*

Francamente, daban ganas de socorrerla.

... Le saluda con afecto y alta (altísima, sideral) *consideración.*

Y su firma en tinta azul.

Se la leyó a Fernando, que atendió con los ojos cerrados y una oreja empinada.

—¿No le falta pimienta?

—Si me paso de pimienta, querido, nadie se lo traga.

Lapesa le hizo un par de sugerencias y la puso al día sobre las negociaciones. Ya tenía a varios compañeros medio convencidos, a otros tantos espantados y a todos discutiendo entre sí. Dámaso andaba maniobrando desde la dirección con suma prudencia. El deber de su cargo, que ostentaba desde el fallecimiento de Menéndez Pidal, era según él mantener la mayor neutralidad posible.

Cuando se quitaba sus gafas hiperbólicas, Lapesa se volvía más incauto, como si sus ojos ya no pudieran medir las consecuencias de sus palabras. Frotándose los párpados, le confesó la deslealtad de Camilo José Cela, que le había prometido su voto (le debía unos cuantos) y después, al ver el clamor público a favor de María, se había retractado.

—Dámaso me pidió que no te lo contara.

Sobrado de miopía y cafeína, Lapesa le reveló el comentario que el prolífico censor le había dedicado.

—No comparto su ñoño criterio de la lexicografía.

Ñoña, ella. Criterio, él.

Existían, pensó, razones personales. Es decir, intereses materiales. Cela acababa de publicar su propio *Diccionario secreto*, un glosario de obscenidades que, siendo sincera, se leía con gusto. La prosa era estupenda. El autor, abominable. El primer volumen había aparecido, mala suerte, un año después del suyo.

—Podemos repartirnos el trabajo. Que él se quede con *culo*, *pis* y *caca*. Se lo merece.

La defraudó enterarse de la postura de Zamora Vicente, que iba insinuando por ahí que su esposa había tenido que rehacer los contenidos gramaticales del diccionario. Dedujo que Marijose no recordaba con particular cariño su colaboración.

Por lo visto, sus méritos le pertenecían siempre a alguien más. Los caballeros alcanzaban sus metas solitos.

El revuelo iba en aumento. Los medios se entretenían con su candidatura. Todo el mundo parecía tener una opinión y la necesidad incontenible de difundirla. La palabra *mujer* se repetía mucho más que la palabra *diccionario*: una trampa servida en bandeja de plata, considerando que la habían postulado por lo segundo y podían excluirla por lo primero. Le costaba compartir el optimismo de su hermana.

—¿Has visto que Buñuel está nominado al Oscar de la Academia? No me digas que no es una señal.

Mati le insistía en que aquel lío la distraía de las tristezas. A lo mejor. Pero, si fracasaba, tendría una nueva que añadir a la lista.

Carmen Conde y algunas compañeras se habían puesto en campaña para contrarrestar las descalificaciones que andaba divulgando un grupo de expertos. María se alegró especialmente por el artículo de Josefina Carabias, antigua conocida suya de la Residencia de Señoritas. A la vuelta del exilio, Josefina había tenido que ejercer el periodismo con un contrato de secretaria y escribir bajo seudónimo. Su marido había estado en la cárcel mientras ella cuidaba a su hija recién nacida. Ahora había alcanzado un inaudito predicamento: daba igual si escribía sobre santa Teresa o sobre fútbol.

«A unos pocos, pero muy distinguidos, miembros de la Real Academia se les ha ocurrido que valía la pena batallar por una causa justa» (qué buena jugada aplaudirles la valentía y, de paso, movilizar su compromiso). «Estos señores encuentran extravagante que María Moliner, tras haber dedicado quince años de su vida a confeccionar un diccionario que los académicos son los primeros en usar» (*touché!*), «siga fuera de la docta institución encargada de velar por el idioma. Ha bastado un tímido anuncio para que empiecen a lanzarse gruesos y potentes torpedos. Si doña María fuese un hombre, estaría en la Academia hace ya tiempo» (aunque, de haber sido un hombre, pensó, probablemente no habría escrito su diccionario).

Abundaban los reportajes que la describían como una especie de artesana sin mayor ambición que sus fichitas, un ama de casa bendecida por la intuición. Se sentía en las antípodas de ese retrato: de hecho, cifras en mano, temía haber dedicado bastantes más horas al trabajo que a su familia. Y aquella estupidez de remendar calcetines que se repetía en cada noticia, ¿de dónde demonios habría salido? Quizás ella lo había mencionado medio en broma, o alguien lo había escrito en alguna parte, y ya era tarde para explicar que no. Que ella apenas cosía, y se le daba regular.

Otras mujeres, como de costumbre, habían estado antes en su situación. María conocía el peligro de individualizar los casos de cada señora que cruzaba algún límite, disolviendo la naturaleza colectiva del fenómeno. Pensó en Gertrudis Gómez de Avellaneda, la primera en confirmar aquel veto lingüístico. ¿Y qué decir de Emilia Pardo Bazán, la gran autora de su tiempo, blablá, que había tenido la insolencia de postularse varias veces? La Academia le recordó que no admitía candidaturas ajenas a sus propios miembros y su muy señor director, en un derroche de facultades intelectuales, clarificó los criterios de selección: «Para elegir académico no se atiende sólo al mérito. Por ejemplo: para ser obispo no se puede ser feo». Únicamente Galdós y Menéndez Pidal se habían pronunciado a su favor en público. Ninguno de los dos asistió a la votación.

María chasqueó la lengua.

Siempre la habían fascinado, del mismo modo turbio en que la cautivaban los reptiles, las reyertas protagonizadas por don Juan Valera, cuyas posaderas habían honrado el sillón I durante medio siglo. Con el ímpetu que solía lesionarlo, el eximio prócer se había tomado la molestia de componer un decálogo sobre las aspiraciones femeninas. A Carmen le encantaba recitar de memoria sus pasajes predilectos.

«1. Los usos y costumbres, ya fundados en la razón, ya contrarios a ella, se oponen a que haya académicas. Quienes piden que las haya parecen movidos, más que por la galantería y admiración hacia determinadas señoras, por el deseo de vejar a los académicos...».

«2. Las señoras sabias, que por dicha las hay, comprenden tan bien lo expuesto que, si los académicos incurriesen en la ligereza de elegirlas, ellas se verían en grandísimo apuro y renunciarían al cargo...».

«4. No hay la menor ofensa contra la mujer en sostener que su ingreso perjudicaría a la Academia. A menudo, de dos cosas excelentes por separado suele resultar una mezcla abominable...».

«5. Nada hay más agradable que la charla con las mujeres; bailar, jugar con ellas y hasta, si son ilustradas, discurrir con ellas sobre ciencias...».

«6. Si traemos a la mujer a las academias de hombres, tal vez encadenemos y amoldemos su espíritu al nuestro, despojándolo de originalidad...».

En modesto resumen, las rechazaban por su propio bien.

Con todo, María coincidía con el inefable Valera en un punto esencial: no se trataba de hacer excepciones, sino de alterar la norma. Nada le atraía menos que convertir su caso en una anomalía.

Según Carmen, eliminar de entrada a cualquier competidora suponía una tentación irresistible para los interesados. Quizá por eso mismo María estaba notando tanto apoyo entre sus amigas y hasta sus adversarias. Qué importaba si lo hacían o no por altruismo: si ella era la primera, las demás podrían ser la siguiente. El latín le recordó que *solidaria* significaba *entera*.

Solía discutir con su amiga sobre la conveniencia de exhibirse en los medios. María era partidaria de la sobriedad. Carmen la llamaba cobardía.

—Si no vas a la tele, el asunto se queda en el cuarto de atrás.

—A Lapesa y Laín les preocupa que pueda perjudicarme.

—No me digas. ¿Por?

—Porque necesitamos los votos de sus colegas conservadores.

—¡A la mierda! Es un clásico. Si no hacemos campaña, nos aplastan. Y, si hacemos campaña, nos merecemos perder por manipuladoras.

Ella seguía dudando. ¿De verdad les convenía armar más ruido justo ahora, en vísperas de la decisión de la Academia? Ya bastante polvareda se había levantado.

—Mira que eres cabezona. Si quieres abrir puertas, no puedes ponerles candados.

Las metáforas de Carmen la dejaban muda. Aunque tampoco podía derribar a patadas la puerta del lugar donde pretendía ser bienvenida.

—Lo que no quieres es mancharte las manos.

Que su amiga pensara lo que le diese la gana. Ella sólo quería que sus méritos hablaran por sí mismos.

—Pero, alma de cántaro, ¿todavía crees en eso?

Finalmente llegaron a un acuerdo. María aceptó escribir un texto autobiográfico para el programa que Carmen le dedicaría al diccionario, a cambio de excusar su asistencia. Cumplido el encargo, le pidieron otra versión en tercera persona: iba a leerla una célebre locutora y al equipo de producción no le gustaba cómo sonaba en primera. María rezongó y volvió a sentarse frente a su exhausta máquina. Enseguida afloraron informaciones que había eludido. En aquel nuevo borrador de su vida, narrado desde otro lugar de la gramática, tuvo la sensación de ser más sincera que nunca.

Se apagaba el verano, regresaron de su refugio en La Pobla y María accedió a charlar con algunos de los reporteros que la asediaban. Consultó con su familia a cuáles debería atender. Recibió consejos tan opuestos que se agobió y tuvo un ataque de pánico. Carmen la persuadió para conceder un par de entrevistas.

—Además de arrogante, vas a parecer algo peor: coqueta.

María le explicó que sus conflictos con la prensa no tenían que ver con la timidez o la humildad. Sentía una verdadera aprensión lingüística por esa voz que peroraba en su nombre. Una vez publicadas, las transcripciones sonaban mucho más tajantes que las improvisaciones de las que brotaban. Los matices de la entonación desaparecían, el humor se volvía rígido, la melodía de las dudas se borraba y todo quedaba reducido a una grosera sucesión de certidumbres.

Por eso, si le daban a elegir, se inclinaba por la radio. La corriente oral quedaba intacta, los placeres del tono seguían ahí, de cuerpo entero: se podían oír las respiraciones e incluso las sonrisas. Pero, frente a un micrófono, el tiempo transcurría con excesiva urgencia y demanda de sentido. En cuanto a la televisión, el mero hecho de pensar cómo gesticulaba o qué hacía con su pelo la espantaba de antemano.

—Vamos, vamos. Que te mueres de ganas.
—Te odio, Carmen.
—De nada.

El primer titular, publicado con redobles en el *Heraldo de Aragón*, no se andaba por las ramas: «¿Será María Moliner la primera mujer que entre en la Academia?». Faltaban apenas unos días para la votación decisiva y entre sus amistades sólo existía un tema. A ella, en el fondo, le pasaba lo mismo. Tenía la impresión de que cada una de sus conversaciones era una perífrasis de eso, eso.

—¿Confía en que le hagan justicia, señora Moliner?
—Depende de lo que entendamos por justicia.
—¿Espera por lo menos una votación imparcial?
—Tan imparcial como usted.
[...]

—¿Cómo resumiría sus méritos?
—El único mérito es mi diccionario. No hay más que añadir. Podría quizá ponerme a rebuscar alguna otra cosilla de los viejos tiempos, pero para qué.
—¿Y qué opina de los demás candidatos?
—Si una eminencia sale elegida, yo misma me echo fuera. Aunque le confieso que, si un hombre hubiera escrito mi diccionario, una seguramente diría: «y ese hombre, ¡cómo no está en la Academia!».
[...]

—¿Por qué cree que todavía no hay mujeres en la Real Academia?
—Uy, ni idea. ¡No se les habrá ocurrido!
[...]

—*Sabemos que está trabajando en una segunda edición. Si empezara hoy, ¿qué cambiaría?*
—*Casi todo, supongo.*
—*¿Podría darnos algún ejemplo?*
—*Las palabrotas. Hace veinte años esas cosas se veían de otra manera. Puede que ahora incluya unas cuantas.*
—*¿Podría darnos algún ejemplo?*
[...]

—*¿Ha pensado en alguien estos días?*
—*En mi madre. Mi madre.*
—*Seguro que su padre estaría también orgulloso.*
—*Mi padre murió cuando yo era pequeña.*
—*¿Qué recuerda de él?*
—*Tengo mala memoria.*
[...]

Empezaba a correr algo de fresco. La brisa entre las ramas. Las hojas por las calles. María se asomó para estudiar el cielo: no hacía mal tiempo, pero se intuía uno peor.

Las ramas ondulaban despacio frente al edificio. A lo lejos, las frondas se encogían de hombros.

María se acomodó el pelo: últimamente vivía despeinada. Recordó la llamada de Dámaso, sus rodeos, su tonito amigable. Se había repetido tantas veces que en realidad no importaba, que la idea ni siquiera había sido suya. Y ahí seguía, asomada a la ventana.

Resopló, dio media vuelta y alisó los almohadones del sofá. Le costó erguirse. Se ajustó el último botón del chaleco. Después trató de quedarse quieta.

Tenía pocas ganas de que su invitado llegase y, a la vez, estaba ansiosa por escucharlo. Fernando había salido, Carmina lo había convencido para que dieran una vuelta, todo permanecía en una insoportable calma provisional. Reordenó los cacharros de la cocina.

Cuando por fin sonó el timbre de abajo, pulsó fuerte el interruptor sin molestarse en preguntar: eso no era lo que les había enseñado a sus nietos. Los mecanismos del ascensor crujieron. Se distrajo un instante.

Y de golpe llamaron a la puerta.

La visita, IV

—Hubieras trabajado muy bien con nosotros, María.
—Eso es justo lo que me preocupaba.
—Lo lamento mucho, de verdad.
—Al final, las penas en la vida son otras, ¿no?
—Y más a nuestra edad.
—Habla por ti, guapo.
—Vamos, vamos. Te llevo dos añitos, nada más.
—Dos años son diez mil palabras.
—¿Cómo?
—Que tardé dieciséis en hacer ochenta mil.
—Ah. ¡Y eso que eres de letras!
—¿Una copita de vino?
—Mejor no, que después ya no puedo parar.
—Fernando siempre dice que las letras son la música de la ciencia.

Encorvado en el sofá, Dámaso se descubrió la manga para espiar la hora.

—Además, se me ha hecho tarde.
—Pues abrígate bien, Sito, que ya no eres un joven poeta.

Él posó una insólita mano en su mejilla.

—¿Vas a ser fiel a mi diminutivo?

Ella lo miró sobresaltada, sin saber cómo reaccionar.

—El de mi nombre, digo.

Dámaso retiró la mano. María se reordenó los mechones y quedó más despeinada que antes.

—Claro, perdona. ¡Éramos tan pipiolos!
—Nadie más me llama así desde los tiempos de Valencia.

—¿Te acuerdas de mis trenzas?
—Y de cómo corrías de un lado para otro.
—Tú tenías pelo.
—Esos ya son recuerdos mitológicos.

Ella dejó escapar una carcajada que la sobrecogió: no era su risa de ahora.

—*El sueño va sobre el tiempo flotando como un velero... El tiempo va sobre el sueño hundido hasta los cabellos...*
—¡Esa memoria, Sito!
—Ojalá no me acordara tanto.

Él se hundió en el sofá, tomó impulso y se puso en pie, sujetándose los anteojos con ambas manos.

—¿Dónde dejé el abrigo?

Caminaron despacio. Desde el balcón iba entrando la noche.

En su despacho empezó a sonar el teléfono; María no atendió.

—Fernando y Carmina ya tendrían que haber vuelto. ¿Y si te quedas a cenar con nosotros?

Dámaso se detuvo a un paso de la puerta.

—Me encantaría, pero me están esperando.
—Dale recuerdos a Eulalia, por favor. A ver si un día se pasa a tomar algo y charlamos.
—Se lo digo de tu parte.
—¿Está escribiendo algo?
—Hace tiempo que no.
—Eso no me gusta nada.
—¿Se lo digo también?
—Te lo estoy diciendo a ti. Ya me entiendes.

Él giró el picaporte.

—Espera. Bajo contigo.
—No hace falta, María.
—Tampoco hacía falta que vinieras, y viniste.

Ella salió al pasillo con las llaves entre los dedos. Las rejas del ascensor desplegaron sus ruidos. Permanecieron callados durante el descenso.

Mirándose las puntas de los pies, bajaron los cuatro peldaños hasta el portal del edificio. Al otro lado relucía un arbusto en la oscuridad.

—¡Bueno! Gracias por la merienda.

María abrió el portal. Dámaso asomó la calva, escondiendo las manos en los bolsillos de su abrigo.

—Ya empieza a refrescar.

—Qué lejos parece el verano.

Él sonrió a medias. Las mejillas le pesaban.

—Nos vemos pronto.

—Pronto, sí.

En cuanto Dámaso pisó la calle, María hizo ademán de decir algo más, pero no se decidió. Se quedó mirando a la intemperie, devolvió el saludo y cruzó los brazos sobre el pecho para defenderse del frío.

Afuera revoloteaban las hojas amarillas del jardín.

1972-1975

Todos estos días he estado contestando cartas de amigos o conocidos más o menos lejanos.

Fundido con su butaca, su esposo giró la cabeza hacia la máquina y María dejó de teclear.

Personas que han renovado el contacto con nosotros, reanudó, *gracias a la estrepitosa publicidad que me ha rodeado.*

Suspirando, él desvió la mirada.

—Es para Fer. A Londres.

—Ya, ya.

Después de todo, ha sido una experiencia divertida. Bien sabe Dios que yo no había pensado nunca en tal honor.

Su esposo carraspeó de manera estridente, como si fuese capaz de leer a distancia.

Nunca pensé seriamente que la Academia me eligiera a mí. Y, por otro lado, me daba miedo que lo hiciera.

Lo segundo era cierto.

En esta nuestra bendita España, remató, intensificando el golpeo de las teclas, *se agarraban como a un clavo ardiendo al bonito tema de la señora recoleta que había hecho un diccionario.*

—Necesito ir al baño.

En fin, ya pasó todo.

—Voy, voy.

Y yo he recobrado mi quietud y mi tranquilidad... ¡Y a vivir!

Eso: a vivir con el reuma. Con sus piernas violáceas. Sus tobillos hinchados. Sus cervicales trituradas. Y con la ceguera de Fernando.

Había quedado tercera en la votación, por detrás de Alarcos y hasta de García Nieto. O sea, ni cerca.

Sus gentiles valedores le insinuaron que el agraciado, mucho más joven y con mucho más tiempo para esperar que ella, había sumado apoyos en virtud de la concordia. Que, al formarse dos bandos, se había impuesto una solución neutral. También era un lingüista de excelencia, por supuesto. Y, casualmente, hijo de un renombrado catedrático.

Su amigo Lapesa la había llamado para animarla.

—Ya verás cómo lo intentamos de nuevo.

—Tendrá que ser con otra.

—No podemos perder la esperanza, María.

—Ni la costumbre de morirnos, Rafael.

Qué más daba. Asunto terminado. El país era el que era. El que no había podido ser.

Después de la votación, María se aferró a sus propios argumentos. Porque ella, en realidad, ya no estaba para esos trotes. Porque así podría cuidar mejor a su marido. Porque esas reuniones repletas de señores hubieran sido un engorro. Porque ahora, por suerte, no tendría que prepararse ningún discurso.

Punto final. *¡Y a vivir!*

Tras despedirse de Lapesa y colgar el teléfono, había arrancado el cable de un tirón.

Los análisis públicos la incomodaban tanto como el resultado. Si algún colega suyo hubiera hecho su mismo trabajo, se habrían apresurado a abrirle las puertas, de acuerdo. Pero, cuando se enfatizaba demasiado aquella obviedad, se ocultaba que su pasado político la había perjudicado.

La tentaron con una compensación. El premio no sé cuántos se concedía a personas o instituciones cuyo trabajo por la lengua, blablá. Y, lo que era más elocuente, estaba dotado con ciento cincuenta mil pesetas. Presa de un repentino consenso, la Real Academia la había nominado por unanimidad.

María consideraba que los honores por arrepentimiento, igual que las lealtades por culpa, no llenaban el corazón. Su esposo discrepaba.

—Pero llenan la despensa.

Después de discutirlo en familia, comunicó a sus benefactores que agradecía y rechazaba el galardón.

—Si Cela votó a favor, no puede ser nada bueno.

Imperturbables, Lapesa, Laín y compañía le insistieron en que volviera a presentar su candidatura, que a la próxima sí, que patatín y patatán.

Se sentía incapaz de empezar todo aquel circo de nuevo. Había quedado agotada por tantas distracciones y, por qué no, con el orgullo herido. Prefería encerrarse a trabajar en casa.

Pronto su hermana la igualó en materia de rechazos. Mati había liderado a sus compañeras para exigir que, antes de la campana, los conserjes dejasen de irrumpir en las aulas exclamando:

—¡La hora, señor profesor!

Cuando consiguieron que las llamaran *señoras profesoras*, lo celebraron como una toma de la Bastilla. Las consecuencias de esta minúscula victoria no resultaron menos edificantes. Entre todas las propuestas presentadas para ingresar en la Orden de Alfonso X el Sabio, en reconocimiento de la trayectoria educativa, la única denegada por el ministerio fue la de su hermana.

Las noticias de sus hijos actuaban igual que un fármaco. Cuando llegaban, le hacían bien y sentía su alivio. Después venían los efectos secundarios: necesidad de más, ansiedad creciente, malestar redoblado.

Sus visitas eran cortas. Sus cartas, esporádicas. Y las llamadas al extranjero, caras. Todos tenían unas vidas apasionantes y plenas, sin tiempo para viejos. Sus nietos crecían y se alejaban de ella centímetro a centímetro. ¿Por qué el amor, de pronto, parecía una limosna?

—Tengo que irme, abuela. ¡Se me ha hecho tardísimo!

Pero su diccionario seguía ahí, siempre nuevo, incompleto, misteriosamente disponible.

De joven, huía de casa para trabajar en paz. Ahora trabajaba para refugiarse del silencio de la casa. Se abrigaba con sus rutinas de esa especie de invierno que la perseguía.

Cada mañana, María bajaba a comprar diarios y se los leía a Fernando. Después los subrayaba y archivaba los recortes. Se sentaba frente al televisor a tomar notas. Hojeaba novelas de gente joven para empaparse de su jerga (¡y qué jerga!). Cada tanto miraba de reojo el teléfono.

Dejaba sus macetas para más tarde: aguantaba las ganas de regar los geranios, así las mañanas tenían un incentivo. En cuanto corría el agua, empezaba a canturrear. La reconfortaba el ruidito del chorro entrando en la regadera. Le recordaba que algunos vacíos podían llenarse.

De vez en cuando, algún periodista se presentaba en su casa. Antes de negarse, María lo entretenía un rato, porque en el fondo la alegraban las visitas.

Una de esas reporteras quiso saber por qué no había contestado a sus cartas.

—Porque escribir cuesta trabajo.

No les dio importancia a los primeros síntomas, o le dieron tanta aprensión que prefirió ignorarlos.

En el verano del 73 (¿quizá 74?) la familia volvió a reunirse en La Pobla. Incluso, acontecimiento, vino Enrique. Los preparativos se le hicieron más pesados que de costumbre. Comprobó con disgusto que se había olvidado de traer algunos libros.

Lo pasaron muy bien en la playa y todo eso. Los niños, revoltosos. O sea, encantadores. Ella trabajaba cuanto podía. Que era bastante menos de lo que siempre había podido.

Iba por el jardín pensando en varias cosas al mismo tiempo. A veces se asustaba cuando le dirigían la palabra.

No, no. El 73. Seguro.

Una tarde, volviendo a la casita, María se desvaneció. Cayó redonda entre las plantas iluminadas. Qué expresión más pánfila, *caer redonda*. Venía del latín, ¿no? Fue entre las plantas.

Llegar primera a la montaña, pensó mientras el cielo se oscurecía de golpe.

Abrió los ojos y todos la miraban desde arriba. Colgaban del techo como arañas. Identificó las caras de Carmina y Enrique. Borrosas, después nítidas. A lo lejos se oían voces infantiles. Su hijo le manoseaba la muñeca.

—¿Qué haces? Suéltame.

—Tranquila, mamá, no te alteres.

—¿Cómo no voy a alterarme, si me andas agarrando?

Las voces del jardín dejaron de oírse. Pedrito asomó el cuello.

—¿Y?

—Ya está mucho mejor. Ha protestado.

La obligaron a quedarse ahí, inútil, en la cama. Le trajeron bandejas de comida y no se levantó hasta el día siguiente. Se despertó fresca como una marmota. ¡Una lechuga! Descansar no le había venido nada mal.

Sólo le dolía un poco. La cabeza. La suya.

Siguió haciendo vida normal. Por qué no. Ella era normal.

¿Que había perdido reflejos? Bueno, un pelín. ¿Que ahora andaba más despacito? Claro. Una tenía la edad que tenía.

Empezó a usar un bastón de bambú. No todo el tiempo. Cuando salía a la calle. Iba puntuando el fraseo de los pies. Bonito, el bastón. Con su tacto de árbol. Y su mango ondulado, parecido a una eñe. Al sombrerito ese de la Ñ. A la vírgula. Eso.

En cuanto se descuidaba, sus nietos lo convertían en caña de pescar.

—¿Qué haces, sabandija?

—Estoy pescando sardinas, abuela.

—¿Y si mejor pescamos cucarachas?

Sentía un cansancio imposible de explicar. No era falta de sueño, era falta de otra cosa.

Cada mañana dedicaba un par de horitas a la segunda edición. Eso la mantenía en pie. Como el bastón. ¡La vírgula! ¿Parar? Ni loca. Le costaba concentrarse. A lo mejor Fernando tenía razón.

A veces María se quedaba mirando a su marido, que no podía mirarla, y se sonreían. ¿Cómo hacían para sincronizarse? Adoraba su nariz llena de pozos. Llevaban cincuenta años juntos. Cincuenta.

—No dramaticemos, querida. Son cuarenta y nueve.

Tenía muy presente, como si resonase de nuevo en el comedor, la primera conferencia que le había escuchado. Las propiedades de la materia.

—Mi vida, ¿qué le ha pasado a nuestra materia?

Al verla entre el público, él había volcado la jarra de agua sobre sus papeles. Ella había tapado su risa con una mano.

—Vamos a dormir, María.

—¿Y si mejor pescamos cucarachas?

Al verano siguiente volvieron a La Pobla, porque sin La Pobla no empezaba el verano. Caminaba con su bastón. De bambú. Todo el mundo corría descalzo.

En julio vinieron Carmina y Pedrito. En agosto llegó Fer, que andaba pensando en regresar al país. Si se moría de una buena vez ese general que nunca se moría.

—¿Qué le ha pasado a nuestra materia?

María cuidaba a su esposo y sus hijos la cuidaban a ella. Algunos de sus nietos no eran niños. Algunas de sus nietas eran casi mujeres. Cómo se atrevían.

—¿Pescamos sardinas con el bastón?

—No, abuela, gracias. Prefiero ver la tele.

El mar estaba tibio. Sopa salada. Le gustaba meterse. ¿Desde cuándo?

A principios de septiembre (¿agosto?) Fer los llevó de vuelta en su coche. Fue un viaje raro. El paisaje se arrastraba por la ventanilla.

Charlaron poco. Flotaba un no sé qué. Quizá se engañaba, y ese presentimiento se le metió en el coche más tarde, cuando el viaje ya había terminado.

De bambú.

Fernando iba callado y a la vez muy atento. Así lo recordaba ella. Parecía estar mirando a través de su ceguera. Tratando de reproducir lo que tantas veces había visto.

Entonces ella sintió algo. O no.

Llegaron a casa. Las maletas se movieron. Alguien le dio un beso a alguien.

A la mañana siguiente, María lo encontró demasiado dormido.

Desde aquella mañana se alteraron sus ganas de levantarse, las fuerzas del cuerpo, la escala de la casa, la distancia que la separaba de la calle, el sentido de su memoria. ¿Para qué recordar, si el recuerdo le señalaba un hueco?

Ya no tenía par. Dos veces sola.

Al principio intentó compensar la ausencia con palabras. Fernando esto y Fernando lo otro. Pero pronto empezó a sentir alivio en el silencio. Su difunto se fue de su vocabulario.

Apenas lo mencionaba en presencia de otros. No se merecían su nombre, no lo habían cuidado. Quería el nombre amado sólo para ella.

La cabeza. La suya.

Sus rutinas en círculos. Del dormitorio al baño, del baño a la cocina, de la cocina al dormitorio. A su despacho, cuando podía. No se atrevía a entrar en el de Fernando. Cada vez menos luces. A las persianas les costaba subir.

Paseos, los justos. Vida social, no, gracias. Los actos culturales le daban miedo y pereza y miedo. Carmen le pidió que le presentara un libro. Ella quiso. Trató. Y no.

Mati venía a verla. Le hacía bien. Le traía comida. Hermanita. Los dientes. Perdía los dientes. Y sus hijos. Se le perdían. Dos aquí, dos fuera. Y los hijos de sus hijos. Y así.

Lo que más le gustaba era regar las plantas. Despacito. Oliéndolas.

Y se peleaba a solas con su diccionario, con las palabras que se le escurrían.

A veces no encontraba el impulso de conversar. ¿Qué tenía de malo? Y a veces sí quería —hablar— pero era difícil. Notaba seca la raíz del lenguaje.

Una hablante encerrada en una muda.

Su familia se equivocaba, ella se acordaba de todo. Sólo que no siempre reconocía bien cada recuerdo. Todo iba y venía. Como el mar. De la casita.

Las horas rompían una detrás de otra. Y siempre había alguien más atrás, mirando cómo alguien se moría.

Si se moría ese general que nunca se moría.

Le dijeron que estaba deprimida. Le hablaron de píldoras con nombres muy largos.

Después hubo un neurólogo. De bigotito feo.

Se le escapaban las palabras más sencillas. El léxico científico o el ablativo latino seguían ahí, intactos. *Oxímoron* sí. Pero *cama* era un misterio.

Después hubo otra palabra. Larga también.

Arteriosclerosis.

La acusaron de falta de riego. Justo a ella, que no soltaba la regadera.

Aparte de llorar, su hija se rio. Era bueno reírse.

Entonces darse prisa. Antes de que, ¿no?

Se despertaba con un montón. De palabras en la punta de la lengua. Corría a comprobarlas. Bah, correr era un decir. Abría. El diccionario. Apretaba el lápiz. Su máquina, tac-tac.

Momentos de claridad. Otros, sin. Ganas de tanto y nada. Y el cuerpo muy ahí.

El teléfono sonaba. Qué pesado. Ring-ring.

Después la puerta y aparecía Mati o Carmina o Pedrito o alguna sobrina o. ¿Cómo tenían las llaves?

Se daba cuenta, claro. Ni tonta ni.

Cogitare, coitare, cuitar, cuidar.

Regaba. No irrigaba.

Se le hacía muy (adverbio) difícil (adjetivo) seguir con eso (pronombre).

Llevaba revisado todo el primero y el principio. Del segundo. Eso sí lo sabía.

El principio: no llegaba. Del segundo. Tenía que parar.

—Vamos a dormir, María.

Le dijo nadie. Él.

—¿Y si mejor pescamos cucarachas?

Así que suspendió (*sub-pendere*) la revisión (*re-visus*).

Un diccionario tenía la última palabra. Y eso era imposible.

Un descansito. Les explicó. Que habían sido muchos. Años. Agotada. Y a veces hacía falta. Un poco de peregrina.

—¿De qué, mamá?

—¡De perspectiva, coño!
Estaban más sordos que ella.

La trataban de manera. Le hablaban como si fuese.
Ella entendía lo que le pasaba, no necesitaba que a cada rato.
Pataleaba por eso, no por. Chillaba sin querer. Basta, basta.
Tenía que parar. El qué.

Una ramita. Llegaba hasta el cristal. El cristal.
Y ella se asomaba.
Y la ramita salía corriendo.
—¡Cierra la ventana, mamá!
Y su hija se asustaba. Como la lagartija.
Verde. ¿Tan raro?
Había una ramita.

Esos garabatos. Ya no.
Un libro. Su lápiz.
Y la máquina ahí, llena de. Teclas.
Sopa de signos.
Geriátrico. Jirafa. Jeroglífico.
Máquina. De escribir.
Cada vez. Más oscuro.
A ver, a ver.
Oscuro. 1. Sin luz o con poca luz. 5. Confuso, difícil de entender. 8. Incierto y que infunde temor.
¿Infunde? ¿Y eso?
Quería salir. De ahí.
De dónde.

Se olvidaba de algunas bastantes.
Lo odiaba. Se. (Odiaba).
Se, partícula átona.
—¿Cómo dices, mamá?
—Átona.
—Disculpa, no te entiendo.
—No se puede.
—¿El qué?
—¡Entender!
Y ese mantel tan bonito.

La sacaban a dar.
Por el parque. Paseos.
—Si a ti te encanta la Dehesa, mamá.
Pero no. Ahí no era.
Pasaban hombres. Esperaba a Fernando.
Y nunca le decían dónde estaba.

Al final y al principio.
—Yo nací. ¡En el cero!
Todo el siglo viva.
Cero.
Su nieta esa.
Le tocaba las venas. Con sus dedos.
Suave. Citos.
—¿Cuántos años tienes, abuela?
—Todos.

Leía. Voz alta.
Así.
Se. Pa. Ran. Do. Sí. La. Bas.
Su escuela. La Insti.
Quería. Volver.

—¿Eso cómo se dice?
Madre mía.
Corre, corre.

Bastón. Biblioteca.
Los, los lomos. Muy quietos.
Esos dos. Tomos gordos.
Tocó. Sintió. Y nombró.
Cariño. Extraño.
In. Crédula.
Se estaba. Quedando.
Sin palabras.
Vacía.
Dijo
—Papá.

Y eso, ¿cómo se decía?
Pensó. Cien años. ¿De?
Ocurrió. Idea. Entonces.
Mesa. Comedor.
Dobló hoja. Sellito.
(Es. Cue. La. De. In. Ge. Nie. Ros).
Lápiz. Y escribió.
Di-ccio-na-rio.
Mano. Tembló. Un poco.
Buscó. Cajón.
Tocó. Sintió. Bordado.
Y escribió.
Man-tel.
Y así. Toda. La casa.
Para no. Olvidar.

Adentro. Tele.
Hablaba. Ese.
Muerto, decía.
Traje. Corbata.
Oscuros.
Decía. Muerto.
Un vasito. De agua.
Y pucheritos.
Sofá todos. Aplauso alguien. Su hijo ese.
—¡Lo has sobrevivido!
—Más o menos.
—Sé que me entiendes, mamá.
—Más o menos.
—¿Sabes de qué te hablo?
—Hay que regar.
Y el perro. Aullando. Como un perro.

El cristal

En realidad, pensó Enrique, su sensación de náusea tenía varias razones. Al margen del jet lag, encontrarse a su madre en aquellas condiciones lo había impresionado más de lo que, en su papel de médico, se permitía exteriorizar. Tampoco ayudaban las discusiones con Fer, que se habían reanudado con la facilidad de siempre. Pero había que tomar decisiones. Para eso había venido.

Fer veía a su hermano mayor circular por la casa, repartiendo indicaciones como si dirigiera un hospital, y le hervía la sangre. Después de un año entero sin aparecer por allí, se atribuía el derecho de organizarlo todo.

—Aquí también hay doctores, ¿sabes?
—Por supuesto. Y seguro que todos son hijos suyos.

Cruzado de brazos, Pedro intervino desde el sofá.

—A ver si nos tranquilizamos un poquito. Las dos cosas son ciertas. Mamá está bien cuidada y Enrique puede darnos su opinión profesional.

—¿Tengo que pedir permiso?
—Opinar es una cosa, y dar órdenes, otra.

Carmina volvió al comedor justo a tiempo. Tres cuarentones, parecía mentira.

—¡Suficiente por hoy! ¿Quién quiere vino?

Sus hermanos alzaron con unanimidad un brazo. Ella asintió, satisfecha.

Pedro descorchó la botella. Enrique y Fer se sentaron con cara de tener importantes objeciones y sacrificarlas heroicamente.

—Mati la trae de vuelta en media hora. Así que vamos, ¡a recortar!

Pese a su creciente deterioro, su madre no había dejado de leer diarios. Apenas deletreaba los titulares, que repetía en voz alta con esfuerzo. Carmina la había visto espantarse frente a ciertas palabras cuyo significado nadie sabía hasta dónde seguía comprendiendo. Así que cada mañana, tijera en mano, suprimía las peores noticias antes de entregarle el periódico. Su madre jamás había dado muestras de extrañeza por los huecos en las páginas.

Enrique comprobó que su madre confundía a vivos y muertos. Solía referirse a su padre en presente: no estaba seguro de si eso constituía un desliz, un deseo o una especie de resistencia. Había perdido los ciclos de sueño. Alternaba silencios prolongados con monólogos exclamativos, vivía pensando en voz alta. Se quejaba del ruido de una radio invisible.

Por mucho que él lo hubiera previsto, le causaba un profundo abatimiento ver cómo una mujer tan analítica y cuidadosa con las palabras soltaba lo primero que se le pasaba por la cabeza.

—Qué niño más feo.
—Estás gorda.
—¡Un pedo, un pedo!

Sus hermanos parecían acostumbrados a aquella versión parcial de su madre. Todo en ella se había extremado y, de algún modo, clarificado brutalmente. Lo que antes le disgustaba (las corrientes frías, la cebolla cruda) ahora le repugnaba. Y lo que siempre le había agradado (las rodajitas de naranja, las hojas de la hiedra) la colmaba de dicha.

Si viviera más cerca, se preguntaba Enrique, ¿su turbación menguaría o se le haría insoportable? Aquellos viajes lo dejaban con temor a volver, incrementando sus remordimientos. Al otro lado del océano era un padre de familia. De este lado, en cambio, ya se sentía huérfano.

Al regresar a España, las expectativas de Fer se derrumbaron. Había aterrizado con la esperanza de una reconstrucción desde los cimientos, pero el asunto tenía pinta de quedarse en mera reforma. Como la que planeaba para la vivienda de su madre, que andaba hecha una sonámbula.

En vez de inspirarle nuevos horizontes, la apacible extinción del dictador le hacía pensar en el estancamiento de las últimas décadas, la espera interminable, el envejecimiento de las estructuras. En todo aquello que, de repente, se suponía listo para acelerar. El pesimismo no le gustaba. El autoengaño, menos. Carmina y Pedro intentaban transmitirle su entusiasmo.

—Si no creemos en el cambio, esto no cambia nunca.

Quién sabía. Ojalá. ¿Su hija pequeña de verdad conocería un país distinto? ¿O simplemente uno que pretendía avanzar cargando con el mismo peso?

Una noche, discutiendo con sus hermanos, Fer mencionó el antiguo partido de su padre. Entonces su madre, que había permanecido ausente durante toda la cena, se sacó la cuchara de la boca, abrió mucho los ojos y se llevó un dedo a los labios.

—¡Shh! ¡Shh!

Después siguió sorbiendo con ruiditos su sopa.

El verano que su madre prefirió quedarse en casa en lugar de ir a La Pobla, Carmina se consoló pensando que la muerte de su padre estaba todavía demasiado fresca, y que quizás el duelo haría su trabajo. Cuando se repitió su ausencia al verano siguiente, la dio por definitiva.

A Carmina le gustaba observarla a contraluz en el balcón, aferrada a su regadera, concentrada en el chorrito. Era ahí, entre macetas, junto a los pétalos cíclicos de sus geranios, donde creía reconocer chispazos de aquella mujer a la que tanto extrañaba.

Su madre se volvía hacia ella con lentitud, vagamente traviesa, y parecía a punto de hacerle alguna broma que jamás llegaba. Se había desprendido casi por completo del idioma. Todavía se le escapaban frases sueltas que Carmina luchaba por descifrar.

—Menos flores.

Si paseaba, lo hacía con la mirada fija en sus propios pies, ajena al rumor de la calle. A Carmina le resultaba difícil conjeturar cuánto desconocía y cuánto callaba. Se resistía a concebirla como una página en blanco.

Una mañana, mientras podaban juntas, le pareció que murmuraba sílabas aleatorias. No les prestó atención hasta que notó que las pronunciaba de manera constante y en idéntico orden. Era algo quizá sobre unas rosas, aunque allí no había ninguna. Menos por el contenido que por la entonación, de repente intuyó que podía ser latín.

—¿Qué has dicho, mamá?

Y ella, nada.

Carmina trató de reproducir la secuencia que había oído.

—Mamá, ¿has dicho *collige virgo rosas*?

Y su madre, calladita, sonriéndole.

¿Ahora cuál de las dos desvariaba?

En las primeras reuniones que Pedro mantuvo con la editorial tras el diagnóstico, su madre siguió acompañándolo. Después todo el mundo estuvo de acuerdo en que mejor asistiera solo.

A él le había costado asumir la situación y sus responsabilidades legales, acordadas con sus hermanos. Pero, si había algo más penoso que tomar decisiones sobre el Moliner sin su autora, era tenerla ahí mismo y que ella no supiese de qué estaban hablando.

Pedro había ordenado interrumpir los trabajos en marcha para la segunda edición. Planeaba abrir una ronda de consultas. Y después pactar con Dámaso, los Calonge y compañía los nuevos criterios que deberían seguirse, sumando las correcciones que su madre hubiera dejado por escrito.

La formación de Pedro, experto en Mecánica, poco tenía que ver con los entresijos editoriales. Eso no le parecía necesariamente una desventaja para renegociar contratos: descubrió que ciertas prácticas del gremio resultaban inaceptables para cualquier persona ajena a él. Por no mencionar el porcentaje de los beneficios de unas ventas notables. Cuando exigió un aumento, le replicaron que sólo dos o tres autores en todo el catálogo se acercaban a esas condiciones.

—Me alegra que sean cuatro.

El equipo de Gredos le había comunicado que, en los últimos tiempos, su madre venía considerando la posibilidad de reducir las familias léxicas y limitarse al orden alfabético tradicional. Lo comentó con Fer, que se mostró muy reacio.

—Dicen que nos conviene modernizarlo.

—Neutralizarlo, querrás decir.

Su hermana se comprometió a apoyar su decisión. Enrique, por teléfono, declaró que se abstenía.

¿Qué tenía de malo darle a la obra de su madre la máxima difusión posible? Se imaginaba una edición abreviada o en formato *paperback*. Incluso por fascículos en quioscos, por qué no, para llegar a otros públicos. Su esposa lo animaba a ser valiente. Había tanto por hacer.

Al volante del coche, hipnotizado por las fórmulas de la lluvia en el parabrisas, volvió a escuchar lo que su madre le había dicho sobre su nombramiento como director de la Escuela de Ingenieros Industriales.

—Muy bien, Pedrito. Véngate, tú que puedes.

Supo que el semáforo se había puesto verde cuando oyó las bocinas y los insultos.

Cada vez que iba a verla, Mati sentía que cuidaba su futuro reflejo. Ahora su hermana mayor se había convertido en una niña. Esa niña intentaba escaparse de casa. Mati la había sorprendido en varias ocasiones manipulando la cerradura con algún cubierto (hacía tiempo que le habían retirado las llaves) o afuera, en el pasillo, contemplando embobada el ascensor.

Su hermana que quería irse a otra parte. Irse de sí misma.

Desde la muerte de Quique, a Mati la angustiaba que ellas dos fuesen las últimas personas en el mundo que habían presenciado la infancia de la otra. Ya no podía verificar sus recuerdos con nadie.

Cuando pasaba la noche en casa de su hermana, vigilando su sueño entrecortado, retrocedía a la época en que dormían juntas. La asaltaban juguetes entre sombras, voces bajo la manta, barrotes de metal, destellos en las ventanas. Su hermana parecía sincronizarse con ella, abría los ojos de golpe y se quedaba mirándola.

No solía decir nada, pero una madrugada habló con claridad. Se quejó de que si seguían ahí, quietas, iban a llegar tarde a casa.

—Mamá va a preocuparse.
—Papá también, María.
—¿Te parece?
—Te lo juro.
—Entonces vamos.

Y se puso a roncar.

Se preocupaban tanto por la mente de su tía, pensó Laura, que apenas se acordaban de su cuerpo. Pasarse todo el día sentada, sin hacer ejercicio, no podía ser bueno para su salud.

—María siempre ha odiado el ejercicio.

—Quizá ya no recuerde que lo odia.

Laura se puso a hacer un poco de gimnasia frente a ella. Despacio. Muy despacio. Primero un brazo, después el otro. Unas flexiones de piernas. Sonriendo, invitándola.

Su tía no dijo ni pío. Se levantó esforzadamente del sofá, haciendo palanca con el bastón, y se perdió por el pasillo.

Laura quedó suspendida en una postura ridícula. Bajó los brazos decepcionada.

Entonces su tía reapareció con una toallita de mano. Se la extendió. Asintió. Y salió a buscar su regadera.

La abuelita ya no se alegraba de verla. Aunque su madre le repetía que sí, que un montón.

—Niña. Guapa.

Bueno, gracias, ¿algo más?

—Niña. Guapa.

Así que Genoveva se ponía a jugar o leer a su lado. A veces le traía un poco de agua, como le había encargado su madre. La abuelita se dormía con el vaso en la mano.

También le habían pedido que mirasen fotos juntas, por si le refrescaban la memoria. ¡Qué joven parecía todo el mundo en esos álbumes!

—No sé quién eres, pero eres de las mías.

Por suerte, a la abuelita le en-can-ta-ban los bichos. Señalaban juntas las hormigas del balcón. Los primos Fabián y Silvia le habían dicho que perseguía cucarachas. Las primas Oli y Marcela juraban que la habían visto guardarse una en el bolsillo del chaleco.

A Genoveva le daba miedo pasar la noche en esa casa. Era oscura, olía raro y estaba llena de estanterías. En los cajones no había nada interesante: los había abierto todos.

Bueno, sí. Un mantelito precioso. Bordado. Algún día iba a llevárselo sin que se dieran cuenta.

Carmen se topó con una negativa firme al otro lado del teléfono.
—Te agradecemos mucho, de verdad. Pero mi madre ya no está en condiciones de recibir visitas.
Escuchó las razones de Carmina, que conocía de sobra. Aun así, ella siguió insistiendo. Necesitaba ver a su amiga. Tenía algo importante que contarle. O, al menos, que decir en su presencia. Se lo debía antes que a nadie.
El reencuentro la alegró y la afligió por igual. Se vio frente a una silueta balbuceante, con los hombros demasiado estrechos, como si su esqueleto hubiera encogido. Sus abrazos no obtuvieron respuesta.
Carmen le confió su secreto. Quiso creer que, por un instante, le arrancaba una mueca de complicidad. Entre silencio y silencio, su amiga susurraba nombres remotos.
—Eduardo. Eduardo.
De repente la notó pensativa. Carmen reconoció ese gesto.
—¿En qué piensas?
—María.
—¿En ti?
Su amiga ni siquiera contestó.

Se habían congregado en casa de su madre frente al televisor nuevo, un aparato a todo color y ejemplarmente inútil: su madre solía contemplarlo con la misma expresión con la que se abstraía en la ventana. Pedro se había empecinado en comprárselo y Carmina no quiso discutir. Prefería imponer su criterio en otros asuntos esenciales para su cuidado.

Alrededor de la pantalla, reprimiendo su alboroto, estaba la familia casi al completo. Era la tarde del 28 de enero de 1979 y, en las noticias del día, daba comienzo el bloque dedicado al ingreso en la Real Academia Española de doña Carmen Conde Abellán, que pronunciaría enseguida su discurso.

Carmina llevaba tiempo preguntándose si organizar aquella reunión, mitad fiesta, mitad duelo. Al contarle que a Carmen le había tocado el sillón K, la tía Mati había murmurado:

—K de Kafka.

La reacción de los medios le trajo a la memoria la sacudida que, años atrás, habían vivido con la candidatura de esa misma anciana que, ovillada en una esquina del sofá, se distraía plegando y desplegando una servilleta. Le acarició la curva de la espalda.

Acababa de leer en *El País* las declaraciones de Carmen, primera académica de pleno derecho en los doscientos sesenta y cinco años de historia de la institución. «Lo considero una victoria para todas las mujeres», había dicho. Era apenas el principio, por supuesto. «Mi tarea es abrir las puertas a más mujeres. No me voy a quedar yo sola, como muestra».

Carmina recordó el texto elogiosísimo que la amiga de su madre le había dedicado a Cela en *Cuadernos Hispanoamericanos*. El autor y académico aparecía en la portada con una especie de bata de baño. Tan en casa, tan en su país. Pocas semanas después, las Cortes aprobaron solemnemente la Constitución española.

Supo que el resultado había sido rotundo: los votos de Carmen habían duplicado los de Rosa Chacel, y el apoyo restante había ido a parar a una doctora propuesta por la Iglesia. Un tercio de los miembros de la Real Academia se había negado a participar en la votación. ¡Y lo hicimos antes que los franceses!, ¡antes que los franceses!, se vanagloriaban unos cuantos.

Que hubieran competido sólo mujeres, reflexionó Carmina, le parecía buena y mala noticia. Confirmaba la intención de incorporar a una de ellas, y también la imposibilidad de que disputaran un puesto en igualdad de condiciones con otros candidatos.

Pilar y Rafael Lapesa le habían relatado otros chismes. Al recorrer la sede, Carmen había reparado en que la docta institución no disponía de baños para damas.

—Qué gracioso. Pues tendrán que hacer uno.

También había opinado sobre el frac exigido para la ceremonia.

—Lo consultaré con mi modista.

En casa de su madre, alrededor de la pantalla, reprimiendo su alboroto, estaba la familia casi al completo. Y ya daba comienzo el bloque dedicado al ingreso de Carmen Conde en la Academia. Y Carmen llegaba en su coche, un coche color crema un poco antiguo, un mucho clase media, que conducía ella misma a sus más de setenta añitos. Y empujaba la puerta, luchando contra los resortes, y bajaba ágilmente, liberada. Y salía del plano con andares resueltos, pelo corto y un abrigo divino.

En el plano siguiente, la flamante académica atravesaba entre flashes una turba de políticos, profesores, poetas, periodistas, patriarcas, pedigüeños. Colegas con ideas que se odiaban entre sí.

Carmina distinguió el casquete rojo del arzobispo de Madrid, que también pertenecía a la Real Academia. Vio cómo el rey le besaba la mano a Carmen y, a causa de la diferencia de estatura, la reverencia del monarca terminaba siendo mayor que la reverencia de la súbdita. La vio zarandear el brazo de la reina, que iba toda de rosa, o quizá salmón, o qué. Finalmente vio a Dámaso, dedo índice en alto, instruyéndola para lo que vendría.

Escoltada por un enjambre de sombreros, Carmen hizo su entrada en el salón de actos, y la ovación sonó distinta, y las mujeres presentes se pusieron en pie, y Amanda estaba ahí, vieja y enamorada, y la televisión iba mostrando los retratos de Carolina Coronado, Rosalía de Castro, Emilia Pardo Bazán, y los aplausos siguieron resonando como una cascada o un tiroteo.

Entonces Carmen Conde, en voz alta, nasal, comenzó su discurso. «Mis primeras palabras son de agradecimiento a vuestra generosidad» (Carmina sopesó la posible ironía) «al elegirme para un puesto que, secularmente, no se concedió a ninguna de nuestras grandes escritoras ya desaparecidas». (Sintió que le buscaban la mano: era la tía Mati). «Vuestra noble decisión», y Carmen, ahora sí, se irguió del todo, «pone fin a tan injusta como vetusta discriminación literaria». (Carmina pensó en la rima entre *injusta* y *vetusta*. La cámara le permitió apreciar cómo una eminencia que no dejaba de mirar hacia arriba, buscando alguna revelación en el cielorraso, negaba con la cabeza).

La emisión siguió adelante, se oyeron más palabras. Carmina fue incapaz de seguir atendiendo. Las imágenes perdían foco, se le emborronaban, se humedecían. La tía Mati le apretó fuerte la mano. Ambas trataron de sonreírse.

Y se fijó en su madre, muda ante la pantalla, con una transparencia diferente en los ojos.

Sus hijos correteaban y hacían ruido. Se acercó a pedirles calma porque la abuela dormía, pero no: su cuarto estaba vacío.

La encontró entre sus geranios, vigilando el horizonte.

—Mamá, qué haces.

—Nada.

Carmina se sorprendió de la respuesta. De que hubiese respuesta. Últimamente se había acostumbrado a hablar sola en presencia de su madre.

—¿Cómo te sientes?

—Nada.

Ya le parecía, no tenía que haberse hecho ilusiones. Se situó frente a la ventana junto a ella. Y le pasó un brazo por encima del hombro.

Hubo un silencio largo, lleno. Caía el sol. Las hojas se movían.

Cuando Carmina hizo ademán de alejarse, su madre la agarró por la muñeca.

—Barco. El barco.

Señaló más allá. Y tocó el cristal con un dedo.

Breve nota

Este libro es una obra de ficción basada en vidas reales: investigamos para ganarnos el derecho a inventar. Las citas lexicográficas que aparecen en la novela proceden textualmente de la edición original del *Diccionario de uso del español* (Gredos, 1966-67), sin ninguna de las numerosas modificaciones efectuadas tras la muerte de María Moliner; y de la XVIII edición del diccionario de la Real Academia Española (Espasa-Calpe, 1956), la más consultada por la autora mientras elaboraba el suyo. Sospecho que sólo así, confrontando dos ideas del idioma tan coetáneas como discrepantes, podemos dimensionar la singularidad y rebeldía de la primera. Los textos que escribe su personaje, cartas incluidas, le pertenecen a ella.

Quisiera expresar aquí mi gratitud y reconocimiento hacia quienes han trabajado para iluminar el legado de María Moliner. Sus estudios me resultaron de gran ayuda, en especial los de Inmaculada de la Fuente, María Antonia Martín Zorraquino, Pilar Faus Sevilla, Manuel Seco, Álvaro Porto Dapena, Ramón Salaberria, Ana Martínez Rus, Eugenio Otero, José Antonio Gómez Hernández, Luis García Ejarque, Pilar García Mouton o Aurora Egido. También los testimonios de diversos familiares, desde sus hijos Fernando y Carmina hasta sus nietas Genoveva, Olivo y Marcela. Se unen a ese tesoro colectivo las obras dramatúrgicas de Manuel Calzada o Lucía Vilanova, el documental de Vicky Calavia y, más recientemente, mientras concluía la revisión de la presente novela, los libros de compañeros como Alejandro Pedregosa o Miguel Azuara. Estas y otras voces, desde diferentes campos, siguen tejiendo comunidad en torno a una figura generosa y múltiple como la lengua que amó.

A. N.
Granada, 2017-2024

Este libro se terminó
de imprimir en
Móstoles, Madrid,
en el mes de
febrero de 2025